明詩綜

朱彝尊 辑録

第六册

中華書局

明詩綜卷五十八

小長蘆　朱彝尊　録
休陽　程　岳　緝評

朱之蕃一首

之蕃字元介，南京錦衣衛籍，茌平人。萬曆乙未賜進士第一，授翰林院修撰，以右春坊、右諭德掌院印，以右春坊、右庶子掌坊印，升少詹事，進禮部右侍郎，改吏部右侍郎。卒，贈禮部尚書。有《使朝鮮稿》《南還紀勝》諸集。

《靜志居詩話》：元介文翰兼工，張皇東國，與館伴周旋，有倡必和。微嫌詩材悏熟，語不驚人。

和周吉甫春日移居

墻短山齋出，庭空月易留。泉香浮茗盌，漁唱起蘋洲。終歲一無事，平生百不憂。奔忙渾未解，酒伴且相求。一作「自苦復何由。」

湯賓尹 一首

賓尹字嘉賓，宣城人。萬曆乙未賜進士第二，授翰林院編修，歷中允，諭德，掌司業事，遷右庶子，升南國子監祭酒。有《睡菴集》。

《詩話》：嘉賓以黨論受攢譏，終以不振。詩派近俚，罕足録者。詩中所弔，懷寧於國重也。

弔同年友於鼎季

落木淒淒江水渾，行吟澤畔已聲吞。三年地下君安否？人世風波不可言。

孫慎行 一首

慎行字聞斯，武進人。萬曆乙未賜進士第二，授編修，歷中允，諭德，庶子，少詹事，升禮部右侍郎，回籍，起南京禮部尚書，改北。卒，贈太子太保，謚文介。有《玄晏齋集》。

《詩話》：《要典》三案，群小切齒者。挺擊，則朝邑王侍郎；移宫，則應城楊忠烈；紅丸，則文介也。《要典》既頒，至欲坐公等罔上不道，幾且殺公。幸思陵即阼，得辭戍所，復官。仍堅卧不起，久而赴召，甫及都而卒。平居研精《易》學，吟咏不甚留意。其《觀元祐黨人碑有感作》云：「誰知黨人籍，翻作褒忠碑。」曠世相感，今古同然矣。

遭遇

誰料恩深放棄餘，山人猶帶舊銜居。中山篋在猶寒膽，上殿爭時判引裾。天地有情開一網，江湖無夢到三閭。自來多少欷歔感，聖主英明古不如。

劉一燝一首

一燝字季晦，南昌人。萬曆乙未進士，改庶吉士，授檢討，歷官禮部尚書，兼東閣大學士，加太子太保，戶部尚書，進文淵閣，加少保，再進少師，兼太子太師，吏部尚書，中極殿大學士。卒，贈太師，謚文端。有集。

歸田作

乞得閒身返故林，避賢者路漫沉吟。當歸分合山中老，戀主情彌闕下深。鑿井耕田歌帝力，量情較雨答天心。十年塵夢今番破，一曲滄浪思不禁。

陳于廷五首

于廷字孟諤，宜興人。萬曆乙未進士，授光山知縣，補秀水，擢監察御史，巡按江西、山東，轉太僕少卿，歷太常卿、大理卿，兵部侍郎，坐削籍。起南京都察院右都御史，召總內臺，加太子少保。謚恭定。有《定軒稿》。

《詩話》：恭定爲子友其年檢討之祖，行事詳國史。韻語不甚傳，擬江文通雜詩，頗稱具體。

古别離

三歲爲君婦，未嘗下高堂。一朝遠送别，佇泣官道傍。君行官柳青，君歸官柳黄。與君别經年，相思莫相忘。行過無定河，莫飲無定水。天涯游子心，飲之恐爾爾。應思閨中人，容光易摧毁。

擬陳思王贈丁儀王粲

王師入京邑，天宇俄廓清。九廟肅鐘簴，十陵翦棘荆。皇路日就坦，相君靡自盈。吐哺則公旦，闢門羅雋英。黄髮緤珪組，深巖賁弓旌。嗟余同心侶，夙昔諧嚶鳴。胡爲慕孤介，堅欲解世纓。延陵匪通誼，干木庯近情。顧回墨子車，且過朝歌城。

擬王侍中粲懷德

關中搆喪亂，浮渭向洛城。京雒復殘破，孑身遁蠻荆。虎兕傷在野，流離嗟獨行。河山邈非故，魂魄黯自驚。乘桴浮海若，登樓眺神京。目斷秦川樹，心搖伊闕旌。哀哀孤飛鳥，詎有擇木情。公子忽我覿，欬唾分瓊瑛。魚藻醉明德，鹿苹賡和鳴。鄙人守貞則，嘉惠懷篤誠。所期慎厥修，福履永不傾。

擬謝僕射混遊覽

大塊真勞生，俯仰日縈感。内庭鮮歡悰，遠郊豁幽覽。寓目極寥廓，開襟愜澄澹。巖阿秀菊庾，江湄揭葭菼。會歎景搖落，任觀運流坎。代謝亦何常，章光總歸闇。達人遺浮榮，自視一何欿。

擬休上人怨别

楚客思無賴，涉秋逾黯然。金飈起天末，槁葉墮我前。素帷延華月，淨琴響哀絃。白雪懷郢人，滄洲憶成連。壺觴對不舉，何以暢幽悁。

王維儉 一首

維儉字損仲，祥符人。萬曆乙未進士，除知濰縣，徵授兵部主事，尋削籍。起光禄寺丞，累遷大理少卿，以僉都御史撫山東，入爲工部右侍郎，轉左侍郎。有《王損仲集》。

錢受之云：　損仲詩清婉，而近于弱，爲文求歸簡質，未脱蹊徑。嘗苦《宋史》煩蕪，删定成書。吴興潘昭度抄得副本。今損仲家圖籍，盡沉于汴京之水，未知吴興抄本云何？

《詩話》：損仲《宋史記》，予從吳興抄得之，未見出人意表。詩頗瀏亮。

送霍臨渠少府守河州

不盡湟中路，秋風促宦程。佩刀辭佐郡，分虎已專城。積石攢雲起，洮河近郭明。羌戎亦赤子，休使塞烟驚。

王思任一首

思任字季重，紹興山陰人。萬曆乙未進士，知興平、當塗、青浦三縣，袁州推官，所至鐫級。稍遷南刑部主事，九江僉事。有《避園擬存》《虞山詠》

錢受之云：季重頗負時名，自建旗鼓。其詩才情爛熳，無復持擇，入鬼入魔，惡道坌出。鍾、譚之外，又一傍派也。

《詩話》：季重滑稽太甚，有傷大雅。

句園

纔辭帝里入風烟，處處亭臺鏡裏天。夢到江南深樹底，吳兒歌板放秋船。

蔡復一 二首

復一字敬夫，同安人。萬曆乙未進士，除刑部主事，歷員外、郎中，出爲湖廣參政，遷按察使，仕至兵部右侍郎。卒，謚清憲。有《遯菴詩集》。

《詩話》：景陵之邪說行，率先倒戈者，蔡敬夫也。其駢體亦不屑猶人，亡友漢陽王亦世最賞之。然以詩論，寧取彼而舍此矣。

秋坐

夕照盡歸水，秋聲半在林。飛蟬過別樹，未斷曳來一作「舊枝」。音。

夕陽

夕陽欲下山，一半戀流水。短笛牛羊歸，餘光照童子。

高承祚 一首

承祚初名承禪，字元錫，號鶴城，松江華亭人。萬曆壬辰中會試，乙未賜同進士出身，改庶吉士，授檢討。有《知古堂集》。

董思白云：鶴城豪飲過人，酒邊賦詩，自運機局。

《詩話》：太史生時，父夢高僧入其門，因名之曰承禪。及萬曆己卯，銅梁高中允啓愚、會稽羅侍讀萬化，主考南畿，以「舜亦以命禹」發題。監臨者方懷舜、禹傳授之嫌，内江陰長卿爲應天府尹，改填榜作「祚」。後主司以黨附江陵獲罪，鶴城以更名，免挂吏議。鶴城廉介自持，官翰林二十年，田不加半畝，屋不改一椽。予聞之李高士延昰云。

聚首

人生聚首難，離別何可久。去日三春花，今朝九秋柳。

沈覃九云：語不在深，詩家合作。

賀燦然 二首

燦然字伯闇，秀水人。萬曆乙未進士，授行人，升吏部主事，終員外。有《六欲軒》《五欲軒集》。

《詩話》：吳中伍御史袁萃撰《林居漫録》，詆諆前輩，淆亂是非。吏部不平，作《漫録評正》駮之。御史復撰《駮漫録評正》，吏部又作《駮駮漫録評正》。兩公不亦好辨哉！然合而觀之，曲直自見，國史所宜審擇也。

泊彭城

山城多宿雨，日暮起悲風。賈客行將絶，中涓計已窮。叩閽雙闕迥，縣磬九州同。應有輪臺詔，朝來出漢宮。

邯鄲懷古

雲迷襄國雨霏微，舊日叢臺過客稀。三晉河山仍不改，六王宮殿已全非。照眉池冷荒臺合，講武臺空野雀飛。猶有邯鄲樓上月，餘光常照酒人歸。

米萬鍾 一首

萬鍾字仲詔，宛平人。萬曆乙未進士，除永寧知縣，補銅梁，再補六合，入爲大理右評事，遷户部主事，升員外，改工部，進郎中，出爲浙江右參政，升江西按察使。有《北征吟》。

《詩話》：先生爲水曹郎，築園海淀之北，中有色空天、太一葉、松坨、翠葆榭、林於澨，總名之曰勺園，又曰風烟里。自念園在郊關，不能日涉，因繪園中景爲燈。丘壑亭臺，纖悉具備，都人爭尚之，號曰「米家燈」。嘗於元夜集客賦詩，麗水吕太常邦耀即席口占二首，其一云：「玉綃疊出上元村，雙炬懸來景物繁。恍惚重游丘壑裏，米家燈是米家園。」其二云：「輕舟寒夜渡無冰，波入銀綃訝月升。宛似夢中曾一照，米家園是米家燈。」一時和者數百人，列成一集，可稱好事，亦太平佳話也。

新秋泛清溪

共客邀新爽，回舟刺晚風。涼生思越苧，病起訝燕鴻。星櫂搖虛白，漁燈簇小紅。怪來蕭颯早，衰草怨吴宫。

范允臨二首

允臨字長倩，松江華亭人，居吴縣。萬曆乙未進士，授南兵部主事，改工部，歷郎中，以按察僉事提學雲南，遷福建布政司參議。有《輸寥館集》。

錢受之云：長倩意匠浮動，墨瀋横飛，未嘗以琢句劈績爲工，如雪山池中甄陀女，歌聲柔軟，能使清淨五百仙人，皆心逸不自持。

《詩話》：先生筆精墨妙，揮毫落紙，與董尚書爭工。晚築别業於天平山之陽，彈絲吹竹，選伎徵歌，江表望爲神仙中人。又得佳耦唱和，傳鈔片楮，比於珊瑚之鉤。范氏家藏遠祖隋其唐時告身尚在，文正、忠宣諸老手澤猶新。義田長以振窮，宰木未嘗改列。清門百代，四姓遠不及也。

有憶

井唾不復顧，花飛難再攀。江頭一片石，應化女郎山。

詠翦春羅

君恩宴曲池，爲郎製宫錦。月落杏花寒，裁縫剪刀冷。

沈琦 二首

琦字仲玉，吴江人。萬曆乙未進士，除淄川知縣，以憂歸。起補高陵，再調三原，入爲禮部主事。有《珠樹軒稿》。

送馬長山擢守樵李

我家住江南，只盼江南路。君今正向江南行，却望君家又回顧。執手空嗟離别難，齊人感咽越人歡。只今南北蒼生望，總向循良傳裏看。憶昔交君頓成契，芝蘭金石盟前締。相逢春日春更融，相别秋風秋轉厲。江南土俗舊清嘉，到處風光盡可誇。天目峰頭雲吐月，餘杭城外水漂花。天子黄扉方側席，致治思同二千石。語君暫作江南行，會捧徵書向江北。

别家次諸兄弟韻

握手他鄉路，回頭故國城。漸驚親舍遠，真覺一官輕。急櫂隨雲影，悲笳雜雁聲。無情東去水，相對亦淒清。

沈琉 一首

琉字季玉，琦弟，與兄同榜登弟。由鳳陽府學教授，遷南國子監博士，升南刑部主事，歷郎中，出知東昌府，轉山東按察副使。

漂母

偶然一飯進王孫，答贈千金未足論。何事怨家還報德，淮陰年少亦推恩。

陸錫恩 一首

錫恩字伯承，平湖人。萬曆乙未進士，除萬安知縣，入爲刑部主事，歷員外郎。有《雙鳧草》。《詩話》：伯承不耐判牘，放情山水間，自號夢蝶居士，又號癯丈人，亦號癡丈夫。年四十二，自撰壙誌而殞。詩頗澹雅。

鮑叔牙故里

落景滿齊郊，雲横暮山紫。緩轡問遺封，云是鮑叔里。三北識奇才，一匡酬夙恥。古人在信心，今人多貴耳。士苟未遇時，畢生行蓬累。長風不我借，羽翼安得起。所以管大夫，没齒感知己。

袁時選 一首

時選字無擇，鄞縣人。萬曆乙未進士，除遂溪知縣，遷南刑部主事。

新興道中

偪側新興路，逶迤傍水隈。萬山迎馬合，片雨逐人來。村犢騎偏穩，江鷗下不猜。頻年牽物役，延眺亦悠哉。

呂克孝三首

克孝字公原，青浦人。萬曆丁酉舉鄉試第一，官工部司務，歷郎中。有《媿翁詩草》。

《詩話》：公原領解之秋，先文恪、葉文忠偕主試事，先公業拔公原卷，將置第一矣，文忠謂：「是卷文雖高，慮終不得第。」先公云：「吾亦知此人不第，然學者也。」榜遂定。既而公原屢試南宫，輒擯落，以學行稱於時，先輩衡鑒不爽若是。天啓初，公原官工部司務，時先大父君籲公，承蔭選授都察院照磨署經歷司事，同公原建首善書院，乾魚脱粟比圬墁匠石不有加味。書院成，大父已遷官，故碑記不列名。旋爲梁夢環所彈下獄，思陵即阼，得釋。晚知楚雄府事，歸貧，不能治舟楫，而公原還里，詰窘略同。其詩有云：「客歸三日典春衣。」又云：「慣住低頭屋，能炊折脚鐺。」殆實録也。

青谿菴

江令何年宅，風流不可招。荒烟迷斷礎，陳迹寄空寮。日影移雙樹，谿聲自六朝。遥分鐘阜影，紫翠落層霄。

棲霞寺

宅記明僧紹，碑傳江總持。淒京自人代，窃窕隱山茨。明月千巖宿，松風萬壑垂。階前雙杏樹，曾見劫灰時。

過田叟

我欲驅黄犢，移家傍屋東。但容茅蓋頂，先爲築牛宫。

胡震亨 二首

震亨字孝轅，海鹽人。萬曆丁酉舉人，官定州知州。有《赤城山人稿》。

歲晏悼室人詩二首

歲晏感物變，志意鮮歡愉。念我同懷子，涕下沾衣襦。如何苦寒節，衾裯不復俱。空閨一以閉，飢鼠晨夜趨。光儀怳不滅，魂魄知有無。煩冤日盈抱，寧從促景徂。

空牀凜寒風，殘照慘夜色。沉思結幽感，夢子來我側。踟蹰將何愬，容輝忽已匿。昔如中洲鳩，關關雙鼓翼。今如失群獸，哀鳴不遑食。庶無荀生鄙，愧彼蒙莊識。豈伊生死情，含義良不忒。

查應光一首

應光字賓王，休寧人。萬曆丁酉舉人。有《麗崎軒集》。

澹碧軒

門開日影來，一片蒼苔色。花氣引游人，山風吹未息。

趙秉忠一首

秉忠字季卿，益都人。萬曆戊戌賜進士第一，除修撰，累官禮部尚書。贈太子太保。有《峴山集》。

送張水部南歸

平子歸田去，山川賦舊游。遺榮纔北闕，高興已南州。鱸鱠三江月，菰蒲五月秋。襟期知曠達，尊酒寫離憂。

顧起元六首

起元字太初，江寧人。萬曆戊戌賜進士第三，除翰林編修，累遷南京國子監祭酒，終吏部右侍郎，兼翰林侍讀學士。謚文莊。有《嬾真草堂集》《遯園漫稿》。

方正學先生祠墓

白馬魂空結，丹蛇讖豈真。九重原叔姪，一死自君臣。鼎鑊當時事，蒸嘗異代人。西山一抔土，寂寞亦冬春。舊傳建文君葬於西山，不封不樹。

黄河

河水南浮泗，漕渠北注燕。衆心憂璧馬，天意護樓船。龍首疏秦日，鴻陂復漢年。園陵看王氣，松柏正蒼然。

彭城

九日彭城道，高天白雁來。但聞楓葉下，不見菊花開。風起横蛇澤，雲横戲馬臺。江關何處所，一望一徘徊。

閨體

莫上翠樓看，望見官城渡。垂柳碧於篸，是郎去時路。

曉行道中

曉風蕭颯逗疏楊，此日關山别恨長。試聽高城吹畫角，秋河不動月如霜。

靈濟宫

星幢霞旆晝繽紛，十二瓊樓駐彩雲。鸞鶴紫霄時上下，步虚雙引玉晨君。

何如寵 一首

如寵字康侯，桐城人。萬曆乙未進士，戊戌殿試改庶吉士，除編修，歷官少保，户部尚書，武英殿大學士。贈太傅，謚文端。有《後樂堂集》。

七十自壽

黄龍枉自説三關，白鶴何須鍊九還。醉客豈真千日醉，閒人難到十分閒。清溪水滿長搖艇，紅雨春深一看山。時至便行無不可，幾能塵世駐朱顔。

周如磐 一首

如磐字聖培，莆田人。萬曆戊戌進士，改庶吉士，歷官太子太保，禮部尚書，文淵閣大學士。贈少保，謚文懿。有《澹志齋集》。

采菊

高秋凜風色，百草遞萎黄。嘉彼東籬英，參差裛露光。采之不盈掬，悠然傾我觴。杖策寄事外，仰視歸鳥翔。會心水木間，獨坐以徜徉。

熊廷弼一首

廷弼字非伯，江夏人。萬曆戊戌進士，除保定推官，入爲工部主事，擢浙江道御史，巡按遼東，提學應天，遷大理寺丞，以兵部右侍郎、右僉都御史，經略遼東。駐山海關，進尚書。兵潰，棄市，傳首九邊。有《性氣先生集》。

新卜東園

爲愛池塘好辟喧，新開別業向東原。梅山樹遶斜連谷，蓮渚橋通直到門。傳是舊時花柳巷，竭來漫作桔槔園。主人初領林泉事，鎮日經營不憚煩。

陳邦瞻四首

邦瞻字德遠，高安人。萬曆戊戌進士，除南京大理評事，升工部員外，轉郎中，出爲浙江參政，歷福建按察使，河南左右布政使；以右副都御史，巡撫廣西；以兵部右侍郎，總督兩廣；終吏部左侍郎。有《蓮華山房集》。

江南樂

鷓鴣南枝鳥，愁從北雁去。儂家在江南，但愛江南住。

七夕

歲時還七夕，風俗更杭州。聞道湖船女，爭歸乞巧樓。輕雲籠月度，疏樹帶星流。不有乘槎客，憑誰識女牛。

久雨

久雨牆苔積，濃陰苑樹遮。席門寒下雀，蒿徑曲藏蛇。浦水連街門，江潮帶閣斜。誰憐都會地，卑濕似長沙。

辛丑之秋自留署乞假歸省沿塗觸景輒成

水次兼山次，昏星復曉星。古城巢父廟，仙迹吕公亭。日落山光白，雲流石氣青。横塘秋浪闊，鷗鳥自冥冥。

畢懋康一首

懋康字孟侯，歙人。萬曆戊戌進士，除中書舍人，擢廣西道御史，歷官兵部右侍郎。有《管澨》《西清》二集。

束茅行

候人何太苦，早晚迎官府。閒積數根茅，爲炊且結宇。官府中夜行，不絕吏呼聲。燃火照官路，猶云火不明。燃茅茅無束，次第拆茅屋。官府猶未知，宵征車轆轆。

董應舉二首

應舉字崇相，閩縣人。萬曆戊戌進士，授廣州府教授，升國子博士，歷吏部郎中，南京大理寺丞，太常少卿，太僕卿，終工部右侍郎。有《董崇相集》。

雜作

小官事大官，曲意逢其喜。事親能若兹，豈不成孝子。

丙寅聞邊報

出山已分沙場死，今日生還亦主恩。忽報遼陽飛騎近，白頭垂泣向江門。

徐良彦 一首

良彦字季良，新建人。萬曆戊戌進士，知婺源、溧水二縣，擢河南道御史，外轉福建參議，轉山東按察副使，入爲尚寳司少卿，歷大理寺丞，右通政，以右僉都御史，巡撫宣府，回籍。起南大理卿，升南工部右侍郎。

錢受之云：公少讀經濟之書，不事聲律，而伸寫志意，風骨泠然，警句獨絶。

《詩話》：侍郎語多獨造，其《塞上曲》云：「長城陳死人，有力皆如虎。」亦警策也。

落葉

落葉不上枝，因風亦復起。清風本無私，何因有彼此。一葉隨飄蕩，一葉沾泥滓。寄語風前葉，莫墮東流水。

洪瞻祖 一首

瞻祖字貽孫，仁和人。萬曆戊戌進士，改庶吉士，授兵科給事中，謫知嘉定縣，稍遷南行人司副，累遷太僕卿，以右都御史，巡撫南贛。有《清遠山人漫稿》。

題李都督朝鮮圖

王者安天下，終資不戰功。金城圖略上，青海戍樓空。長笛關山月，寒砧木葉風。還將憂國淚，添入錦題中。

鄧渼六首

渼字遠游，建昌新城人。萬曆戊戌進士，除浦江知縣，調秀水，再調内黄，徵授河南道御史，巡按雲南，升山東副使，轉浙江右參政，山東按察使，擢右僉都御史，撫順天。有《留夷館》、《南中》《紅泉》諸集。

錢受之云：遠游自序，謂十歲喜誦唐人詩，年十五始學詩。生長寒素，衣食多累。三十成進士，州縣爲勞；徵拜御史，需次邸舍，朝請多暇。謝絶人徒，悉取毛詩、楚騷，下逮三唐，細閲而深思之。神明默識，霍然悟汗，乃知我明諸公之學古人，都在形骸之内，去之所以更遠。王、李既廢，流派各别，狂瞽犇逐，實繁有徒。孝豐吴稼蹬，詞林老宿，見楚人而大悦，盡棄其學而學焉。予厲聲訶禁，乃止遠游。當王、李末流，楚人崛起之，會欲箴砭兩家之病，而集其所長，其志則大矣。旋觀其詩，體貌豐縟，音節繁會。長篇極意鋪陳，而持擇未得其領要；今體取材尖巧，而剝搜未脱其皮毛。可與掉鞅時流，或未能方軌先正也。

《詩話》：遠游詩敦琢而出，頗近俞羨長、何无咎二山人，微嫌鬱轖耳。然勝楚人之咻多矣。

武定變

朝登武定城，暮宿抵羅次。有何龐眉叟，遮車泣訴事。問叟何所苦？問叟何所覬？叟耄復健忘，憶一不記二。往者萬曆初，邊守幸康乂。守令咸得人，民物鮮札厲。伍伯不到門，什一有恒税。斗米纔十錢，半鏹易一醉。龜貝自轉輸，工價集駢坒。相歡太平人，但供角觝戲。嗚呼廿載間，乾坤一幽閉。中丞文且武，抵掌談封拜。羽檄豈虚來，兵革靡寧歲。忍以百萬命，而快一人意。忍白千里地，而希茅土賜。守臣本蝨賊，中璫甚狂猘。此輩紈袴子，况彼糞除隸。咆哮而負嵎，逢者鮮不噬。不忍因民怨，奈何虎冠吏。一夫敢倡難，餘孽竟昌熾。訛傳寇初集，頗遭守者詈。黽勉授殘甲，垂頭望睥睨。蜂涌圍已合，蟻薄城遂潰。巷戰力不敵，免胄期殞碎。烈烈金與王，闔門竟死義。宛轉蛾眉女，慷慨丈夫氣。泣抱黄口兒，牽挽及娣姒。相繼付烈燄，義不汙賊鑕。草間苟求活，羞彼郡都尉。難撲燎原火，易乘破竹勢。中丞文且武，小醜曾蔕芥。下令城中外，毋得輒引避。按堵第如故，已定退賊計。賊來如風雨，剥膚患孔亟。晨興牙門啓，文武咸就位。寇賊在門庭，請問計安出。中丞噤無語，汗流手顫悸。但云烏合衆，不久自當退。城外鼓盈天，城中哭震地。賊徒皆重鎧，踉蹌錯其臂。每聞得漢兒，刃腹必洞刺。刳腸絓樹枝，烏鳶下爭食。尸積雲津橋，血流滇海溢。中丞非不武，空拳安可試。登樓望賊徒，僂然思所畏。或用緩賊謀，姑爲好語慰。彼賊若罔聞，瞋目仍攘袂。惡詬至不堪，左右皆沮愧。甘受城下盟，竊發虞姦細。犒用十二牛，文錦先皮幣。葚紫織成衣，黄金鉤落帶。銀印龜形鈕，本自上方製。名器敢輕假，曾謝挈缾智。賊衆始拜舞，觀者猶惴惴。賊來荷戈入，賊去馳金回。何對切。可憐窈窕孃，抑作犬羊配。虜獲動無算，男婦必累騎。輜重百里間，緜緜行不絶。此芮切。玀賊固驍悍，小勝輒忸忕。餘制切。中丞文且武，開門悉精鋭。擊歸伺其怠，小醜安足殪。但聞攀牆看，誰將一矢遺。去聲。夷民舊部落，府主新儀衛。前歌後有舞，送歸刺史廨。昭昭漢日月，幾向鑾天墜。忍死幸須臾，延頸王師至。焚香拜馬首，雙頰如雨淚。不意溝壑軀，復覩漢旌幟。感激活我恩，人持一筍餌。長跽主帥前，帥聞乃大誶。怒聲吼如雷，立命三軍士：居此圍城中，盡與賊勾結。吉詣切。從賊有顯戮，任其所斬刈。軍士擁向前，兩手捽其髮。方味切。舉刀便欲斫，觀者但愕眙。叩頭連乞命，「我輩有何罪？」「爾輩實無罪，是爾命盡日。而至切。昨傳中丞令，首開購級例。重賞不踰時，以此競趨利。捘賊無所得，失利且有害。頭顱許借我，誰能别真僞。」老幼聞此言，號擗淚盈眥。生既無門控，死當訴上帝。駢首就鋒刃，流血如泉沸。次第列功狀，報捷日三四。中丞啓捷書，抵掌大稱快。催軍益前進，功多賞亦倍。傳教諸將營，努力功名會。今年殺諸賊，金印如斗大。當取懸肘後，急擊慎勿失。式吏切。天網恢恢布，多殺神所忌。逆賊既就俘，將吏亦被逮。糜爛同一理，誰逃百六阨。烏懈切。叟昔有三子，諸孫繞膝嬉。酷經喪亂來，并無髫齔嗣。田園既蕪没，居室遭焚燹。親友凋殘盡，生理迷所寄。人皆羨高年，高年有顚頷。歎息老叟語，停鞍重歔欷。去聲。召變良有初，妖象著爲䈴。町疃作戰場，噫嘻豈偶值。

閒居

敬通居里日，彭澤去官辰。酒熟邀田父，花時對孺人。素琴横竹几，藜杖挂山巾。在世無明略，猶堪傳隱淪。

田家樂二首

烟火高原合，雞豚小市通。夜行防虎阱，寒至築牛宫。捕雀遵桑翳，澆麻引竹筒。今年倍收秫，不怕甕頭空。

挾彈驅田鼠，持竿放野豚。但令倉有粟，寧使婦無褌。賣藥曾過市，催租少到門。不知今去漢，歷代幾兒孫。

奉陪蘇中丞游招寶山同作次壁間韻

突兀如臨碣石傍，天青島嶼辨微茫。千年陰火疑潛爇，三足陽烏本内翔。魏闕遥瞻天北極，戈船爭指日南王。臣心似水朝宗遠，一任沮洳變作桑。

春日述懷寄湯義仍四十韻

漢域春陰盡，蒼山旅病淹。梯航三面入，風壤百夷兼。五尺通秦道，單車即瘴炎。投荒虚繡斧，覽勝引丹幨。市有紅藤篋，家珍白井鹽。涔蹄規海闊，岧嵧露峰尖。霜蒨長含潤，温泉側注瀸。衣冠餘僰爨，貨貝古閭閻。茉莉簪花豔，稌秔釀酒甜。緬文披似篆，蠻語聽猶譫。烽燧宵常警，萑蒲日戒嚴。由來稱卉服，未可廢戎鈐。往者勞徵發，王師怏殄殲。傷心多戰哭，無術救危阽。退食聊閒步，幽吟却卷簾。磔雞初學卜，射隼竟空占。牽拙身何補，浮湛趣自恬。怪看顛種種，轉益貌廉廉。藥裹頻教命，觚毫嬾欲拈。神龜寧要灼，廄馬剩須箝。自笑名爲累，誰知意所恢。以予嬰世網，念子獨淵潛。客坐閒垂釣，妻鉏并擁鎌。游魚窺硯沼，微雨映書籤。句琢文心巧，時推筆力銛。七襄勞組織，一字費鍼砭。善戲非爲虐，雄文合愈痁。木蘭舟汎汎，荷芰帶襜襜。麗曲傳箏柱，閒情詠鏡奩。吟當花纂纂，舞愛玉摻摻。多取天應忌，高名已亦嫌。餘生甘劓刖，抵死乞髡鉗。老態杯中失，窮愁病裏添。澤糜安飲啄，涸鮒且喁噞。世外論歡賞，私衷早屬饜。筌蹄自有契，膠漆乃非黏。别怨稱殊未，歸期歎不詹。春心傷碧草，秋望滿蒼蒹。饑渴思瓊樹，書題倚素縑。空庭無過雁，竟夕坐明蟾。今古論冤憤，乾坤幾顧瞻。已而應誚鳳，宛彼一鳴鶼。種竹籓官舍，看雲到步檐。池萍青靡靡，砌卉緑纖纖。戀闕心徒奮，傷時口合鉗。風塵途漸迮，原野氣猶燂。輦轂憂胡越，深宮歎釜鬵。迷津憐弱喪，回策庶西崦。瘴海愁空説，鄉園淚暗沾。思君遥送目，烟雨晦巴黔。

毛堪 一首

堪字公輿，吴縣人。萬曆戊戌進士，除吉安推官，選授廣東道御史，升大理寺丞，歷官南京通政使。卒，贈工部右侍郎。

蘭津謁武侯祠

羅岷山勢接哀牢，丞相曾經駐節旄。尚有里巫鳴社鼓，依然陣石出江槽。偏安西蜀非初願，深入南方豈憚勞。精爽不隨炎漢盡，蘭津終古薦溪毛。

何棟如 一首

棟如字子極，無錫人。萬曆戊戌進士，除襄陽府推官，以阻礦被逮，起南兵部主事，升太僕少卿，監山海軍。有《南音》《攝園》二集。

午日秦淮雜詠

深潭日落停舟滿，高柳橋回夾岸齊。燈影不分波下上，人聲莫辨水東西。

范鳳翼 二首

鳳翼字異羽，南直隸通州人。萬曆戊戌進士，除灤州知州，屢遷吏部郎中。天啓初歷尚寶少卿，以朋黨落職。崇禎初起復，尋遷光禄少卿。有《勳卿集》。

鄭玄岳云：公在吏部，以用賢遠姦爲己任。有一君子，必亟進之，如顧端文、高忠憲是也。有一小人，必亟退之，如楊櫝、杜縻、牛惟曜是也。其見善如渴，見不善如讎。而忌者至矣，以八年里居之官，而罣拾遺之疏。以十七年不入都門之人，而奉削奪之旨。公獨處之怡然，所謂德音不瑕者與。

水閣

凉颸動水閣，卷幔坐能幽。竹嶼連朝雨，荷池三伏秋。茶聲入高枕，花氣上層樓。鎮日無人到，凭欄數白鷗。

夏日李後岡先生五柳園讌集

三徑何幽勝，居然陶令家。涼風鳴豆葉，疏雨落桐花。虚院疑秋早，深林信日斜。最憐塵事隔，心賞足烟霞。

秋日渡江

瓜渚輕舠破浪風，金焦山麓亂流中。秋高不避波濤險，欲看江南柿葉紅。

鄧雲霄 一首

雲霄字玄度，東莞人。萬曆戊戌進士，除長洲知縣，微授南京戶科給事中，升湖廣僉事，歷四川右參政，湖廣左參議，降陝西僉事，調廣西，升右參政。有《百花洲集》。

隄上行

萬井樓臺落鏡中，環隄處處小橋通。吳娃慣蕩蓮舟劇，水淺沙明不畏風。

吳文企四首

文企字季騆，號白雪，南京旗手衛籍景陵人。萬曆戊戌進士，除戶部主事，歷郎中，出知寧波、湖州二府，終陝西按察副使。有《絮菴慚録》。

《詩話》：白雪廉吏守湖州時，爨薪不給，課僮僕刈後園豐草，折枯樹以炊。拾得石一片，上有「玉筍」二字，其旁題識已滿，乃宋元豐間物。笑曰：「太守落落如此石，石應太守將去。」及遷秩，載之以歸，置香雨樓，聞至今尚在也。其《菰蘆集》在湖所著，詩頗饒清韻。

題資福寺同寮友作

行到寺邊寺，坐看山外山。講堂分戶牖，野席對溪灣。暗水香厨引，高雲絶頂還。茶瓜深話久，欲起更牽攀。

登定海八面樓望海

便欲乘潮去，登臨小白華。憑誰辨灰劫，無術算河沙。開士元居海，仙姑舊姓麻。蓬萊幾清淺，好問蔡經家。

汎舟碧浪湖二首

紺塔高懸山寺，蘭舟不遠人家。載出村莊兒女，折來楊柳桃花。

小櫂白蘋洲渡，輕帆碧浪湖風。歸到郡城春望，湖山盡在樓中。

沈孝徵一首

孝徵字公廉，海鹽人。萬曆戊戌進士，除工部主事，歷郎中，出爲河南按察副使。有《玄暢閣集》。

顧太初云：公廉諸體未嘗不師古人，而惟陳言務去。

陪祀長陵

憶昔攀龍向鼎湖，幾回清夜聽啼烏。南來風雨群山合，北望關河落照孤。累葉衣冠瞻祖廟，中宵綵仗發清都。霜華滿地松楸冷，英爽于今陟降無。

高出八首

出字孩之，萊陽人。萬曆戊戌進士，知曲周、高陽、盧氏三縣，升南京戶部主事，歷郎中，出爲蘇松參議，遷副使，轉河南參政，升按察使，降廣寧道監軍副使，改西平堡監軍。有《盧隱》《郎潛》二集。

馮元成云：孩之詩能不襲陳言。

焦弱侯云：孩之因故爲新，去俗從雅，譬之朗玉孤桐，自中天律。

《詩話》：孩之家本東萊，不襲歷下遺派。如蘋婆果初生，食之味雖近醡，猶勝冬月儲藏，軟同緜絮。

古意

鳳鳥久不至，丹穴邈難尋。如其今來儀，不異他山禽。所以鳴岐後，千古閟其音。

箕山

箕山於太室，如岱有梁甫。輔嶽并稱尊，他山遑敢侮。潁水源更清，石流歷可數。所以讓王人，洗耳臨其滸。一瓢棄陶唐，飲牛愧巢父。後代鮮若儔，高風激千古。

野憤

三十六年秋，高子居于虢。再覩燕辭壘，感我留滯客。葉墜洛水清，虎鬬熊耳夕。時物惕所懷，山川察今昔。嵳峩入雲雪，八月中天白。牛羊懸蒼崖，横術帶阡陌。其人或巢穴，其俗無蓄積。催科更復拙，課殿甘督責。十載曉吏事，無能效涓滴。折腰如尺蠖，妻妾交不懌。空谷幸無人，時縱尋山屐。庶少填委煩，且免多口讁。四海今小康，天威儼咫尺。恭聞聖節前，臺省員滿百。意氣富指陳，容易輸肝膈。封事報寢多，往往生彈射。元氣存碩果，剝廬獨安適。夫誰作厲階，至今餘毒螫。天聽愈以高，嚚訟竟何益。黨禍歷殷鑒，賢者宜自惜。紛爭群小利，危言徒唶嘖。虺蜮與鬼狐，影響襲其迹。

國事視勝負，秦越比肥瘠。君子處嫌疑，虚名中一擲。乾坤氣日短，萬姓生理窄。嫠緯誠過慮，不敢不跼蹐。巍巍太祖功，百世可憑藉。天子堯舜資，式瞻四門闢。恭己治無爲，洛蜀得冰釋。小邑物亦遂，豁此窮愁癖。

洛中感秋

紅樹邙山路，西風颯已驚。東京有遺事，游客不勝情。金谷銅駝地，周公召伯城。二毛動秋興，三十豈成名。

亭山園次道岸韻

野色臨高閣，天風落綺筵。屏寒松柏雨，杯淨薜蘿烟。細逕分籬斷，春畦抱井圓。囂塵憐市眼，應接轉茫然。

答贈劉載甫比部言別

五月江流漲，家人苦鬱蒸。把君贈佳句，忽似踏層冰。爲别亦常事，忘情終不能。漸深交態後，知己感偏增。

自德州買舟北上紀見

茫茫四野水，水鳥掠風帆。土屋無人閉，江艘有使監。新魚隨罩得，遺穗進桴芰。出涕憂無象，凉颸拂露衫。

允修山林還作此奉問

西山積翠抱長安，銀海瓊泉勢鬱盤。千樹春雲靈寢覆，萬年仙月侍臣看。旌旗群帝回鑾合，風雨諸陵委珮寒。司馬相如消渴甚，欲因多病乞祠官。

何慶元二首

慶元字長人，六安州人。萬曆戊戌進士，授工部主事，歷郎中，出爲雲南按察副使。有《蘧來室存稿》。

新浴夜坐

殘暑渾無賴，炎炎赤日懸。裸宜新浴後，凉愛晚風前。團扇蒲葵歇，方牀莞簟便。明河想清淺，烏鵲易教填。

雨霽

積雨晨初霽，歸心客轉多。薄雲天縹緲，深淖馬如何。秋水發新漲，孤帆揚遠波。柴扉休更掩，或者麴車過。

黄汝亨 一首

汝亨字貞父，仁和人。萬曆戊戌進士，授進賢知縣，升南京工部主事，歷禮部郎中，出爲江西提學僉事，轉參議。有《寓庸集》。

西山

悠悠逆旅間，忽忽意不展。振策西掖門，佇覽西山巘。北風紛車塵，曉日出林晛。遵塗泛洲渚，披草踐平衍。水清既近矚，峰遠亦流緬。故術尋嶮嶔，新蹊遮深淺。靈巖恣冥搜，秋容歷餘眄。營魄境互託，貴賤理無選。微尚儻有愜，非譽自兹遣。

張履正三首

履正字我先，山陰人。萬曆戊戌進士，除應天府學教授，歷遷户部郎中，出知廣信府。有《吾兼堂》《漪漪館》二稿。

送張二府擢太平守

南粤羈縻地，旌旄漢守行。解維春浪闊，到日夏雲生。風掃蠻天瘴，威傳遠徼名。聖君應有意，賴爾作長城。

送别夏京兆

如何夏京兆，宦况獨蕭然。雞肋君寧戀，羊腸我自憐。烟花洞庭路，風雨石城船。分手從兹地，相逢何處天。

送堵師甫方伯之任嶺南限韻

熊車曉發建朱幢，帝簡名賢任大邦。南海諸侯推最長，中朝國士本無雙。風清合浦明珠返，雨過炎洲瘴癘降。相送一尊須盡醉，明朝回首隔滄江。

阮自華 一首

自華字堅之，懷寧人。萬曆戊戌進士，除福州府推官，歷遷户部郎中，出知慶陽府，再補邵武，罷歸。有《霧靈集》。

《詩話》：堅之跌宕縱飲，爲理官，扶醉入謁巡按，方下拜，酒污御史衫袖，遂挂彈章。晚爲郡守，不視吏事，惟與賓客分簡賦詩，遨遊山水而已。嘗大會詞客於凌霄臺，推屠長卿爲祭酒，絲管交作，列炬熏人，復爲巡按所糾。庶幾狂簡之士乎！詩不求工，君子誦詩論世，寧舍《詠懷堂》，而取《霧靈集》也。

歸路

歸路數千里，斜陽咫尺間。角聲斷城堞，離恨起鄉關。宿鳥先人入，江流背客還。月中聽砧杵，游子復何顔。

曹徵庸四首

徵庸字遠生，一字平子，平湖人。萬曆戊戌進士，辛丑殿試，由延安推官，入爲大理評事，選刑部主事，歷員外、郎中，終汾州知府。有《冰雪軒詩集》。

沈客子云：遠生詩蒼凉曠達，多出塵之想。

《詩話》：汾州詩品超逸，誦之如食哀梨脆棗，大是爽人。

黄岡道中

芳草展柔綠，十里冒長堤。藤花覆高岡，下與垂楊齊。穀雨春欲盡，雙禽互悲啼。行子感于役，思歸息山谿。閒看理綸繩，坐釣桃花西。及春事偶耕，烟蓑引鉏犂。斗酒勞作苦，壺觴恣提攜。何爲深泥中，沒此青驄蹄。

秋興

愁來白苧一停歌，老去青霜兩鬢過。黯黯夕陽高鳥沒，蕭蕭秋柳暮蟬多。冠軍出塞嗟何及，前箸籌邊定若何。昨夜城南横索馬，傳呼客騎渡黄河。

和秋柳詩

長信宫前幾樹彫，風吹灞岸更蕭蕭。空勞好夢三千里，無那輕霜十萬條。青眼乍迷魂黯黯，蒼烟忽暗路迢迢。却憐二月春寒淺，占斷東風紅板橋。

南康官舍

偶住江城池上亭，長松苦竹伴餘清。墻西秋色斜陽外，截得廬山一角明。

陳允升 二首

允升字雲逵，烏程人。萬曆戊戌進士，滁州知州。有《燃藜閣遺稿》。

秋日苦雨

秋水漸浮隄，青禾白鷺棲。祝篝空有意，抱甕已無畦。蛩欲依人訴，鳩偏逐婦啼。不堪翹首望，天際濕雲低。

碧浪湖

城外烟波浸碧天，城頭烟火萬家連。中流塔影浮寒玉，隔岸風光入畫船。一片松雲歸獨鶴，千秋俎豆列三賢。由來問俗多淳樸，不似西湖競管絃。

劉世教一首

世教字少彝，海鹽人。萬曆庚子舉人，官廣乘知縣。有《研寶齋稿》。

古意

高樓有思婦，光采瓊樹枝。陸離雙玉佩，明珠綴巾綦。摻摻出手爪，哀哀寫芳辭。清商未終曲，聽者淚已滋。良人無故歡，前妾無前期。空憐夜夜月，流影過重楄。

王嗣奭二首

嗣奭字右仲，鄞縣人。萬曆庚子舉人，有《密娛齋集》。

九日聞范君材補官戲簡

龍山吹帽日，北闕賜環新。好飲黃花酒，休令笑逐臣。

舟中即事

黃河杳無際，白浪卷山回。不待窮源去，方知天上來。

明詩綜卷五十九

小長蘆　朱彝尊　録
西谿　高　輿　緝評

張以誠一首

以誠字君一，松江華亭人。萬曆辛丑賜進士第一，授翰林修撰，升右中允，終右諭德。有《酌春堂集》。

贈蕭大將軍移鎮漁陽

鳴沙城北接雲中，千里飛狐一道通。十萬健兒齊上馬，旌旗獵獵動秋風。

王衡六首

衡字辰玉，太倉州人。萬曆辛丑賜進士第二，授翰林編修。有《緱山集》。

高孩之云：辰玉詩清新踔越，卒歸諸雅。

《静志居詩話》：緱山才氣無前，而詔年相酬和者，不過陳仲醇一流。臨終自訟曰：「吾於詩，窺其藩，未造其域。」可謂得失寸心知矣。惜也未盡其藴。

雨中徐州道上

鄉山看在眼，愁向暮山生。驛舍清明雨，人烟芒碭城。花飛急流盡，雲起大河平。一路茫茫白，歸心亂旅程。

十月

此日田功晏，未誅冬月茅。雨收紅豆莢，霜老木棉苞。地薄秋畦苦，官新雜税交。君看窮鳥至，歲暮亦登庖。

十月十五日冊封分藩

琅函五色下芝宫，十月陽春驛樹紅。夜半日輪重海上，天邊星影照江東。老臣涕淚謳歌裏，游子衣冠拜舞中。檢點退思真過計，當年園綺幸無功。

穀城

出山逢老人，入山化黄石。千載石人前，紛紛拜行客。

支硎即事

夜來月暈半無光，今日風來不可當。我勸游人且歸去，百花如雨下山塘。

錢江浪淘沙

聞道山陰雪半消，北連湖水下桐橋。桃花浪起衝沙破，恰好東風上白鰷。

鄭以偉 二首

以偉字子夫，上饒人。萬曆辛丑進士，改庶吉士，授翰林檢討，歷左贊善，右諭德，左庶子，少詹事，升禮部右侍郎，進尚書，兼東閣大學士，加太子少保。有《沍泥集》。

徵兵

羽書諸道召勤王，羅幕營前送啓行。隆萬邊兵恒十萬，薊門但付戚南塘。

霜降疏請謁德陵

萬壑哀湍霜葉丹，橋山劍舄碧天寒。祾恩殿下千行淚，白髮當年舊講官。

熊明遇 一首

明遇字子良，進賢人。萬曆辛丑進士，除長興知縣，徵授禮部主事，擢兵科給事中，出爲福建僉事，轉陝西參議，召爲尚寶少卿，轉太僕少卿，升右僉都御史，兵部左侍郎，拜南京刑部尚書，改兵部尚書。有《緑雪樓集》。

釣舟

竹竿溪上釣魚舟，洞口桃花信水流。曉月半輪新雨霽，春山缺處是嚴州。

蔡毅中 一首

毅中字弘甫，光山人。萬曆辛丑進士，改庶吉士，授翰林檢討，降麻城縣丞，升行人司副，遷尚寶司丞，降長蘆鹽運司判官，再入爲行人司副，改國子司業，進祭酒，升禮部右侍郎，兼侍讀學士。

秋興

木落江空天氣清，西風蕭颯雁南征。浮雲暗逐年華變，岐路虚憐短鬢生。千里關河懸客夢，萬家砧杵動秋聲。崇蘭芳芷依然在，何處江潭弔屈平。

公鼐二十四首

鼐字孝與，蒙陰人。萬曆辛丑進士，改庶吉士，授編修，歷少詹事，禮部右侍郎。謚文介。有《問次齋稿》。

焦弱侯云：先生詩，發于情，𠀌于旨，極變窮工，斟酌中和，率歸大雅。

趙季卿云：先生詩博大宏敞，無湫隘之態。

李季重云：成、弘以來，李、何登壇狎執牛耳，談藝者輒謂「文章之權，不在館閣」，然如劉伯温之警策，宋景濂之温純，解大紳之豪爽，李賓之之浩瀚，王濟之之簡潔，曾子啓、王敬夫之高邁，高季迪之超脱，崔仲鳧之修潔，丘仲深之博雅，楊用修之奇崛，王允寧之簡練，康德涵之雄俊，廖道南之富有，於館閣中，皆稱獨詣」。其言不盡非，亦不盡是也。先生諸體咸妙，不屑屑摹古，亦不沾沾是今，極風雅之用。晚年山居，諸什尤得真趣。

王貽上云：文介詩文淹雅，不減唐人風致，絶句尤工。

李渭清云：《問次齋詩》，篇篇温栗，句句清脆。

《詩話》：言詩於萬曆，則三齊之彦，吾必以公文介爲巨擘焉。即其論詩，大指云：「《風》《雅》之後有樂府，如唐詩之後有詞曲。聲聽之變，有所必趨；情詞之遷，有所必至。古樂之不可復，久矣，後人之不能漢、魏，猶漢、魏之不能《風》《雅》，勢使然也。如漢朱鷺、翁離之作，魏、晉諸臣，擬之以鳴，其一代之事，易名别調，當極其長，豈以古今同異爲病哉！後世文士，如李太白，則沿其目而革其詞；杜子美、白樂天之倫，則創爲意而不襲其目。皆卓然作者，後世有述焉。近乃有擬古樂府者，遂顓以擬名，其説但取漢、魏所傳之詞，句模而字合之。中間豈無陶陰之誤，夏五之脱，悉所不較。或假借以附益，或因文而增損，跼蹐牀屋之下，探胠縢篋之間，乃藝林之根蠹，學人之路阱矣。以此語於作者之門，不亦恧乎！夫才有長短，學有通塞。取古今之人，一一強同，則千里之謬，不容秋毫；肖貌之形，難爲覿面。若曰樂府，則樂府矣，盡人而能爲樂府也。若曰必此爲古樂府，使與古人同曹而并奏之，其何以自容哉！李于鱗曰：「擬議以成其變化。」噫，擬議將以變化也，不能變化而擬議奚取焉？又云：「律詩出於古詩，而難於古詩；七言後於五言，而難於五言；故七律於諸體中，最不易工。古今長技，惟杜氏耳。」杜氏之長，則《秋興》《懷古》《諸將》數篇而已，近世擬作甚多，大率淺率牽合，觀者厭焉。又《贈邢子愿長歌》云：「爲君歷代選宗工，前稱弘、正後嘉、隆。北地雄渾真大雅，步趨盡出少陵下。汝南俊逸誠天然，邊幅姿態未全捐。濟南匠心奇且麗，藻績無乃傷辭意。武昌才美謝諸君，節制之師獨出群。東吳囊括靡不有，利鈍未能免人口。大抵明興只數家，瑜者從來不掩瑕。餘子紛紛未易説，擬議原非吾所悦。丈夫樹立自有真，何爲效彼西家颦！」蓋力攻摹擬之非。然觀其七律，仍以歷下爲宗，故有「文章一代李滄溟」之句，同時名家者，馮用韞、于念東、王季木皆拔萃者也。

唐蒙有絲

唐蒙有絲，不可以縫；戴星有穀，不可以舂。天有匏瓜，其誰食之？海有昆布，其誰衣之？飛鳥依人，不可與語；嘉樹蔽身，不可與處。鶴飛于天，其鳴在陰；魚沉于淵，其潛在深。

客從遠方來

客從遠方來，貽我雙文禽。置之巾箱中，寶惜如兼金。朝夕供飲啄，顆粒比璆琳。羽翼日以長，翻飛歸遠林。去不歸故棲，來不懷好音。聚散自恒理，眷戀傷予心。積羽投洪波，誰能定浮沉。臨崖激翻車，誰能論高深。

詠古二首

齊糾亡公子，乃有從死臣。田横士五百，臨難皆隕身。西京萬億衆，符命爭美新。古來稱得士，惟在意氣真。推心置人腹，豚魚亦相親。

古人獲我心，善達窮通理。安危慮所居，屈伸貴自己。己貴可復賤，中立常不倚。衰至易生驕，腊毒恒在美。薛公僅遺榮，疏傅庶知止。寥廓晞冥鴻，矰繳安可擬。

歸田雜詠三首

導汶自艾山，南流達新甫。東蒙配岱宗，其首挈鄒魯。一山一水間，幽勝略可數。薄營本荒陬，芟除闢宿莽。雙溪作襟帶，連岡若環堵。結屋八九間，開徑數十武。欹仄植亭棧，夷曠築場圃。畚鍤連朝昏，胼胝易寒暑。但求靜者便，不厭作者苦。

避地恐不深，吾必在汶上。曠野多平疇，游目足自廣。南岡一握中，林麓稍森爽。石壁拓精舍，石門斸新壤。陽崖連陰峰，遨遊愜心賞。呼兒荷銚鎒，攜儷治績紡。既欣禾豆登，復見桑麻長。八口可無飢，亦足代禄養。豈足規達人，庶幾屏塵想。

遠遊得暫歸，機事久方釋。漸與朝市遠，轉戀林野寂。田疇日以親，風雨頗相習。農人告及春，欣然顧襏襫。負杖桑陰午，荷鉏麥隴夕。遶屋榆烟暝，隔水梨花白。遠目任縱橫，安步隨偃息。一區安蓬蒿，一盂飽橡栗。溪山本不廉，琴酒堪自適。

擬杜遣興

人苦不知足，有願何終極。當其入天門，猶未厭羽翼。一朝成蹭蹬，唾井無復惜。昔日李將軍，灞亭人不識。

秋夜

河之水，清泠泠。漾月色，明空庭。對牛女，此夜情。願爲乾鵲飛青冥，相思宛轉何時平。

濟河道中

汶水南通楚，清河北帶齊。故山雲淰淰，長路草萋萋。野曠秋天闊，峯高夕日低。前村疑漸近，轉盼暝烟迷。

穆陵關

昔日齊侯履，南疆盡此封。諸山沂作鎮，五岳岱爲宗。沂山，亦名東太山。霸國猶餘業，重關識舊蹤。故園相去近，回首海雲重。

棲霞邠都宫丘長春成道處

乘槎涉弱水，陟降迄仙都。石室誰開闢，丹臺跡有無。十洲爲近地，五岳識真圖。坐聽鸞笙晚，勞峰天外孤。

南竺感舊

鐘磬重巖裏，楸梧亂石間。水窮仍見水，山近却無山。感慨因懷舊，淹留爲愛閒。自嗟塵網繫，雖倦不知還。

過蒙陰舊城山家留飲

故堞依山麓，相傳漢舊城。桑麻千畝遍，梧竹一村平。客醉遲歸意，來希重别情。出門逢野老，重與話躬耕。

辛丑得第赴舘年逾仕矣

釋褐明經暮，操觚祕舘嚴。因知進士少，唐諺：五十少進士。不遂老夫潛。慣見蒼龍礎，《通典》：舉人獻充庭詩：「充庭初識蒼龍礎」。仍攀翠羽簾。《洞冥記》：漢武帝招賢閣，以翠羽爲簾。傫然諸俊後，白髮幾莖添。

梁臺遇雨

不見梁臺月，孤亭暮雨昏。感時思艮嶽，懷古問夷門。苑竹龍鍾發，宮槐兔目存。星軺疏應接，白鳥對開尊。

諸將

上谷漁陽拱帝京，相連河外受降城。一從塞馬來南牧，遂使王師罷北征。絶徼尚傳青海箭，中原新動緑林兵。主憂正值宵衣日，誰向天山答太平。

過漢高祖廟

豐南松柏晚蒼蒼，漢祖遺宮古道傍。父老祇今餘涕淚，風雲依舊各飛揚。一抔事業歸陵土，萬歲神靈在故鄉。却憶炎精銷歇後，千秋王氣屬吾王。

習家池

峴首岧嶤漢水長，習家烟樹野亭荒。羊公流涕山公醉，并枕殘碑卧夕陽。

西郊金主釣臺

花石遺京陷戰圖，薊門衰草釣臺孤。不知艮岳宫前叟，得見南兵入蔡無。

畿南問宋遼戰地

戰勝河東下薊丘，高梁失御陣雲愁。六飛不入燕山府，直見鑾輿到廣州。

明湖獨眺

窄岸平橋萬柳斜，半城春水半人家。東風吹雨宵來急，一片鄉心到海涯。

南樓

十二樓開列玉京，分明天上落層城。檐前寂寂三珠樹，半夜鶴飛枝上鳴。

掖縣道中

齊疆行盡海雲生，處處看山自問名。麥秀漸漸桑柘緑，馬頭不見曲侯城。

董光宏二首

光宏字君謨，鄞縣人。萬曆辛丑進士，除刑部主事，歷員外、郎中，出爲河南提學僉事，轉參議、副使、參政，遷陝西按察使，江西右布政，入爲順天府尹，升南大理卿。致仕，加南兵部右侍郎。有《秋水閣集》。

補陀

東南澤國半，往往饒異蹟。大海峙補陀，懸崖幾千尺。層波山震撼，斷柎石蒼赤。明滅九點烟，超忽萬里舶。翻風鷙鳥退，近岸亂帆擲。西方有聖人，東海乃其宅。年來詔使至，旛幢颭巖石。我亦飛渡來，流覽感今昔。摩挲薝蔔花，四望曉天白。

許昌道中

青郊小雨裛游塵，正是芳菲一半春。花柳故園應共笑，主人歲歲作行人。

許獬 一首

獬字子遜，同安人。萬曆辛丑會試第一，賜進士出身，改庶吉士，授編修。有《許鍾斗集》。

孟夏陪祀太廟仿顔延之郊祀歌

皇祖於昭，賓於帝里。照臨萬方，匪遠伊邇。享祀苾芬，陟降來止。其祀維何，大輅玉几。穆穆皇皇，百辟卿士。其德馨香，升聞不已。皇祖居歆，醉飽具起。孝孫有顒，報以繫祉，自今伊始。

雷思霈一首

思霈字何思，夷陵州人。萬曆辛丑進士，改庶吉士，授檢討。有《歲星堂集》。

北郊鷹房作

遼城金壘古鷹房，羊角風沙接大荒。野窟舊無狐兔蹟，小池今有芰荷香。黄鸝獨語遮深柳，粉蝶叢飛戀短牆。千古幽州還禹甸，卜年開統憶先皇。

袁懋謙五首

懋謙字吉卿，豐城人。萬曆辛丑進士，改庶吉士，授兵科給事中。有《虎溪詩選》。

擬古二首

行者日以行，思者日以思。日月相代謝，荏苒踰歲時。君子在萬里，獨宿誰與怡。徘徊增感傷，託夢通音徽。音徽不可接，涕泣沾牀帷。披衣還起立，東西迷所之。

熠熠花間螢，照我庭東廂。高飛不能起，斂羽舒其芒。云是腐草化，耀此玄夜長。逢時被渥澤，朽質自生光。

山中晚歸

晨出後鳴雞，夕歸先倦馬。山烟已染衣，望之在平野。霞光逐日散，暝色浮空下。追群獨鳥飛，韻壑奔流瀉。事去無中戀，情來非外假。入門誰爲娱，村釀聊可把。

同年郭太素從廣陵攜姬人爲白下之游賦別

白門花月可憐宵，宛轉朱欄映畫橋。怪得彩雲飛不散，玉人新度廣陵簫。

東封日本歌

司馬頻年苦運籌，東封擬解廟堂憂。如今却似商人婦，愁水愁風望去舟。

《詩話》：此嘲東明石尚書拱辰作也。

茅瑞徵 二首

瑞徵字伯符，歸安人。萬曆辛丑進士，除知泗水縣，調黄岡，擢兵部主事，歷郎中，終南京光禄寺卿。卒，贈大理寺卿。有《澹樸齋集》。

《詩話》：大理，鹿門從孫，家世饒裕。鹿門孜孜治生，大理耽情吟詠，歷官有廉吏之目，壯年即解組歸田，自敘云：「炙手不知炎，下石不知險，脂膏不知潤，軒冕不知榮。胸無機械，意無好醜，殆天下之至愚人也。」因自號苕上愚公。官職方時，著有《象胥録》《三大征考》。詩亦真率自喜。

彭城懷古

望彭城：彭城面面水，環匝與城平。君不見：馬中赤兔人中布，引水灌城走無路。

送薛駕部還陝

朔風日以厲，肅軫超西秦。行行歸故鄉，而我失所親。與君同舍郎，况乃託比鄰。相望朝伊夕，綢繆亦有因。一旦出門辭，飛飛關陝塵。仰盼浮雲駛，悵然憶遠人。懸知經歲别，分手自愴神。願展平生意，河梁寫其真。聊將盈尊醪，敘此離情新。我亦賦歸來，離合難具陳。

俞彦十首

彦字仲茅，太倉州人。萬曆辛丑進士，除兵部主事，歷員外郎，升光禄少卿。有《擬古樂府》。《詩話》：少卿《擬樂府》，自南北朝入，亦是解人。第篇幅稍長，輒未合古。此韓退之所云「不造其堂，不嚌其胾」者也。

企喻歌

新降吐谷渾，齊唱部落稽。喈汝勿復驕，來聽企喻辭。

琅琊王歌二首

金陵山四圍，都城帝王住。江水從西來，淮水東南注。
北面望琅琊，可憐盡空闊。鹿挺走他山，復藉豐草活。

淳于王歌

鬱鬱田中禾，禾熟自成穗。沉沉合歡帳，獨寢不成寐。

讀曲歌

與歡橋頭別，楊柳纔垂絲。空局不著子，尋思未有棋。

雍州曲

可憐南雍州，形勝山四抱。南湖與北渚，都上大堤道。

作蠶絲

蠶老變作蛹，吐絲外成繭。但見外綢繆，中心無由見。

自君之出矣

自君之出矣，心惄如調飢。思君如貪吏，無有饜飽時。

折楊柳

二月江水平，春洲春樹生。垂楊復垂柳，新雨更新晴。蕩子年年別，東風歲歲晴。

捉搦歌

兩馬異力問輿騶，兩絲異色問離婁。兩狐異革問司裘，兩人異處問蹇脩。

孫光裕 一首

光裕字子長，嘉興人。萬曆辛丑進士，除建昌知縣，補固始，擢山西道御史，升南光禄少卿。有《廉善堂集》。

酌酒與韓求仲

君不見塞上翁，失馬不足憂，得馬不足喜。禍邪福邪迭相倚，世事大都皆若此。邯鄲婦嫁厮養兒，宿瘤身入齊宫裏。紛紛好醜難具陳，好醜由天不在人。大夢之中還説夢，浮漚聚散蠖屈伸。百年能得幾時樂，十九憂愁病與貧。吁嗟乎，侏儒飽欲死，東方饑欲死。才人坎壈自昔然，落落寧惟吾與子。且須飲酒醉莫辭，人生亦貴適意耳。

趙士諤二首

士諤字謇卿，吳江人。萬曆辛丑進士，除會稽知縣，入爲職方主事，調考功司，歷文選郎中，遷太僕少卿，以僉都御史，巡撫宣府。有《中丞詩選》。

送周蓼洲吏部

久繫中朝望，嘉招慰物情。不誇津地重，獨喜市門清。是處成蹊徑，憑誰秉國成。渙群今日事，行矣慎持衡。

來季方還蕭山

仿佛經過三十秋，年年盼望越來舟。幾番夜雨曾聯榻，何處春山不共游。往事茫茫渾是夢，故人落落總堪愁。老來轉覺難離别，欲去還期十日留。

蔡善繼 一首

善繼字伯達，烏程人。萬曆辛丑進士，除莆田知縣，調香山，入爲工部主事，歷郎中，改兵部，出知泉州府，歷湖廣、福建左右布政使。有《去去齋集》。

春日閒居

幽棲未擬絶塵寰，楚帝橋西水一灣。樹裏暗浮鄰寺塔，樓頭青入傍城山。不緣好客寧沽酒，祗爲高僧遂出關。春鳥自鳴花自舞，禪心竟日與雲閒。

譚昌言 一首

昌言字聖俞，嘉興人。萬曆甲午鄉試第一，辛丑進士，知常熟、婺源、欒城三縣，遷南兵部主事，歷員外、郎中，升福建參議、提學，轉山東按察副使，以參政卒于官。贈太僕寺卿。有《涓石居遺集》。

《詩話》：譚公宰常熟，識瞿起田於諸生中，移婺源，盡鐫徽國文公遺書，儲之高閣，課士子誦習。迨視學于閩，杜絶請託，試卷不假一人寓目，皆手自甄綜。案未發，公子來省覲，寄食旅店中，不許入廨。嘗自謂「此官可棄，此案不可移」。蓋視學三年，而鬚髮盡白矣。分守東萊，有濰令與遼將相構，遂以遼兵叛，聞巡撫初莅，倉皇入奏，檄登兵會勦。登營多遼人，偶語籍籍，公大言曰：「遼將吾將，遼民吾民，誰敢言發兵者！」入營，握遼鎮李性忠手，令馳箭諭濰營，將士皆感泣。毛帥在島門，舉朝交倚爲重，公獨以東江進兵爲贋局，曰：「此登寇爾。」公以積勞嘔血死。思陵即阼，卹以死勤事諸臣，特贈公太僕卿。公在留都，結詩社、讀史社。詩愛孟襄陽，第不多作。

贈吴興蔡叟

先生無俗侣，野鶴與同群。奕對包山橘，書開石室芸。白蘋雙槳渡，紅葉五亭分。高隱看誰似，將無鄭巨君。

徐禎稷三首

禎稷字叔開，松江華亭人。萬曆辛丑進士，除刑部主事，歷員外、郎中，出知夔州府，遷按察副使，致仕。起補浙江温處道，以病引歸。有《餘齋集》。

《詩話》：叔開清門廉吏，比於胡威父子。其在夔府，寄書家中附詩云：「寄語機雲山下水，出山仍似在山清。」蓋入蜀之後，詩尤深婉，句如「千盤白鵠雲中路，三暮黄牛峽口船」，「卧閣秋雲生白帝，登臺春雪和巴人」，「雲邊古堞三千雉，花裏春城十萬家」，「水白瞿塘聞榜枻，雨晴赤甲見桑麻」，「入春江勢疑吞郭，一雨山光盡到樓」，「天末雁稀秋色盡，山家橘熟夜霜清」，「新猿雨後瞿塘路，獨雁風前故國心」，俱瀟灑出塵。

獨木橋

悲熊芝岡也。

獨木橋，林下渡，蔓草徑，山前路。杖藜躡屐閒來去，不怕秋風與秋雨。君不見，六州都督三軍將，轅門馬道廣十丈。飛虎風開赤羽旗，盤龍日灼紅絲鞅。世塗自合有翻覆，蒼茫眼底生陵谷。北闕霜催壯士心，西郊雨暗孤臣哭。噫嘻，東門黄犬不肯牽，赤血要灑咸陽阡。

澱湖

雪浪堆三泖，風帆挂澱湖。斷雲收雨淨，高樹入秋孤。暮色諸峰碧，寒聲一雁呼。滄浪歌罷去，漁父定吾徒。

浦口望金陵

千金紫陌駐遊驂，繡閣銀燈酒半酣。十四年來魂夢斷，今朝江北望江南。

張鼐 八首

鼐字世調，松江華亭人。萬曆甲辰進士，改庶吉士，授檢討，歷國子監司業，諭德，庶子，少詹事，升禮部右侍郎，加太子賓客，落職。起南吏部右侍郎，掌詹事府事。有《寶日堂集》。

南山猛虎行 并序

景州道上官餉四千二百，暴客十六人，白晝被劫。作《南山猛虎行》。

南山虎，北山盜，行路難，三河道。三河健兒氣縱橫，彎弧躍馬矢鏑鳴。征車轔轔出官路，官錢私錢走如鶩。官錢押解濟遼軍，私錢興販資商賈。河東一路村無烟，枯楊荒草六月天。車夫汗喘車輪折，百里五十行不前。霹靂一聲呼廣漠，壯夫墮馬魂膽落。止求買命不求錢，官錢破櫝私傾橐。何圖遼餉四千餘，景州白日供搜攫。刺史傾家上已空，地方捕盜捕虎同。

援兵謠

老翁卧牀覆牛衣，老嫗當牕續繭絲。小兒竈上戛釜䃺，䃺薄不充兒腹饑。驚聞一聲叩門急，彎弓帶箭横躝入。小兒哭走牀下匿，曳翁下牀相煎逼。驅嫗取火急烹煮，東鄰買酒西鄰黍。東西兩家各受兵，一粒一滴不肯予。老翁老嫗跪痛哭，今日腹中昨日粥。賣衣典袴止百錢，獻與長官來折乾。長官出門氣如虎，走往前街尋大戶。前街大戶緊閉門，以石敲破翻怒嗔。直入卧内據牀裀，妻女含羞各奔竄。竈前火滅人影斷，纔供醉飽一隊過，後隊又到須徵辦。

登醫巫閭山絶頂挾一老僧以從放歌

神州五岳神所居，遼西乃有醫巫閭。長城不能斷地脈，靈氣盤結東扶餘。翠屏萬疊遮大漠，危峰千尺凌清虚。砂頭西犇似駭浪，山勢北曳同衣袽。石壁巉巉俯絶壑，泉流滴滴下深渠。鼉岡磈磊苦折屐，鳥道盤屈驚催車。逶迤百折山之半，别開一洞棲猿狙。山樓突兀鑿新磴，佛火荒凉依舊廬。攀厓披棘上絶頂，天風欲墮吹襟裾。何當一掃狼烟息，山巓可勒燕然書。

送茂倩姪官南水部歸省

悲哉是秋氣，黯爾别銷魂。九月黄花節，三家白酒村。砧鳴驛夢曉，笳動戰塵昏。行矣東方騎，高堂正倚門。

清音閣同平仲夜話

平子吾宗望，相逢此地遊。湖山同是客，雲物已先秋。北嶺看松路，西溪聽雨舟。眼中惟爾我，沉醉坐江頭。

過大名舊城

日落征途訪故宫，行人指點舊天雄。女牆斷續牛羊下，墟墓高低禾黍中。漳水不堪添夜雨，澶碑依舊立秋風。古來河北關興廢，一說干戈恨未窮。

唐中翰衷抑辭講筵出佐浙鹺戲贈鹽字韻一律并懷其二仲中甫熙甫

青案翻經職典籤，亭亭玉樹謝家簷。前籌借箸海爲賦，舊學調梅羹作鹽。篋筆長騰池上彩，賜衣猶翦尚方縑。斷橋雁影孤山月，幾度懷人試卷簾。

樓居春暮

春事初殘雨一犂，豆苗瓜蔓長春畦。客來烹茗供新水，興到銜杯續舊題。剩有圖書翻枕上，總無亭舘近瀼西。小樓日出朝眠穩，爲語流鶯莫亂啼。

傅淑訓一首

淑訓字啓昧，孝感人。萬曆甲辰進士，滁知濮州，調澤州，入爲工部員外，進郎中，出知平陽府，升山西按察副使，尋提督學政，歷陝西參政，四川按察使，遷太常少卿，累遷戶部尚書。

題香積寺

平甸草鋪似繡，高峰石削如門。牛羊十里五里，雞犬前村後村。

趙彦復 一首

彦復字微生，杞縣人。萬曆甲辰進士，官至湖廣按察副使。有《趙微生詩選》。汪明生云：微生古詩，有河梁之遺響，下亦不失寶、曆流風。近體詞以興成，格由骨振。寧律不諧，不使句弱。

《詩話》微生牽絲作宰，不以簿書廢吟咏。晚輯李獻吉、何仲默、王子衡、孟望之、薛君采、高子業、劉子素、張助甫、謝茂秦九人之詩，目曰《梁園風雅》，而以己作附之。以爲獻吉籍本扶溝，聚族於斯，婚嫁於斯，長子孫於斯，營丘墓於斯，非梁人而何？君采之先，出自偃師，而隸武平赤籍；茂秦爲趙王客，因卜居，子孫遂留不歸，鄴志載在流寓，故亦入選。中州之文獻，得存其略焉。

雨

高雲不可即，飛雨作泥塗。多難詩篇減，新涼病骨蘇。貧仍雞鶩食，愚任馬牛呼。往事庸堪問，空嗟白日徂。

黄儒炳 一首

儒炳字士明，廣州順德人。萬曆甲辰進士，改庶吉士，除編修，歷右中允，左諭德，右庶子，遷南京國子祭酒，升吏部右侍郎，轉左侍郎，兼翰林侍讀學士。有《影木軒集》。

經始興江口

三楓亭下路，不盡瘴雲鄉。亂石千峰落，斜階一水長。樓船通漢將，鐃吹發陳王。往事東流盡，棲鴉遍夕陽。

汪煇 一首

煇字德仲，休寧人。萬曆甲辰進士，改庶吉士，授編修，歷官吏部左侍郎，協理詹事府事。

春日山行

過懶倦宦遊，歸來且多務。命駕偶山行，始叶泉石趣。入澗窮窈窕，陟峰出雲霧。細雨灑春寒，輕風飄日暮。俄爲桑門訪，忽值友生顧。蔬酌供野興，晤言寫情素。高原恣遐眺，幽徑暫閒步。眷此永日歡，信彼頹齡度。城市苦氛囂，誰能舍之去？

周炳謨 一首

炳謨字仲覲，無錫人。萬曆甲辰進士，改庶吉士。授檢討，歷贊善，諭德，少詹事，以禮部右侍郎，協理詹事府事。卒，謚文簡。

登雞鳴山寺

琳宮突兀雞鳴嶺，極目風烟天地寬。山疊亂峰來北岳，水連千峽入桑乾。誰人禾黍谿邊種，幾處牛羊谷口看。塞下只今歌樂業，幕南昨日到呼韓。

吳應琦 一首

應琦字景韓，桐城人。萬曆甲辰進士，歷官南京大理寺卿。

滇中有懷

南詔春深暮雨昏，懷歸畏有簡書存。三年雪鬢行荒服，萬里冰心答至尊。永夜衰親頻入夢，何時穉子一迎門。龍眠櫻筍聞無恙，短褐黄冠是主恩。

劉士驥 一首

士驥字允良，禹城人。萬曆甲辰進士，改庶吉士，授檢討。有《蟋蟀軒詩草》。

長陵陪祀作

赤縣歸真主，青山鎖故宫。玉魚沉永夜，石馬立西風。霜露秋容肅，椒蘭祀典崇。明禋鸞馭在，濟濟駿奔同。

過庭訓一首

庭訓字爾韜，平湖人。萬曆甲辰進士，除江陵知縣，擢雲南道御史，督學南畿，遷江西參政，轉福建按察使，升應天府丞。有《平平草》。

辛酉秋日游茅山

海内真靈居，茅山踞如虎。舊傳三弟兄，各作一峰主。仙人長往來，華陽稱洞府。百里借遊遨，信宿樂兹土。是時秋正清，諸峰可歷數。高觀揭天中，時有白鶴舞。地胏豈虛名，真誥傳自古。何當騎茅龍，豈復戀圭組。

魏濬二首

濬字禹欽，松溪人。萬曆甲辰進士，除户部主事，歷員外、郎中，出爲廣西提學僉事，仕至右副都御史，巡撫湖廣。有《峽雲閣存草》。

墟上詩二首

箬籃雙放髽頭安，却坐林邊解竹簞。椶葉結衣慵避濕，青紗裹額不愁寒。蔞根對語時還嚼，車騎來過亦聚觀。此去茅村應未遠，滿溪澀勒翠團團。

紆回巖徑轉嵯峨，笑問蠻家第幾窠。入市每衣芒木布，出門時唱浪花歌。峒丁慣筈殲狐矢，獞女能抛織貝梭。墟散盡投歸路去，斷烟半隴罥荒蘿。

沈珣四首

珣字幼玉，吴江人。萬曆甲辰進士，授中書舍人，選山東道御史，巡按貴州，尋轉福建參政，歷湖廣按察使，河南右布政司，山東左布政使，擢都察院右副都御史，巡撫山東。有《淨華菴稿》。

《詩話》：先伯祖贈尚書君輿公，爲沈公分校京闈所拔，其後申以婚姻。公之曾祖漢，正德辛巳進士；伯位，隆慶戊辰進士；同懷兄琦、琉，從兄璟、瓚，先後皆衣柳汁釋褐。門才之盛，甲于平江。而子姓繼之，文采風流，代各有集，則尤世禄之家所難矣。晚愛逃禪，所至廨舍，輒事掃除，或笑以爲「傳舍何必乃爾？」公曰：「宛其死矣，他人入室。吾未見故廬非傳舍也。」其達觀如是。詩頗圓熟，略與昴弟雁行。

春日懷長兄在燕

聞道幽燕地，蕭條異故鄉。沙昏天欲黑，春半草猶黃。馬足衝霜冷，鴻聲聽夜長。今宵千里月，飛夢舊池塘。

鄭州道中

鄭州城北水連空，蘋葉荷花處處風。無數沙鷗飛上下，馬頭仿彿見江東。

江南春

繁花紅映赤欄橋，楊柳新隄繫畫橈。三十六陂春水碧，滿船明月一聲簫。

女郎綺生卜居江上

窈窕紅樓隔舊京，重簾瑟瑟擁雕楹。樓前咫尺官橋路，認得蕭郎白馬聲。

王象晉一首

象晉字子進，濟南新城人。萬曆甲辰進士，授中書舍人，遷禮部主事，謫江西按察知事，稍遷行人司副，轉禮部員外，歷郎中，出爲浙江參政官，至浙江右布政使致仕。卒，鄉人私謚康節先生。

言志

通籍三十年，息肩猶未得。靜中自尋思，永夜勞轉側。來日苦無多，胡不惜筋力。富貴如浮雲，百歲猶頃刻。世塗多險巇，反覆無終極。何不早挂冠，戚友相親慍。西塾課兒孫，東皋藝黍稷。早畢公家賦，早完私家債。濁醪聊適口，麄糲堪供食。八口可無饑，四鄰好爲德。時而曳杖游，時而曲肱息。一事不縈懷，兩耳常緊塞。用以怡吾神，徜徉華胥國。

樊良樞二首

良樞字尚默，進賢人。萬曆甲辰進士，歷官廣東右布政使。有《三山》《二酉》等集。

暮春登滕王閣

江上春歸思渺然，危欄百尺瞰寒烟。美人南國銷芳草，帝子東風怨杜鵑。半嶺孤雲銜落照，一飄遠水淨浮天。月明十二樓頭曲，夜夜吹簫到客船。

登岳陽樓

楚館迢迢楚水長，雨餘新漲下瀟湘。九歌緩節迎河伯，千古傷心弔國殤。肉食幾人憂社稷，野謀無計奠疆場。衡雲莫障長安日，搔首青天望帝鄉。

祁承㸁 一首

承㸁字爾光，紹興山陰人。萬曆甲辰進士，授寧陽知縣，調長洲，遷南刑部主事，轉兵部，歷員外、郎中，出知吉安府，京察，謫沂州同知，稍遷宿州知州，入爲兵部員外，歷河南按察僉事，副使，江西右參政。有《澹生堂集》。

《詩話》：參政富於藏書，將亂，其家悉載至雲門山寺，惟遺元明來傳奇，多至八百餘部，而

《葉兒樂府》散套不與焉。予猶及見之。其手録《群書目》八册，今存古林曹氏寺中。所儲已盡流轉於姚江禦兒鄉矣。

聞警

醫巫閭下水東流，填盡枯骸剩作丘。當局豈皆肉食鄙，傍觀寧盡杞人憂。既知殘奕惟爭劫，坐視危檣欲覆舟。可是樞臣饒遠策，故將鎮靜作良謀。

劉遵憲一首

遵憲字可權，大名人。萬曆甲辰進士，除壽張知縣，調滋陽，升户部主事，累官兵部尚書，改工部，加太子太保。有《恕醉齋集》。

寄書兒曹修葺山居

自悔出山誤，由來歸夢頻。每看客邸月，偏憶故園春。鳴鳥驚時變，叢荒著雨新。可憐湖石畔，只少白頭人。

王湛求云：香山詩：「歌舞屏風花障上，幾時曾畫白頭人」，惟白頭不入畫屏，此湖石畔不可少也。

凌漢翀 一首

漢翀字峻卿，長洲人。萬曆甲辰進士，除福清知縣，選陝西道御史，贈大理寺卿。

《詩話》：張子野《吴興寒食詞》：「中庭月色正清明，無數楊花過無影。」余嘗歎其工絶，在世所傳「三影」之上。詠梅者類取材於疏影、暗香，侍御獨以無影形容之，亦奪胎法也。

詠梅

玉蘂含風香，苔枝帶霜冷。夜静月冥濛，空庭卧無影。

閻世科 一首

世科字伯登，太原人。萬曆甲辰進士，除湖州推官，入爲户部主事，歷郎中，出知河間府，轉布政司參議。

楞伽臺

垂老投簪穩，憑高對酒閒。江風梳白髮，海霧羃青山。日極秋天遠，身依莫鳥還。禹功遺跡在，千載喜追攀。

劉胤昌 一首

胤昌字燕及，桐城人。萬曆甲辰進士，知宜黄、臨川、廣濟三縣，遷南京大理評事，歷官興化知府。有《遷草》《覲草》《遊草》。

潘蜀藻云：廷評詩不假思索，衝口而出，往往有逸氣，間似香山。

增城流杯石

增江有怪石，形容類虎丘。亦可坐千人，而多巖厓幽。曲澗自天成，或云鬼斧修。仰承千丈泉，驚湍變安流。土人不好事，經年罕來游。我行及暮春，風日妍且柔。結伴得數子，大半高陽儔。脱舄坐曲澗，杯盂任所投。欲去忽復往，將沉還能浮。徘徊若就人，想爲知己留。觀者盡拍手，我意徒夷猶。

歎息下山去，空坡驅羊牛。

范汝梓一首

汝梓字君材，鄞縣人。萬曆甲辰進士，除工部主事，謫酉陽宣撫司經歷，累遷任襄陽推官，入爲刑部主事，歷員外、郎中，出知延平府拾遺，謫襄陽同知，尋守襄陽，卒于官。

采蓮曲

風吹荷葉十里香，采蓮女兒矜豔妝，櫂聲驚起雙鴛鴦。雙鴛鴦，何處宿？白蘋灣紅蓼谷。

戴耆顯一首

耆顯字令微，桐城人。萬曆甲辰進士，禮部主事。有《梳河集》。

南旺湖

古爲陸地，云即大野。

異代南湖水，猶存大野名。秋風一夕至，蘆荻有餘清。蕩漾浮堤淨，微茫入檻明。時時陰雨裏，髣髴魯諸城。

明詩綜卷六十

小長蘆　朱彝尊　録
休陽　汪文柏　緝評

李流芳十一首

流芳字長蘅，嘉定人。萬曆丙午舉人。有《檀園集》。

山中喜張魯生至同尋熨斗柄坐湖邊竟日而還偶作

貪游不知止，足力疲屢試。起晚日當午，偃曝聊自恣。忽聞故人來，發我湖上意。出門何翩翩，兩足殊快利。嘗聞熨斗柄，頗怪此名異。昔年過其下，髣髴已忘記。今日天有風，湖山想奇致。相與歷西磧，山窮見湖勢。沿流正縈紆，撫石得小憩。飛湍擊嶒竑，穹壁立贔屓。洗出如削成，斗絶畏崩墜。

閃爍絢丹堊，剝落疑文字。傾厓側足過，陰壑緣藤縋。燕磯與黿渚，生平快游地。遂擬兼勝槩，恍忽理夢寐。高歌遏水聲，浩蕩入胸次。吾欲乘長風，悠然向天際。惜哉多舟楫，使我不得濟。

過皋亭龍居灣宿永慶禪院同一濂澄心恒可上人步月

每多方外游，見僧即如故。燈明一龕下，夜長愜深悟。不知山月上，千林已流素。出門尋舊蹊，愛踏松影路。幽泉洗我心，微鐘杳然度。

戲示山中僧侶

山居不須華，山居不須大。所須在適意，隨地得其槩。高卑審燥濕，凉燠視向背。樓閣貴軒翥，房廊宜映帶。或與風月通，或與水木會。卧令心神安，坐令耳目快。皋亭美林壑，中塔亦稱最。一樓負山立，圭竇如向晦。山僧請余住，余性苦不耐。勸令開八牕，咄嗟變湫隘。前楹布清陰，後戶攬蒼靄。玲瓏稱人意，蕭爽出塵界。驩然謂山僧，此中固有解。往往住山人，不知山好在。我昨居新菴，結構亦可怪。居然仇凉風，似欲杜靈籟。古梅如老宿，亭亭使人愛。其下安竈突，柯條半焦壞。悲哉冰玉姿，坐受熏灼害。見之熱五内，如身被桎械。誰當共拯此，移竈出樹外。面南闢小扉，日與香雪對。區區一緡費，功德及萬倍。吾言不見用，終爲未了債。

訪秦心卿溪上嬾園不遇有作

溪上好園亭，君家聞最勝。經過已廿年，今始識三徑。翳然臨水間，愛此飛閣映。位置不在多，貴與風物稱。主人意疏豁，事事得真性。我來不相值，維舟柳邊暝。見戴自無須，悠然發孤詠。

贈别洞庭葛實甫

我懷洞庭月，欲醉莫釐峰。幽意久不愜，高人今乍逢。新詩正堪把，歸櫂阻相從。却羡秋山下，丹黄已萬重。

黄河夜泊

明月黄河夜，寒沙似戰場。奔流聒地響，平野到天荒。吴會日以遠，燕臺路正長。男兒久爲客，不辨是他鄉。

訪慧法師於皋亭桐塢作

不見皋亭慧法師，每勤書札慰相思。蹉跎又作三年别，慚媿終無一往時。忽憶虎溪成舊社，且尋茅屋賦新詩。關門短櫂衝炎去，黄鶴峰頭月上遲。

元夕雨邀里中諸君小飲檀園燈下次伯氏韻

花邊樓閣月邊廊，更愛繁燈照夜光。雨氣無端先客到，檐聲應爲和歌長。城頭結綺人俱散，村裏迎神鼓不忙。且盡一杯酬令節，泥深門外亦何妨。

爲陳維立題輞川畫

吾愛華子岡，輞川流日夕。如何舍此去，傷心賦凝碧。

雨中看梅西磧即事

村園門巷逐花低，藤蔓桑條咫尺迷。花底泉聲認歸路，沿流直到石橋西。

題畫似雪嶠師

千峰頂上只通雲，一水人家别有村。直到前山蘭若路，清鐘落日不逢君。

成靖之 一首

靖之初名基命，字砦于，大名人。萬曆丁未進士，改庶吉士，授編修，累官吏部侍郎，進尚書，入東閣，加太子太保，禮部尚書，文淵閣大學士。贈太保，謚文穆。有《雲石堂集》。

送劉紫芝南還

遠别人情惜，君歸更若何。匡時憐道直，涉世患才多。路柳催春去，江風拂櫂過。還應逢雨露，且莫怨蹉跎。

錢龍錫 二首

龍錫字稚文，號機山，松江華亭人。萬曆丁未進士，授編修，歷中允，諭德，以少詹掌南京翰林院，升禮部尚書，東閣大學士，召進文淵閣，加太子太保，致仕歸。尋逮繫詔獄，論斬，得釋，戍定海衛，久之還里，卒于家。有《兢餘存稿》。

《靜志居詩話》：公始入閣，思陵命定附魏璫諸逆臣案，出黄羅囊示之，且曰：「忠賢一豎，何能爲？皆外庭力爲諂諛至此，囊中章疏，悉媚閹人實蹟也。」公乃取以論罪，分别重輕，凡六等；又慮罪人狡辯，因請於諸臣姓名下，各注所犯，俾服其心。逆案既定，黨人銜怨刺骨。袁崇煥經略遼東，入見帝，大言期以五年奏功。公疑焉，退而詣之曰：「子方略將何如？」對曰：「不外東江、關寧兩路進兵爾。」東江者，島帥毛文龍也，公曰：「舍關寧實地而問海道，何與？」對曰：「譬如弈然，局有四子，東江其一也，可則用之，不可則有以處之。」崇禎二年五月，崇煥行邊，至雙島，召文龍至，以餉金十萬犒其師，自與文龍登舟，相視山海形勢。酒間勾隊，島帥麾下以邊警報者踵至。崇煥乃疑曰：「吾軍亦有偵探，卒何以不一至，此速吾行爾。」起數其跋扈，拔尚方劍斬之，聲其罪置帥而返，全軍莫敢譁也。及大安口失事，都城被圍，崇煥勤王師至，廷臣多言：「崇煥之殺文龍，陰爲主款地。」思陵大疑，尋有旨，俾縋城入，下之獄，訊叛狀。於是御史高捷劾公與袁同謀，崇煥既誅，御史史𡎴劾公，逮繫詔獄論斬。有司設廠于西市，將用夏言故事。既而緩決。左中允黄道周、給事中劉斯琜，先後爲公訟冤，得釋，戍定海衞。居戍所九年乃還。崇煥之死，詳載本朝《實録》。操史筆者，不可不知。

初入翰林述志

皇風被奕葉，師濟協重熙。妙選金閨彦，登兹白玉墀。慚予蹇劣士，何幸沐恩私。就將彌日月，摹範承師資。雕蟲既云拙，温飽匪所思。獨此葵藿心，耿耿誓不移。念昔皇祖日，講藝恒孜孜。天顔瞻咫尺，密室奉疇咨。衮德信多補，臣忠實在兹。顧問久寂寞，簪笏徒委蛇。四郊漸多故，啓沃劾者誰。所願回宸照，堂廉路不岐。

題豳風七月圖

國本民生繫，深思草昧存。淳風懷墐戶，美俗寫朋尊。卜洛從何始，承邰信有源。艱難開聖主，告誡切文孫。拭目丹青麗，賡歌雅什温。思隨工瞽誦，欣望闢虞門。

楊漣 一首

漣字文孺，應山人。萬曆丁未進士，除常熟知縣，徵授戶科給事中，歷禮科都給事中，升太常少卿，擢右僉都御史，進副都御史。死璫禍，贈太子少保，左都御史，謚忠烈。有集。

《詩話》：六君子被逮，周朝瑞、袁化中、顧三公，以五月到北司，魏、楊、左三公，以六月到北司。比較之日，六君子伏檐溜下，楊居中，左居楊之左，魏居楊之右，顧居魏之右，周居左之左，袁居周之左。許顯純初猶作爾汝稱，旋竟呼名叱咤。獄吏有稱犯官者，顯純怒罵曰：「此等犯人爾，何官之有？」其刑具有械、有鐐、有棍、有櫻、有夾棍，遇比較，流血灑地，楊、左、魏三公先斃，次袁，次周，次顧，投繯而逝。是年六月，詔獄土地祠前，樹下生一黄芝，六君子至日，光彩映人，環視適六瓣，見者疑吉兆。顧公歎曰：「芝，瑞草也，而生于獄，其妖乎！」未幾，六君子皆斃于獄。楊公之歸櫬也，負以二騾，其子及一二蒼頭徒跣道上，行路皆爲飲泣云。

題柏子園青芸閣

官閣凌空汶水深，金飈初動客登臨。浮雲易改三山色，落葉先驚萬里心。江上美人遺雜佩，城南少婦拭清砧。繁臺兔苑今禾黍，日暮憑闌思不禁。

左光斗 一首

光斗字共之，桐城人。萬曆丁未進士，授中書舍人，擢浙江道御史，升大理寺丞，進少卿，終左僉都御史。死璫禍，贈太子少保，右副都御史，謚忠毅。有集。

《詩話》：萬忠貞之死，忠毅哭之以詩，有云：「我有白簡繼君何能已，與君同游杖下矣。丹心留在天壤間，默默之生不如死。」是亦不愧其言者也。詩多晚唐風韻，如「濕雲留野樹，晴雪照征衣」，「凍犬迎人返，飢烏下食齊」，「一觴邀老友，隨意發新歌」，「過雨煤錢長，將炎水價添」，「野牆藤蓋瓦，村落樹爲橋」，「問節驚初度，思親改歲華」，「疲驢衡道路，破帽出都門」，宛然鄭都官、姚少監遺格。

憶龍眠山居

卜築傍龍眠，雲深一徑穿。源窮纔見屋，山盡忽開田。芋栗新栽得，芻蕘任往焉。笑余緣底事，一别動經年。

顧大章 一首

大章字伯欽，常熟人。萬曆丁未進士，除泉州推官，改補常州府學教授，稍遷國子博士，轉刑部主事，歷禮部員外郎，出爲陝西按察副使。被逮，卒于獄，贈太僕寺卿，謚裕愍。

《詩話》：楊忠烈攻魏忠賢，人疑具草者繆文貞；王莊毅攻客氏，人疑具草者顧裕愍。此兩公所以不免也。裕愍與弟大韶、仲恭，詩義妙絶時人，詩特具體而已。

被逮道經故人里門

檻車塵逐使車轅，一路知交盡掩門。猶喜多情今夜月，斜窺樹隙照離尊。

李標一首

標字建霞，高邑人。萬曆丁未進士，改庶吉士，除檢討，累官太子太保，禮部尚書，文淵閣大學士。

題梁慎可墨香亭

古樣蕉衫白接䍦，芳亭長日坐支頤。焚香自悟無生訣，拈筆閒摹有道碑。竹韻松濤清自遠，花觚茗盌靜相宜。近來愛寫黄庭否，好换新鵝浴小池。

許令典一首

令典字稚則，海寧人。萬曆丁未進士，官至淮安知府。有《靈泉贏史集》。

《詩話》：稚則一官不達，意薄淮陽，散髮歸田。陶潛之屋不豐，范蠡之舟偏小，籃輿竹杖，紙帳繩牀，雅饒樂趣。所云「愛官何似愛吾廬」也。詩取適意，無意求工，蓋本於香山、《擊壤》。

題陳平叔陋巷

狹巷難容旋馬，小池也愛籠鵝。客來兒子教揖，興到老人自歌。

馬德灃 一首

德灃字以容，平湖人。萬曆丁未進士，改寧國府學教授，入爲國子監博士，遷刑部主事，歷郎中。卒，贈太常少卿。

曹園讌集

名園成勝引，畫榼出疏籬。不厭杯頻勸，何妨席屢移。暮煙停客櫂，宿雨亞花枝。興劇忘歸去，娑拖月上時。

鄒維璉六首

維璉字匪石，江西新昌人。萬曆丁未進士，除延平推官，徵授南京兵部主事，歷員外、郎中，改吏部，坐削；起南京通政司參議，遷行太僕少卿，以僉都御史撫福建，終兵部右侍郎。有《願學編》《宦游》《友白》《導噫》等集。

述懷

羶塗難久居，盛名寧久留。所以鴟仁子，五湖一扁舟。應無雄辨士，俯狥燕客求。四時忌成功，急湍無安流。美服人所指，權利倍添憂。

古意

百年苦瞬息，人事復乖違。園中桃與李，安能久芳菲。天風掃枯葉，北雁忽南歸。嗟我行役人，年年成金微。鬵栗自西來，游子未授衣。嚴霜墮關塞，明月照孤幃。兩地共摇落，兩情共欷歔。

秋興

鴟梟得腐鼠，輒以嚇鵷雛。鵷雛飲清露，高飛棲碧梧。飄然樊籠外，野性常自如。鴟梟即飽食，能無畏張弧。古云鹿生山，命已懸庖厨。達人訪物理，深藏賦遂初。

初至夜郎

遠戍天涯事可悲，疏狂真負聖明時。誰言鴻鵠能千里，差喜鷦鷯託一枝。草野數懸丹闕夢，鄉園空望白雲垂。高山流水情堪詠，已擬埋名老下帷。

閨怨

妾恨憑誰寄，君懷祇自知。堂前雙燕子，歲歲赴春期。

陌上偶成

青青道傍柳，轉眼忽成圍。男兒客他鄉，不知歲月非。

徐從治 一首

從治字肩虞，海鹽人。萬曆丁未進士，除桐城知縣，改武學教授，轉國子助教，遷南禮部主事，歷郎中，出知濟南府；以山東按察副使，分巡兗東；以布政司右參政，分巡濟南；加右布政使，請告歸。起薊州兵備道，尋加左布政使，復移病歸。再起山東武德道兵備，超拜都察院右副都御史，巡撫山東萊州，被圍，中飛礮死。事聞，贈資善大夫、兵部尚書，賜祠曰忠烈。有集。

《詩話》：徐公平白蓮賊，擒其魁徐鴻儒，脅從四萬六千餘人，悉赦罔治。其奉命填撫山東，詔駐青州。而公以叛軍將掠萊州，特與防撫謝璉治守城具，三宿而寇大至，固守七月，爲礮石碎顱，殞于城上。合乎以死勤事之祀典矣。公孫曰全，曰令，均有文采。以公遺詩三篇見示，因録其一，反覆誦之，不異張中丞「接戰春來苦，孤城日漸危。裹瘡猶出陣，飲血更登陴」之句也。

入萊州城被圍作

崇禎五年春，帝命師中錫。俾撫大小東，星言事羈靮。於時二月朔，告警馳羽檄。叛軍無安巢，掠地恣所歷。萊牧實要衝，群兇首矍踢。雖有防守臣，敝甲同袒裼。詔許駐青州，欲往寸心惄。萊民亦吾民，不忍付焦溺。單車指危邦，夫豈尚沽激。須臾寇果臨，疾風走沙礫。孤城露南隅，三面受鋒鏑。

雲梯匪一層，地道發重甓。捷如猱升木，多於螘緣壁。穴以穬熏戸，臺縱火燔荻。相隨八十騎，騎騎奮長矜。自顧一書生，乃當萬人敵。援兵絶蚍蜉，礮石轟霹靂。誰與生厲階，失計遂貽慼。一星燄不撲，燎原衆斯惕。兩葉生不除，須用斧柯析。奈何肉食謀，議撫不議擊。養癰久必潰，累卵危終殈。哀哉此邦人，何讎委虺蜴。效死職所甘，智已窮墨翟。

沈聖岐二首

聖岐字千秋，烏程人。萬曆丁未進士，除工部主事，歷員外、郎中，出知濟南府。

送閔昭余出守漳南

閩南虎竹三千里，苕水漁村二十年。別後相思夢何處，刺桐花發海雲邊。

即事送吳翁晉

百尺飛絲送柳花，青春欲暮未還家。揚鞭忽到鳴箏處，一笑初停白鼻騧。

錢文薦二首

文薦字仲舉，慈谿人。萬曆丁未進士，知新野、宜春二縣，入爲工部主事。有《麗矚樓集》。

《詩話》：仲舉論詩，升少陵於堂，置之首座；青蓮次之；高、岑、王、孟又次之；餘子隅坐侍酒而已。自謂「吾輩於此，不可不占一坐，否亦須坐兩廡中，聆鐘磬管絃之盛。」然觀其製作，未免懦鈍，譬之於樂，僅比於柷、敔、椌、楬焉爾。至駿顧茂齊謂「少陵詩窮後工」，以爲非是；「詩至少陵，窮固工，不窮亦工也」，斯言得之。

月下懷馮正子太史

夜坐林木清，見此池上月。群峰忽已淨，孤雲澹將沒。愁深白鷺渚，夢斷蒼龍闕。望望曙河遙，思君不可越。

山居雜興

自掃閒房卧，能令俗慮輕。披簾邀乳燕，挈榼赴遷鶯。海味梅魚滑，山毛竹筍清。湖天思盪槳，恰喜報新晴。

趙崡 一首

崡字子函，一字屏國，盩厔人。萬曆己酉舉人。《詩話》：子函好古，撰《石墨鐫華》，闗中金石，藉其題識。詩不見醜，尚存康、王遺格。

茂陵

黄山歷盡見孤城，城上樓高眼倍明。芳樹寢園今北望，暮雲宫闕舊西京。芙蓉晝冷仙翁露，苜蓿春閒宛馬聲。回首長楊誇獵地，何人得似子雲名。

韓敬 一首

敬字求仲，歸安人。萬曆庚戌賜進士第一，授修撰，尋謫行人司副。

題南陔山房

碧山初築澗之濱，選石疏池位置新。坐守庚申偕道士，橋名丁卯續詞人。深情只託支頤笏，時樣爭傳墊角巾。縱是漁師魚不賣，暇從秋浦戲垂綸。

張慎言 一首

慎言字金銘，陽城人。萬曆庚戌進士，官至吏部尚書。有《泊水齋集》。

《詩話》：尚書雖歷崇階，傾心下風雅之士，聞詩人陳昂捆屨布卦，卒窮以死，語所知曰：「自今入市門，見賣菜傭，皆宜物色之，恐有如白雲先生其人者。」嗚呼！今人論撰述，率先揆其仕路之通塞，以定文字之佳惡，取舍由兹分焉。江河日下，安得聞此長者之言。

過洹水將入里有懷長安故人

洹水纔過丹水流，客愁爭似水悠悠。汀洲緑映征袍淺，桃李香迎語鳥柔。耽靜計將書卒歲，懷人豈但目三秋。歸來鄉里都如故，晚計方思馬少游。

丘兆麟 一首

兆麟字毛伯，臨川人。萬曆庚戌進士，除行人，選授雲南道御史，升太僕少卿，以右僉都御史，巡撫河南。有《玉書庭集》。

洳河

四月洳河濱，運艘千百檥。我舟銜尾來，偶與同起止。八牐閉九日，一旬得百里。前塗牐更繁，閉者轉難啓。轉漕四十斛，至僅一石爾。庶土勤輸將，咽喉實在此。一夫若當關，萬夫不足恃。意外事未然，平陂亦物理。君相共策籌，庶乎消不軌。

文翔鳳 一首

翔鳳字天瑞，西安三水人。萬曆庚戌進士，除萊陽知縣，調伊陽，再調洛陽，遷南禮部主事，調吏部，升山西提學副使，入爲光禄少卿。有《伊川》《海日》《雲門》諸集。

錢受之云：天瑞詩離奇奡兀，不經繩削，騁其才力，可與唐之劉叉、馬異，角奇鬬險。如魔波句具諸天相，能與帝釋戰，遇佛出世，不免愁宫殿震壞。《詩話》： 學有異端，詩亦有異端，文太青、王季重是已。

望唐陵

北望唐家十八陵，寢園貴主亦相仍。惟將憲廟除樵採，不爲明皇具禴蒸。幸蜀山川幾板蕩，平淮天地再清澄。奉先橋首堯山好，柏路遐探憾未能。

鍾惺四首

惺字伯敬，景陵人。萬曆庚戌進士，除行人，升工部主事，改南京禮部主事，進郎中，遷福建提學僉事。有《隱秀軒集》。

錢受之云： 伯敬少負才藻有聲，公車間擢第之後，思别出手眼，另立深幽孤峭之宗，以驅駕古人之上。而譚生友夏爲之應和。海内稱詩者，靡然從之，謂之「鍾譚體」。譬之春秋之世，天下無王，桓、文不作，宋襄、徐偃，德凉力薄，起而執會盟之柄，天下莫敢以爲非伯也。數年之後，所撰《古今詩歸》盛行於世，承學之士，家置一編，奉之如尼丘之删定。而寡陋無稽，錯謬疊見。《詩歸》出，而鍾、譚之底藴畢露，溝澮之盈，於是乎涸，然無餘地矣。迹其所謂深幽孤峭者，如木客之清吟，如幽獨君之冥語，如夢而入鼠穴，如幻而之鬼國。浸淫三十年，俗易風移，滔滔不返，而國運從之。殆《五行志》所謂「詩妖」者乎！

《詩話》：《禮》云：「國家將亡，必有妖孽。」非必日蝕、星變，龍漦、雞禍也。惟詩有然。萬曆中，公安矯歷下、婁東之獘。倡淺率之調，以爲浮響；造不根之句，以爲奇突；用助語之辭，以爲流轉。著一字，務求之幽晦；構一題，必期於不通。《詩歸》出而一時紙貴。閩人蔡復一等，既降心以相從；吳人張澤、華淑等，復聞聲而遥應。無不奉一言爲準的，入二豎於膏肓。取名一時，流毒天下。詩亡而國亦隨之矣。

再登浦口王茂才山樓望石武庫澹寧所造新城

水上樓居忽有城，重來翻覺類新成。鶯花每次逢長夏，風日無端屬乍晴。山對層楹還自若，江添睥睨倍多情。亂帆屢向烟邊没，去遠參差却漸生。

舟晚

舟棲頻易處，水宿偶依岑。岸暝江逾遠，天寒谷自深。隔墟烟似曉，近峽氣先陰。初月難離霧，疏燈稍著林。漁樵昏後語，山水静中音。莫數歸鴉翼，徒驚倦客心。

送丘長孺赴遼陽

曲突何曾勸徙薪，烽烟桴鼓重邊臣。全遼三五年中事，爛額焦頭半楚人。

桃源詞

商山海上半秦民，何獨桃源是避秦。滿洞仙人一漁子，翻疑漁子是仙人。

王志堅一首

志堅初字弱生，更字淑士，崑山人。萬曆庚戌進士，授南京兵部主事，歷郎中，以按察僉事，提學貴州，不赴，再起提學湖廣，卒于官。有《香巖室草》。

錢受之云：淑士讀書，最爲有法。先經而後史，先史而後子、集。其讀經，先箋疏而後辨論；讀史，先證據而後發明；讀子，則謂唐以後無子，當取説家之有裨經史者，以補子之不足；讀集，則定秦、漢以後文爲五編，尤用意於唐、宋諸家碑志，援據史傳，摭采小説，以參覈其事之異同、文之純駁。其所著篇章甚富，顧自定詩，才七十餘首。其矜慎若是。

寄長蘅

吾觀仕宦人，每每念丘壑。雖復非真實，茲意或間作。譬如酒食困，番思茗飲樂。病苛稍稍去，旋復恣饞嚼。嗟余困折久，本自甘濩落。茲游非得已，黽勉就人爵。人生能幾何，胡爲久熏灼。寧爲沙上鷗，毋取籠中鶴。

尹嘉賓 二首

嘉賓字孔昭，江陰人。萬曆庚戌進士，授中書舍人，升兵部員外，出爲湖廣提學副使。有《焚餘集》。

舟泊惠山夜坐思琴

昔年與之子，把酒對瑶琴。明月蒹葭浦，秋江楓樹林。擣衣中夜緩，落葉萬山深。悵矣誰能理，烟波不可尋。

江上雜詠

河豚雪後春還淺，刀鱭風來水已波。擕酒江邊吹笛坐，看山何處出雲多。

莊起元 一首

起元字中孺，武進人。萬曆庚戌進士，除浦江知縣，調蘭谿，遷南戶部主事，歷員外、郎中，出知撫州府，官至太僕少卿。有《漆園卮言》。

紫霞洞

石室何寥廓，蜿蜒信地靈。洩雲終古白，豔草自然青。軒帝藏神鼎，淮王貯道經。倏然來物外，思鍊羽人形。

鄭之文一首

之文字應尼，南城人，萬曆庚戌進士，授南京工部主事，歷郎中，遷知真定府。有《遠山堂錦硯齋集》。

金陵元夕

花下燈前出畫裙，衣香一路暗氤氳。不知南陌人如月，但道東門女似雲。

王象春十首

象春字季木，濟南新城人。萬曆庚戌進士，除上林苑典簿，遷南京大理評事，歷工部員外，改兵部，終吏部郎中。有《問山亭集》。

錢受之云：季木詩如西域波羅門教，邪師外道，自有門庭，終難皈依正法。《詩話》：萬曆中年，詩派雜出，季木自闢門庭，不循時習。雖引關中文天瑞爲同調，然天瑞太支離，未免邪徑害田矣，未若季木之無戾群雅也。《題項王廟壁》一篇，比於謝參軍《鴻門》作，更覺遒錬。亡友潁川劉考功公㦸亟賞之，幾於唾壺擊缺，此非邪師外道之傳也。

山老鴉

山老鴉，朝東暮還西，過河拾杜棃。日晚腹飽不歸去，繒繳已伏河邊樹。爾腹已飽爾不知，飽人之腹良足悲。

打棗竿

打棗竿，光瑩瑩，《廣韻》：永兵切。岸上小兒赤身擎。去而復來無時停，終日剝啄不盈升。低枝已盡高枝熟，我竿恨無三尺六。

空城雀

空城雀，飛且止，不營棲巢不哺子，相呼莫向網羅死。

書項王廟壁

三章既沛秦川雨，入關又縱阿房炬。漢王真龍項王虎，玉玦三提王不語。鼎上杯羹棄翁姥，項王真龍漢王鼠。垓下美人泣楚歌，定陶美人泣楚舞，真龍亦鼠虎亦鼠。

送友人

郭外溪邊寺，年來兩送行。攀條猶在眼，落葉已無聲。憶昔春山色，能輕故國情。好將詩酒約，歸問魯諸生。

謁岳武穆廟

衰草寒烟日暮時，傷心瞻拜岳王祠。君王自得偷安計，臣子應班痛哭師。東海未填精衛死，南風不競杜鵑知。由來和議非長策，千古英雄恨莫追。

硤石懷古 即崤陵。

真成箭括與車箱，猶是千年古戰場。想像國殤思蹇叔，時因風雨憶文王。楚人一炬曾輕入，薊馬長驅亦未防。三復青蓮蜀道曲，休令所守化豺狼。

石城月

金陵王氣未曾消，水泊秦淮江上潮。月到石頭城下好，碧雲紅樹聽吹簫。

山家

山家香穄飽椿芽，雨歇籬傍自種花。割麥績麻旋剝棗，一年三度坐牛車。

不落夾

慈寧宮裏佛龕崇，瑤水珠燈照碧空。四月虔供不落夾，内官催辦小油紅。

馬之駿三首

之駿字仲良，新野人。萬曆庚戌進士，除戶部主事，歷員外、郎中，降廣德州同知，升應天府通判，調順天，尋復官戶部主事，終員外。有《妙遠堂集》。

錢受之云：仲良與兄之騏時良，并有詩名，而仲良尤爲秀發。與鍾伯敬同時稱詩，仲良持論，欲極其才情之所之，恣其意匠之所經營，情景筆墨之所稱愜。遠救鋪陳叫囂之病，近離淒清寒苦之習，不屑寄伯敬籬下。伯敬以其非同調也，亦推而遠之。少年盛氣，腸肥腦滿，多詩酒酣暢之致，鮮師友鏃厲之功。其最契合者，吳門王留、新安汪逸，相與馳騁角逐，往而不返。以故時調狎出，學古不純，風格時患於蕪累，波瀾未見其老成。天若假年，未見其止良，可惜也。

《詩話》：仲良才頗縱横，微嫌圭黍未合。

十方禪院

何處堪消夏，非山即水鄉。樹深渾欲暝，花近反無香。欲晚波難緑，迎秋水漸蒼。市譁原未遠，烟景乃微茫。

秋日草橋作

白屋村村度，青帘面面迎。野溪殘雨入，側樹早陰生。黎棗過橋色，雞豚近市聲。未論丘與壑，出郭已多情。

送劉四

別酒呼還輟，欷歔百感俱。兩年何事隔，明日此身孤。秋水殘城郭，清霜點驛塗。故鄉歸總好，高會復能無。

陳翼飛十五首

翼飛字元朋，平和人。萬曆庚戌進士，除宜興知縣，被劾，歸。有《慧閣》《長梧》二集，《己未、庚申、辛酉、壬戌行卷》。

《詩話》：元朋牽絲百里，遽挂彈文，坎壈終身，賴詩篇以陶冶。集甚繁富，幾與明卿、伯玉爭多。《史取》一編，惜乎未就。觀其《解組記》，自述「與韓求仲偕游金山，有詩僧慧秀，攜沈孝廉虎臣札來謁韓，中稱引宜興吴徹如，觸韓怒，嫚駡吴不絶口，以慧秀詩挂松枝上，斥而遣之。慧秀訴之於吴，時沁水孫尚書居相，以御史督運漕，吴嗾孫劾之，代爲草奏，辭連鄒臣虎、湯嘉賓」。黨禍既成，元朋一跌，遂不復振矣。牧齋錢氏與求仲、臣虎、元朋皆同籍，而《列朝詩》槩削去不録。嗚呼！桑海既遷，猿鶴沙蟲悉化，而雌黄藝苑者，黨論猶不釋于懷，可爲長太息也。

齋居

白水浮官舍，青山塞縣門。案頭塵未積，麈尾禿猶存。莽莽雲中樹，瀟瀟雪後村。齋居春事少，農務與誰論。

温陵道中

九日山前路，登臨病未能。烟蘿從畾畾，雲樹幾層層。豹犬柴門月，人魚海市燈。不堪聞杜宇，匹馬過温陵。

悵望

寂寂何多緒，憑高魂易銷。疏鐘蕭寺雨，遠樹海門潮。秋月七千里，春風廿五橋。愁來頻徙倚，蹋破小山寮。

大湘灘

遮莫上瞿塘，灩澦大如象。不見建溪石，連亘三千丈。

甘露寺

山色乍有無，江光遞明滅。夕陽大道傍，行人讀殘碣。

清湖舟中

枯柳霜中鵲，長烟雨後山。人來吹笛罷，獨立碧溪灣。

落星石

白榆何夕墮，危石青如此。疑是酒星沉，渴飲湖中水。

馬當

廟鼓持芭舞，鑾歌日易斜。分風能送客，不忍打神鴉。

檀公壘

故壘青仍在，符鳩白不飛。長城他日壞，衰草夕陽歸。

横江館

横江館外雲，津吏莫東指。但爲放舟行，風波日如此。

赤欄湖

朝泛赤欄湖，暮宿黄金浦。多少采菱船，來問襄陽估。

武昌西門

郎採白蘋花，儂開青箬酒。夜宿武昌城，朝折西門柳。

上元夜别

金雁攲斜記昔年，輕籠慢撚最堪憐。四條絃索無端絶，一夕春風也颯然。

荔支詞

梧州四月火山紅，南海丹時黄雀風。不及閩中焦核好，定應饞殺葛仙翁。

無題

二月長安醉是鄉，青樓繫馬拗垂楊。可憐韋曲花如錦，惱殺相思賀二孃。

賀萬祚 一首

萬祚字孝延，嘉興人。萬曆庚戌進士，授刑部主事，調南禮部轉郎中，再調兵部，出爲山東提學副使，歷福建參政，廣西按察使，以江西右布政使，分守嶺北道。有《大業齋集》。

陳孟常云：　孝延詩寫情性，質有其文。

周侍御行部

蘭臺使者舊知名，攬轡從容江海情。抗疏共看任伯雨，行軍還擬趙營平。五花驄馬巡周道，三輔黄圖歷漢京。不獨艱危憂水旱，前籌更欲請長纓。

朱大啓四首

先伯祖字君輿，別字廣原。萬曆己酉以秀水籍順天鄉試中式，庚戌賜同進士出身，除南昌推官，擢吏部主事，歷員外、郎中，崇禎初，升太常少卿，轉太僕卿，再轉大理卿，遷刑部左侍郎，卒，贈尚書。有《曼寄軒集》。

《詩話》：東漢風俗之厚，期功之喪，咸得棄官持服，如賈逵以祖父喪，戴封以伯父，西鄂長楊弼以伯母，繁陽令楊君以叔父，上虞長度尚以從父，渤海王郎中劉衡以兄，思善侯相楊著以從兄，太常丞譙玄、槐里令曹全以弟，廣平令仲定以姊，王純以妹，馬融以兄子，皆以憂棄官輕舉。至晉而嵇紹拜徐州刺史，以長子喪去職；陶潛以程氏妹喪自免，作《歸去來辭》。自是而後，古之道莫之行也。先伯祖掌銓東曹，聞先文恪公之訃，請于朝，乞歸持服，德陵允焉，當時典禮者，亦不以爲過。斯國史所當附書于《禮志》者。此事尚未百年，今則父母之喪，有不去其官者矣。先文恪以宰輔歸，所遺僅墓田七十畝，先伯祖五倍之，恒曰：「吾官階三品，而恒産倍蓰于保傅，死何以見叔父地下？」鄉黨傳其言，數清門者，必先吾朱氏焉。先伯祖晚愛結方外社，與秋潭、萍蹤、雪嶠諸法侶游，更唱迭和，故《曼寄軒集》禪誦之言居多。

良鄉除夕

時改歲，元旦，崇禎紀元，是日立春。

古驛逢今夕，他鄉對故人。椒盤囊底舊，霜鬢客中新。守歲剛辭臘，乾元早布春。聖恩方浩蕩，何必歎風塵。

經海印廢寺

我行海子橋，不見鏡光閣。惟有青蓮花，凉風吹又落。

自信州還貴溪

小艇恰容膝，輕帆下溜灘。忽聞津吏語，斜月挂江干。

黄巖道中

萬樹梨雲白滿山，桃花幾點破紅顔。春風盡日黄巖裏，數遍峰頭不肯還。

郭忠宁 一首

忠宁字藎卿，吴縣人。萬曆庚戌進士，除刑部主事，歷郎中，改工部，出知河南府，調台州道、湖廣按察副使，終陝西右參政。有《也園詩稿》。

渡江

飄然一櫂泝空明，日午春潮尚未生。回首江南增客戀，新晴鐘鼓潤州城。

崔世召 二首

世召字徵仲，寧德人。萬曆己酉舉人，知連州。有《秋谷集》。

《詩話》：崔君令巴山，有爲魏璫祠請頌德詩者，峻拒之，遂被逮入都下獄。崇禎初釋還，補官桂東，尋司浙中鹺務。詩頗清徹，無塵坌氣。

昔昔鹽

妙舞低垂手，聽歌昔昔鹽。閨人雙淚迸，遊子五湖淹。水餞春澌去，堦延月影潛。嬌鶯藏樹澀，弱柳覆堤纖。西舍徵簫板，東鄰豔鏡匳。燈孤煤漸剔，被冷夢難懕。雁過衡陽斷，雞催鼓角嚴。碧桃花又落，蒼蘚逕仍添。帶減鷩投玦，釵塵罷卷簾。從來音信杳，怕問卜書占。昔昔曾相約，頻將舊語拈。

重九章江門守風有賦 時將被逮。

黑雲照空秋氣昏，章江城外逆水渾。封姨鼓浪掀江豚，招招舟子亦銷魂。酒罷問天天不言，野雞午叫黃花村。誰家買醉登高原，我已挂冠君落帽，擢髮數罪難具論。

孫元化 一首

元化字初陽，蘇州嘉定人。萬曆壬子舉人。從軍贊畫，由兵部司務，進職方主事。天啓末閒住。

崇禎初，起武選員外郎，歷官都御史，巡撫登、萊，吴橋兵變，坐失事，論辟。有《水一方人集》。

《詩話》：初陽忼慨從軍，歷三獨坐，當崇禎初環召，有兩頭蛇見里居樂在堂之南軒，賦詩而行。詩中自況，卒成妖讖。其外孫侯開國語余。公遺集凡百卷，詩僅存數篇，録之以當志怪。

兩頭蛇

吾聞兩頭蛇，其怪不可弭。昔賢對之泣，而我翻獨喜。喜者意云何？以我行藏似。蜿蜒不留停，奔赴孰驅使。當南更之北，欲進掣而止。首鼠兩端乎，猶豫一身爾。蛇也兩而一，相牽無窮已。混心腹腎腸，各口頰脣齒。畢生難並趨，終朝不離咫。伸屈匪自甘，左右何能以。豈不各努力，努力徒縈紊。殺一誠便一，一殺一亦死。兩存終奈何，聽之造物理。

卓爾康 一首

爾康字去病，仁和人。萬曆壬子舉人。有《修餘堂集》。

《詩話》：去病康濟之才，著書等身，惜不甚傳。詩特霧豹一斑爾。

初晴許元昭招看吉祥寺梅

言别長干久，相思積雨重。忽驚梅橤發，如與故人逢。入寺幽香繞，方春冷豔濃。憐君疏傲似，相對益情鍾。

李衷純七首

衷純字玄白，嘉興人。萬曆壬子舉人，選授如皋知縣，升南工部主事，轉兵部員外，出知邵武府，終兩淮鹽運使。有《激楚齋草》。

黄貞父云：玄白詩博通而裁練，藻麗而贍達。上溯建安，下逮大曆，可稱通才。

李本寧云：玄白爲如皋令，治聲冠於江北。文學、政事，四科遂居其二。

陳孟常云：玄白才高學博，千言不厭其多。

《詩話》：都運少以詩文，受知於王元美，元美集中載有贈詩。既而上交郭美命，從游葉進卿，東林諸君子目以俊。及筮仕雉皋，特多惠績，立碑頌德者如林。其卒也，錢受之志其墓，蓋循吏也。吾鄉戚尚寶元佐撰《檇李往哲傳》，語焉勿詳；近項明府玉筍續之，鹺使之治績闕而不書。慮舊聞之放失，附識於此。

古别離

長安百尺樓，其戶銜明璫。岧嶢入雲中。雙闕遥相望。明月照玉顔，皎皎流素光。中夜理瑶瑟，纖指發清商。初彈雙黄鵠，再彈孤鴛鴦。凄飈動羅帷，餘響激微霜。仰視河漢直，寒波浩無梁。安得高飛翼，爲君凌空翔。

春懷

貔貅十萬下遼陽，經略專征有侍郎。殺氣正殷箕子國，捷書空奏日南王。蠻天轉餉愁中絶，異域孤軍蹈險亡。何似乘機歌杕杜，壁堅青海制扶桑。

登岱

層巒絶巘轉氤氲，倒影凌虚日觀分。方詫河山同帶礪，忽驚嘘吸總風雲。珮環神女青霄度，陸博仙人洞府聞。聖主明堂知欲啓，將無重過稷丘君。

送陳孟常太史奉使還朝

春風楊柳拂雙旌，使者星軺返玉京。一詔責躬憂漢主，九天持節識長卿。花深禁苑分仙露，月落宫城聽曉鶯。還念東南民力盡，好從講幄達承明。

浦口道中

今年十月氣尚暖，江北宛似江南天。未彫楊葉黄冉冉，欲吐麥苗青田田。老農築場放犢卧，少婦壓槽呼客前。長塗風景亦不惡，馬蹄且踏寒雲穿。

雨後

夜靜空山中，鳥鳴知雨歇。寂寂啓寒扉，林端澹疏月。

順昌道中

山如眉黛水如羅，谿上人家繡戶多。十五小姬催客酒，銀箏彈出伯勞歌。

吴伯敷 一首

伯敷字同文，宣城人。萬曆壬子舉人。

燕子磯同梅禹金作

江落鮫人窟，磯傳燕子名。濕雲拋雨散，涼月帶潮生。白浪浮虛閣，青山挂斷城。知君有高調，流水若爲生。

李孫宸 一首

孫宸字伯襄，香山人。萬曆癸丑進士，改庶吉士，授編修，歷左中允，左庶子，少詹事，侍讀學士，升禮部右侍郎，進尚書。有《建霞樓集》。

陳皇士云：嘉靖以來，作者并起，流派各别，登壇樹幟者，無慮十數家，各執偏見，更相呰謷，要之不能歸於大雅。先生以優柔之韻，抒穩順之詞，純古淡泊，蘊藉深美。

龍池社集

未盡登高興，重來結伴游。江山仍舊識，寒意改深秋。席地妨樵徑，攀花作酒籌。醉忘歸路遠，還爲夕陽留。

曾楚卿 一首

楚卿字元贊，莆田人。萬曆癸丑進士，改庶吉士，累官禮部尚書。

自芊原至車盤驛

數家烟樹鬱蕭森，人語殊方莫辨音。雲傍馬頭晴作雨，松横嶺口晝成陰。關城晚色疏寒木，古渡秋風亂夕砧。信宿淹留吾有意，故園已在白雲深。

葉燦 一首

燦字以沖，桐城人。萬曆癸丑進士，改庶吉士，授編修，遷南國子司業，歷左中允，右庶子，天啓末削籍。崇禎初，起補少詹，兼侍讀學士，加禮部右侍郎，累遷南禮部尚書。追謚文莊。有《天柱》《南中》《廡下》《讀書》諸集。

抱病

別業空山裏，孤燈獨夜身。交游江上涘，風雨病中人。宿鳥翻深竹，溪流響亂榛。居然成小隱，日日白綸巾。

李繼貞 二首

繼貞字散尹，太倉州人。萬曆癸丑進士，歷官兵部右侍郎。有《萍槎集》。

五人詠

義士殺人都市中，姓名不藏身不匿。明知國法熾如爐，况是鉗綱當羅吉。挺身就吏不辭家，無勞伍伯來相逼。此時上官方自功，御此五人如束濕。夜提鈴，晝設棘，五人齒冷笑不必。一尉一人抵，於法自相匹。即令倍償之，二三亦已畢。何煩五命酬一賊？但取無失大璫心，人命草菅何足恤？臨刑駢首受青鋒，相顧慷慨無變色。嗟乎五人，生爲義士，死作神，不然厲鬼除君側。

猛虎行

山深月黑風怒號，猛虎磨牙求汝曹，子欲夜行何處逃？歸來有吏夜守門，追捕如虎憂心焚，雞豚鬻盡將兒孫。不忍老年見生别，寧拚瘦骨爲虎吞。同是猛虎此有冠，騶虞見之徒心酸。同是猛虎此有翼，狻猊見之亦變色。行乎行乎，擇害莫若輕，倖脱虎吻留餘生。

王心一　三首

心一字純甫，吴縣人。萬曆癸丑進士，由行人選授江西道御史，累官刑部左侍郎。有《歸田園詩集》。

上太行

驅車上太行，山頑無奇石。逶迤有千盤，石磴轉偪側。譬如摩空鳥，漸與青雲迫。俯見蒼崖間，春花間紅白。山家愛尺土，縱橫界如畫。上有千年碑，孔父留轍跡。摩挲落日遲，返景射石壁。祇慮豺虎驕，解鞍投荒驛。

歸渡揚子江

久客天邊路，言歸江上舟。山光分遠渚，塔影漾中流。薄霧籠江樹，平沙狎海鷗。乘潮片時渡，十里隔瓜洲。

苕溪

細雨苕溪曲，微風渡小航。有園多種竹，無屋不圍桑。語覺吳儂近，流分震澤長。烏巾春店近，白酒熱盈觴。

方震孺 一首

震孺字孩未，壽州人。萬曆癸丑進士，除知沙縣，擢湖廣道御史，巡按遼東，被逮下獄。崇禎初特釋，歷官都御史，巡撫廣西。

丁卯中元余在縶經三中元矣

黑海中元三度過，青山一望淚滂沱。浮生幾日仍衣食，鄉夢頻宵怯網羅。心上盂蘭依古寺，天邊墳墓近淮河。荒原秋草知蕭瑟，况復傾巢江上波。

繆昌期 四首

昌期字當時，常熟人。萬曆癸丑進士，改庶吉士，授檢討，歷左諭德，死閹禍。贈詹事，謚文貞。有《從野堂存稿》。

《詩話》：六君子之獄，多以攻客、魏取禍。文貞無言責，而黨閹人者尤惡之，蓋以善謀見嫉也。文貞《與顧涇陽書》云：「東漢、南宋之事，某感歎於中者，久矣。互相標榜豈士君子之幸哉！」又《與楊大洪書》：「不肖歸矣，便可不復出。」又《與葉臺山》云：「不入長安門，不知世路之險且惡也。」是亦明哲之見，而終不免焉。命矣夫！

賦得夏母篇書文太君障子有序

夏忠靖母廖夫人，忠靖幼孤，夫人教之，嚴而愛。事姑甚謹，姑病，執其手語曰：「吾無以報汝，願汝壽過我；子孫事汝，如汝事我。」忠靖拜大司農，夫人年八十，晉封太夫人。三楊及胡祭酒諸公，皆升堂拜焉。

忠靖掌邦計，母廖尚皓首。別殿賜宴歸，高堂介眉壽。是時長陵中，群公并耆舊。三楊列館閣，胡公爲祭酒。連鑣登母堂，却行拜階右。鏘鏘委佩聲，肅肅奉觴走。母也徐唱言，雍容三爵後。上云主恩深，報稱莫相負。下云計臣勞，提挈視吾友。嗟此良宴會，明時信非偶。誰與矢德音，乃在一寡婦。養姑泣下泉，持家敝箕帚。尚書信卿才，訓迪自黄口。蟲魚箋獨勞，鈞軸教已久。繇來孤貧兒，往往踐台斗。

送門人程灝然

我已離群久，君能歲一來。茶瓜談舊事，水石坐新苔。病骨翻然醒，愁容頓爾開。且遲松際月，莫聽暮潮催。

賦得秋聲一雁飛

淅瀝金風動碧林，瑤空獨雁助長吟。聲寒絶塞三千里，影照長安一片砧。秦隴雲横朝起笛，瀟湘月冷夜聞琴。於今聖世銷烽火，北海應無繫帛音。

洪葆原丈闕政報滿還朝

錦帆簫鼓出江湄，水凍黄河驛路遲。鄉味久應忘荔子，客情偏自憶蓴絲。閶門柳色非前日，長樂鍾聲似舊時。聞道使君廉載石，江東父老望旌麾。

周宗建 一首

宗建字季侯，吴江人。萬曆癸丑進士，除武康知縣，調仁和，擢福建道御史，巡按湖廣。被逮，死閹禍，贈太僕卿，謚忠毅。

《詩話》：魏進忠未更名日，忠毅因冰雹，即訟言攻之。尋又上言：「乳母不當入宫。」引王聖、趙嬈、陸令萱以爲前鑒。及德陵遺劉朝行邊，又言：「内臣典兵，有三不可九害。」以是客、魏之黨，皆怨公刺骨。曹欽程舊知吴江縣事，遂希旨誣公，削奪逮捕考訊，九死無屈辭，可云百鍊之剛矣。詩亦慨當以慷。

感事

宫禁高皇誥尚存，只今秉筆自言尊。太阿已授宵人柄，一作「彤弓還待賢人禮」。檮杌齊沾聖主恩。舊定朝儀增禄秩，新開甲第擬侯門。驚心流禍中原徧，未許蒼生得叩閽。

周順昌 二首

順昌字景文，吴縣人。萬曆癸丑進士，除福州推官，徵授吏部主事，轉員外郎。死璫禍，贈太常寺卿，謚忠介。有《燼餘録》。

《詩話》：忠介之逮，在天啓丙寅三月，校尉至，知吴縣事陳文瑞持檄詣公。公從容談笑，入書齋理圖籍。見案有素楮，爲龍樹菴僧乞書者，泚筆揮灑，拂袖而出。入縣廨，越三日宣詔，聚觀者累萬人。巡撫立於左，巡按立於右，諸生王節等肅而前曰：「大人有事地方，詎不知吏部居鄉立朝者？今日人情如此，明公獨不爲青史計乎？曷不據實上聞，請外臺勘治？」撫按股栗不敢諾，緹騎手鋃鐺擲之地，大呼：「囚安在？」衆怒，奮躍而登，攀闌折楯，歐諸校尉，詰曰：「旨何從出？」曰：「魏上公。」於是衆共擊持僞旨者。時大雨，堂下萬屐齊擲，緹騎伏撫按脇下，一尉匿梁上，驚墮而死。是夜撫按具疏告變，捕十三人下於獄，論五人大辟。五人者：顔佩韋、馬傑、楊彦如、沈揚、周文元。文元，公輿丁也。佩韋臨刑，告知府寇慎曰：「囚等爲周吏部死，死於義，非爲亂也。」公既斃於錦衣獄，歸葬白蓮橋南馬家墩。崇禎初，吴人毁魏忠賢普惠祠，購佩韋等頭顱合尸葬於是，曰「五人之墓」。太倉張溥爲作《碑記》。先是，御史倪文焕首劾公，及敗，晝見五人戎裝帶劍入其室，須臾旌旆導公來，庭中石井闌忽飛起，轟震而去。亦異事也。公子茂蘭字子佩，嘗齧指瀝血書疏草訟公冤，故邀卹典特優渥。子佩高隱不仕，鄉人私諡端孝先生。其血書副本，尚存於家，予曾見之，爲跋其尾。

愁

獨坐雁聲急，風高秋氣空。家書千里外，舊事一尊中。北地兵戈滿，南園草木叢。朝來看壯髮，強半欲成翁。

詠梅

春半梅將盡，中庭尚一枝。玉人何處是，惆悵月明時。

吳伯與 一首

伯與字福生，宣城人。萬曆癸丑進士，除戶部主事，歷員外、郎中，出爲浙江布政司參議，遷廣東按察副使。有《素雯齋集》。

李本寧云：福生詩簡遠曠達，兼彭澤、左司、香山、眉山之長。

董思白云：福生騷、賦、古、律體，齊梁之綺靡，兼燕趙之悲壯。

黄貞父云：福生曠懷，雄藻高岑，韋柳惟所汲取，而激越時近樊川。

張子環云：宛陵若梅文學禹金湯司成嘉賓，標新領異，各成一家。君大篇短什，時效切磋，古體高朗，近體遒逸，不規規于形似。

《詩話》：福生《素雯集》雖無與竟陵酬和之作，似亦降心從之者。

宿姑孰

作客休嗟滯，浮生合自勞。蘋花一枕對，蘆荻片帆高。生計存書史，鄉心寄酒槽。夜來寒不禁，換却舊綈袍。

汪康謡 一首

康謡字唐徵，休寧人。萬曆癸丑進士，除諸暨知縣，降補順德府教授，入爲國子監學正，遷戶部主事，歷員外郎，出知漳州府，終福建按察副使。有《菉猗園詩集》。

東阿道中

高岸深藏谷，頽垣曲帶溪。草香風過隴，土滑雨沾犂。涑水流終伏，荒臺迹已迷。前山不可極，馬首暮雲低。

沈萃楨 一首

萃楨字君聚，平湖人。萬曆癸丑進士，除工部主事，改南兵部，歷員外、郎中，出知蘇州府，遷福建按察副使，以參政分守蘇松道，坐報吳江知縣曹欽程貪墨罷，尋落職，起補湖廣按察副使，轉福建按察使，以湖廣右布政使，引疾歸。

田園詩

不淺鱸魚興，君恩許挂冠。城陰三畝宅，日暮一漁竿。風翮秋飛鴿，花泥晚種蘭。兀然微醉好，高枕傍闌干。

方尚恂 二首

尚恂字威侯，淳安人。萬曆癸丑進士，除刑部主事，歷員外、郎中，出知建寧府，遷湖廣按察副使，謫真定同知，改衞輝。有《玉磬齋詩集》。

焦山

危嶼江天峙，烟光寫翠微。吹波豚下上，狎浪鳥翻飛。客與愁猿并，僧呼老鶴歸。潮痕出深樹，片片濕征衣。

曹操疑冢

漳水築荒臺，臺荒銅雀失。不知青蒼瓦，後自何陵出。

沈鳳超一首

鳳超字可凡，鄞縣人。萬曆癸丑進士，除海陽知縣，遷二部主事，道卒。

自君之出矣

自君之出矣，妝奩日掩塵。君心如明鏡，獨照眼前人。

俞琬綸二首

琬綸字君宣，長洲人。萬曆癸丑進士，衢州、西安知縣。有《自娱集》。

明朝别

醉子黄金卮，一卮一番换。明日山上山，相思旦復旦。

古意

不與子同行，願與子同夢。隨子夢所之，相憐不相送。

羅賓王二首

賓王字季作，番禺人。萬曆乙卯鄉薦，仕爲南昌府同知。有《散木堂集》。

《詩話》：季作罷官，歸築哭斯堂於里門。或怪其誕，然方其佐郡，欲率師勤王，居恒忼慨，好談天下事，及陷身犴獄，志不少挫。詩歌多憤懣之詞，亦奇士也。

辛巳三月寇陷襄陽弑襄藩逾旬破洛陽福藩死之兩郡居民屠戮不可勝紀

文士侈言兵，希取印如斗。積誤非一朝，寇至如拉朽。召募煩中樞，司農勞稅畝。竭粟養驕兵，漸積成潄笱。卒爾襄陽城，藩封失其守。城陷鼓聲死，日落大旗走。曾聞賜上方，三載專征久。勉死謝三軍，徒爲軍國醜。嗟彼泄泄人，處堂不思咎。悲憂草野人，抱膝徒白首。

春日送友人入虔州

旅雁歸不盡，春風朝又過。東郊一以別，青草更如何。客舍炊榆火，征衣換越羅。關河莫回首，楊柳暮烟多。

崔培元二首

培元字辰長，海鹽人。萬曆乙卯舉人，官青陽知縣。有《横山草堂集》。

長安二首

陳寶開隆祀，昆明辨劫灰。古來成帝里，今日自樓臺。國事紓西顧，天威儼北來。綢繆關陝地，豈獨武臣才。

鶉野天文布，龍山地軸雄。翦桐開國事，累葉後賢功。車馬黄塵裏，關河紫塞中。從來興王地，文物兩京同。

明詩綜卷六十一

小長蘆　朱彝尊　録
錫山　秦祖然　緝評

錢士升一首

士升字抑之，嘉善人。萬曆丙辰賜進士第一，累官太子太保，文淵閣大學士。

《靜志居詩話》：相君晚達，爰立未久，旋遂初衣薦丁亂離，故其詩多鬱轖。

南園即事

世情不到處，獨寤寐歌時。但有雲山入，兼無樵牧知。竹光虛牖白，花氣雜林遲。不覺斜陽下，鄰家起晚炊。

劉榮嗣 三首

榮嗣字敬仲，曲周人。萬曆丙辰進士，除戶部主事，調吏部，歷郎中，累官至工部尚書，總督河道。有《半舫集》。

錢受之云：敬仲詩操南音，不類河北傖父，用意沖遠，自謂迥出時流。德州盧世漼德水篤好之，句詮字釋，以爲獨絶，唐人之鑄賈島、宋人之宗涪州，無以過也。

《詩話》：尚書銜命治河，時駱馬湖潰，運道填淤，乃創挽河之議。起宿遷，至徐州，別鑿新河，分黄水注其中，以通漕運，計二百餘里，費金錢五十萬。邳州上下，悉河流故道，濬之尺許，皆沙；掘之爲河，經宿沙落，河坎復平。迨引黄水入，波流迅急，衝沙而下，往往成淤。明年漕艘至，駱馬河潰流適平，運丁惟願入泇，不願由新河。尚書雖躬督之，諭以軍法，間有入新河者，舟輒膠於是。南給事中曹景參上疏特糾，落職提問，下獄論辟，獄未解而卒。朝野之論，以尚書河渠之任，本非所長，皆誤信門客之説，用違其才，爲可痛惜。其後駱馬湖復潰，舟行新河，人頗稱便焉。至其詩格卑卑，未能遠與古人方駕。

白石莊萬都尉園作

仙圃宜秋色，相將戀夕曛。松青新濯雨，槐古舊侵雲。竹牖池光合，山樓石翠分。鳳簫遺韻在，擬向月中聞。

題畫二首

老去登臨怯杖藤，好山不上最高層。疏松幾樹斜陽裏，閒看巖前掃葉僧。

灌木陰陰溪水斜，溪頭鷗鷺浴晴沙。春潮退後風生急，魚網船梢挂落花。

彭汝楠一首

汝楠字伯棟，莆田人。萬曆丙辰進士，除會稽知縣，入爲禮科給事中，累官兵部左侍郎，贈尚書。

讀黄維章辯疏有感

聞道欃槍未掩芒，驚聞龍戰又玄黄。赤眉豈遂移炎漢，白馬還宜鑒李唐。君子獨爲洵足恥，黨人不與亦何妨。聖明自是如天宥，黽勉同心定我王。

潘曾紘二首

曾紘字昭度，烏程人。萬曆丙辰進士，歷官僉都御史，巡撫南贑，崇禎中提兵入衞，卒于軍。有《芳蓀館遺稿》。

大柳驛守歲

古驛逢梅發，荒村帶柳斜。雪明難入夜，山霽易蒸霞。碧篆消燈暈，黄沙拂劍花。男兒應有氣，可復負年華。

金陵感遇

花發垂垂歸興濃，便教歸去若爲容。日邊潮合迷前浦，雨後烟開出數峰。楊柳暗彫江岸笛，松楸静落寺樓鐘。間閻三月音書斷，夢入燕關第幾重。

申紹芳一首

紹芳字維烈，長洲人。萬曆丙辰進士，初任應天府學教授，遷南京國子助教，升禮部主事，歷郎中，調吏部，出爲山東按察副使，累官戶部右侍郎。

送張玉笥中丞進擢總河

玄圭初錫自宸衷，四載勤勞特借公。開府夙推真使相，導河新命少司空。舳艫風引桃花浪，海甸雲興瓠子宮。何獨甘棠思召伯，轉輸專倚酇侯功。

方大任三首

大任字玉成，一字逢吉，桐城人。萬曆丙辰進士，除元城知縣，擢廣西道御史。天啓末，魏璫營生壙僭侈踰制，特疏糾之，削籍。崇禎初補官，升僉都御史，巡山海關，尋以副都御史，撫順天。有《霞起樓詩草》。

詠懷三首

束髮慕奇癖，讀書萬卷餘。游思緬邈場，削跡棼華塗。舉世爭捷徑，欣然笑其愚。稟氣固已然，改轍將焉如？孔生耻溝壑，原子安桑樞。素志亮有託，斯人豈盡迂。掩耳謝時賢，一心抱區區。

徘徊芳塘上，微風扇輕波。連岡蔭青松，仄徑冒緑莎。是時秋正深，秔稻蓄陂陀。腰鎌朝出隴，捆載夕歸家。鳥雀啄場圃，牛羊散巖阿。曰余無立錐，鼓腹行謳歌。拾穗甌窶間，一飽不願多。嗟彼攘攘子，鼎食終如何。

孔雀游赤霄，牛角何由觸。麒麟可繫羈，翻爲犬羊辱。伊余類窮猿，投林不擇木。悠悠長傍人，顧影傷局趣。百鍊忤時好，繞指乖素欲。犂鉏儻可給，誓息西山麓。

方孔炤四首

孔炤字潛夫，桐城人。萬曆丙辰進士，除嘉定州知州，調福寧州，入爲兵部員外，歷郎中。魏忠賢欲兄子良卿爲伯，執不覆，削籍，歸。崇禎初，起尚寶卿，以副都御史，巡撫湖廣。忤楊嗣昌，坐兵敗繫獄；嗣昌死，屯撫河北。卒，門人私謚貞述先生。

新設屯田

廟議既不與，屯田徒有名。河北山東地，水利難與爭。當先布賞格，有司乃奉行。隱覈召民種，亦須三年成。吁嗟恐不及，不如先議兵。兵既不如議，田亦何由耕。

密議歎

楚人歌，秦人舞，艦欃衣傳兩杖鼓。殿上伏機多危語，密議知與外廷忤。外廷不知乃連章，以爲朋黨飛嚴霜。

謁方正學先生祠

鍾陵松柏對蒼蒼，近代南山祀太常。寧可紙灰埋十族，不將銘志屬三楊。髡緇江上人何在，縞素軍前獨發喪。斷事只今依俎豆，吾家書種託門牆。先五世祖諱法中，洪武應天己卯，出正學先生門。爲四川斷事，聞靖難，投江。今補祀表忠祠。

和客傳言

多選中涓辦隊裝，明光甲片日爭光。原來第一安邊策，只在新開内教場。

張瑋二首

瑋字韋玉，武進人。萬曆己未進士，除戶部主事，歷兵部郎中，出爲廣東僉事，仕至都察院協理院事，左副都御史。卒，謚清惠。有《如此齋集》。

江行宿淺灘

千里江流此一灣，暮潮落盡柁師閒。倏倏蒼荻鳴疏雨，隱隱玄雲列遠山。波靜自知憑岸穩，官慵肯厭客塗艱。朝來宴起迎新旭，秋月秋風興不慳。

嘿思仲先約過詹所茶山園以事不偕小詩代訊

一徑寒雲似練開，茶烟起處小車來。獨憐久病閒雙屐，不踏孤山十畝苔。

萬燝 一首

燝字闇夫，新建人。萬曆丙辰進士，除刑部主事，調工部，歷屯田郎中。首劾魏忠賢，廷杖流血死，贈太常少卿，追謚忠貞。

《詩話》：天啓中，忤魏璫慘死者，先後一十七人。萬公首受其禍。公初任營繕主事，轉屯田郎，先管寶源局，而陵工其職掌也。因内官監廢銅不發，疏言其姦，謂「忠賢珠玉盈笥，金銀滿屋，何欲不遂？顧此廢爛銅器，無足入其目，而必一手握定者，其設心以爲不若是，無以操天下之利權，既操天下之利權，不難攬天下之政權。臣有以窺其微矣」。疏入，矯旨於午門杖一百，閹人數十輩，蠭擁牽衣捽髪而前，杖後伏小璫於闕下，掊擊錐刺，踰四日而殞。李忠毅上言曰：「燝死矣。未報國恩，先填溝壑。六尺之孤繞膝，八旬之母倚閭。旅櫬無歸，游魂戀闕。臣僚飲泣，道路咨嗟。然共知非出於陛下之心也。臣不暇爲燝冤，爲陛下冤，損好生之德，負殺諫臣之名，豈所以作忠勸士哉！夫人臣緘口以待遷，厚利也。危言以招戮，實禍也。身死而天下悲其忠，虚名也。舍保身家、榮妻子之計，博此虚名，飢不可食，寒不可衣，將焉用之！况乎傷殘父母之遺體，以從龍、比於九京，人非僕隸，法非訊囚，罪至死刑，命非草芥。廷杖之舉，殊失士心。直俟公論明，而卹死録孤，嗟何及矣。」被旨以瀆擾詰責。蓋自公死，忠賢知外廷之無奈彼何，由是鈎黨之獄興，而縉紳之禍烈矣。

登黄鶴樓

我欲乘黄鶴，飄然物外遊。檻前懷古淚，且爲禰衡收。

魏大中 二首

大中字孔時，嘉善人。萬曆丙辰進士，授行人，歷官吏科都給事中。死閹禍，贈太常寺卿，謚忠節。有《藏密齋集》。

《詩話》：忠節骨鯁之臣，然頗留心風雅。里人王屋布衣能詩，公見其賦秋蘭作，爲之擊節。值文會，公曰：「孰爲賦秋蘭者？」起而復揖之。布衣感公之知。公被逮日，徒步送之境外，揮淚而别。

良鄉縣

彰義門西路，桑乾古渡分。長羈乘傳馬，不斷出關軍。沙白迷荒戍，城黄壓暮雲。車牛徵到骨，募派底紛紛。

息游

一夜秋聲萬木寒，乾坤何處足彈冠。時名盡向黄金起，世事都堪白眼看。已自故人嗟落魄，更誰同病問加餐。風塵伏枕衡門穩，行路於今轉覺難。

陳熙昌 一首

熙昌字□□，南海人。萬曆丙辰進士，除平湖知縣，擢吏科給事中。

東湖雜詩

乍浦瀛壖曲，遥連蘆瀝場。迎船桑葉白，繫纜菜花黄。塔影開初地，鐘聲落上方。孤城非鐵甕，先事慎隄防。

《詩話》：乍浦孤城如彈丸，倭寇入犯之衝，經國者不置重兵於其地，綢繆牖戶之謂何？陳公作宰，在太平之日，先有隱憂矣。予嘗過其地，登湯山，山舊有塔，寺僧持疏募重建，予亟語縣令已之。蓋洋船望見塔，易指點入口之路，不可不深慮也。

朱泰禎 一首

泰禎字道子，海鹽人。萬曆丙辰進士，除龍巖知縣，調漳浦，選授福建道御史，巡按雲南。有《遠人樓詩集》。

睡鴨

緑萍掃罷柳梢齊，疏雨斜陽思轉迷。此際池塘眠正穩，風花吹夢過橋西。

曹守勳 一首

守勳字熙載，新蔡人。萬曆丙辰進士，知曹縣，考授浙江道御史，出爲陝西按察僉事，歷陝西副使。

題韓淮陰釣臺

城陰片石俯淮流，想象王孫此釣遊。若問將臺何處所，未央宮殿總荒丘。

李應昇 一首

應昇字仲達，江陰人。萬曆丙辰進士，除南康推官，擢福建道御史。死閹禍，贈太僕寺卿，謚忠毅。有《落落齋集》。

《詩話》：王紹徽撰《東林點將録》，阮大鋮名亦與焉。大鋮初與李忠毅、魏忠節相善，及忠節補吏垣，大鋮疑忠節有意逐之，遂結傅槐，黨於魏監。忠毅猶憶舊交，貽之書云：「昔正叔、子瞻一生樹敵到底，同鐫黨籍之名。若使蔡確之徒，欲分收一人以去，二君子必不願也。可和可爭，必不受小人之攀援，斯君子之品乃見。」而大鋮既投璫幕者，已絶於諸君子矣。及忠毅被逮，於檻車賦詩云：「細數知交在，逍遥各一方。魏齊方睥睨，阮籍亦猖狂。形影悲相弔，音書夢已荒。古人不可作，搔首問蒼蒼。」抑何其忠厚之深也。魏齊指常熟魏浣初，阮籍則指大鋮。其後居南京，諸生顧杲等一百四十人，草檄討之。既而附馬士英得志，導之重翻三案，誅鉏正人。僉壬之反覆，真同鬼蜮，雖有《詠懷堂詩》，吾不屑録之也已。

哭季弟

憶爾迎還櫂，悲歌分外深。逐臣生死日，歸老弟兄心。慷慨歌聲發，飛揚酒力任。呼盧狂竟夕，清夢到而今。

黄尊素 一首

尊素字真長，餘姚人。萬曆丙辰進士，除寧國推官，擢山東道御史。削籍，被逮，死詔獄。贈太僕寺卿，追謚忠端，有集。

楊維斗云：先生伉慨孤直，詩篇激而不傷。

《詩話》：忠端以考選入都，時門戶紛爭，多以梃擊、紅丸、移宫三案，占人向背。客問公以「三案如何決擇？」公曰：「光宗棄群臣久，今上御極，亦非一日。三案皆往事，恐朝廷所急不在此。」客無以難也。又曰：「上未登極之先，移宫爲是；御極之後，安選侍爲是。二者祇爭先後，不分是非。」斯皆持平之論。惟公之立朝，不亢不阿，專事補救。令楊魏二公從之，禍豈若是其酷乎！崇禎初，死閹禍諸臣，止謚及高、楊、魏、周四公，論者多咎姚文毅之過刻。公與萬、左、袁、顧、繆、李及三周公久而易名。謚法守禮執義曰端，君子以爲宜。文文肅作神道碑銘云：「於惟黄公，憂來無方。惕號同志，戒其用剛。」蓋得其實也。

春日早行

抗旌經古道，瞑色未全分。漸隱林間月，微生海際雲。輕陰開積翠，細草落青芬。誰破曈曈曉，鳴禽客底聞。

黄承昊四首

承昊字履素，秀水人。萬曆丙辰進士，除大理寺評事，選吏科給事中，歷刑、戶、工三科左右給事，出爲河南按察副使，加參政，轉福建按察使。有《闇齋吟稿》。

陳仲醇云：　闇齋詩高華而不傷氣，幽微而不損神，流便而不降格。

李君實云：　闇齋風華婉丽，詩品在開元、大曆間。

閒居夜雨二首

夜半瀟瀟竹，輕寒枕上侵。明朝無別事，風雨不關心。

多少閒花草，朝朝抱甕忙。園丁今夜睡，晏起亦何妨。

過長溝見蜀山湖荷花沿堤二十里有作

雲山渺渺水滺滺，香滿長堤物外秋。只少若邪溪上女，乘潮一弄采蓮舟。

塞上曲

鄉月多情伴我來，沙場相對不勝哀。明朝生死知何處，且解征袍醉一回。

袁中道五首

中道字小修，公安人。萬曆丙辰進士，授徽州府教授，遷國子博士，升南京禮部主事，歷郎中。有《珂雪齋集》。

錢受之云：小修詩文，有才多之患。

《詩話》：小修才遜中郎，而過於伯氏。

述别爲丘長孺

哀哀一孤鴻，飛急向東邁。傷哉金石交，三載乃相會。相會能幾何，一見不復雙。子尚滯西陵，我遂往鑾江。鑾江不忍别，復有攝山行。攝山不忍别，逐子至冶城。冶城不忍别，十日淹江頭，飲子清泠酒，卧子木蘭舟。酸心一夜風，舉目三千路。别矣可奈何，含淚入城去。

郢中送春曲

總以堂堂去，何容緩緩歸。隔溪鶯對語，掠水燕雙飛。野草香沾屐，修篁翠濕衣。山花一樹好，游女摘來稀。

九日登中郎沙市宅上三層樓

滿眼傷心處，誰能上此樓。林烟迷蜀道，帆影識吴舟。硯北人何在，江南草又秋。茱萸空到手，欲插淚先流。

七夕同彭長卿中郎

清談閒送可憐宵，竹戶斜通宛轉橋。白水青林秋澹澹，好風凉月夜蕭蕭。貧來野客傷時序，老去詩人怨寂寥。驚鳥不鳴更漏靜，如聞銀浦弄輕潮。

投贈太保蹇令公

三朝元老帝長城，胸貯雄邊百萬兵。太尉領軍陪漢相，上公分陝護周京。卿雲不散投戈色，夜雨猶聞洗甲聲。白袷青編無一事，蕭然還是舊書生。

彭汝諧二首

汝諧字原樂，吳縣人。萬曆丙辰進士，有《蔚菴逸草》。

游桃源澗

碧澗山隈轉，鳴泉樹杪懸。桑麻緣屋宇，雞犬隔人烟。客避中峰雨，僧安一宿禪。桃花今又放，相問世何年。

從鄧尉山中還至虎山橋坐月

平林漠漠烟光齊，花氣霏霏醉欲迷。欸乃湖中小舟小，蒼黄日下西山西。寒鴉飛盡渚涯闊，白苧歌殘月影低。露冷雲衣萬籟靜，伊啞村落催晨雞。

沈德符八首

德符字虎臣，一字景倩，秀水人。萬曆戊午舉人。有《清權堂集》。

錢受之云：自王、李之學盛行，吳、越間學者拾其殘瀋，相戒不讀唐以後書。景倩獨近搜博覽，其於兩宋以來史乘、别集，故家舊事，往往能敷陳其本末，疏通其端緒。家世仕宦，習聞國家掌故，且及見嘉靖間名流遺獻，講求故事，網羅放失，勒成一家之言，惜其未就也。其論詩宗尚皮、陸及放翁，與同時鍾、譚之流，聲氣雖合，而格調迥别，不爲苟同。

陸叔度云：先生詩發端必密，疊韻不匱。不踐王、李之迹，亦不操王、李之戈。前無津筏之求，後無瑕玷之慮。蓋風人之流與。

朱雲子云：虎臣大家，然有流宕之句，詩雖不必拘拘漢、魏、盛唐，而醖藉之與淺俗，渾雅之與惝鄙，不可不辨也。

《詩話》：孝廉生稟異質，日讀一寸書。所撰《萬曆野獲編》，事有左證，論無偏黨，明代野史，未有過焉者。其詩寧取公安、竟陵，欲盡反歷下、瑯琊之獘，故多豔字側辭，雪颯星碎，未免病於才多也。

秋暮詠懷

百歲電泡爾，疇不慕長年。究意命制之，修短非我權。玉局出從地，玉棺墮自天。大丹紫汞鍊，神鼎白石煎。尅日飛舉人，不久歸重泉。信哉服食誤，以藥求神仙。

人日

挑菜傳人日，山村樸未知。雪深添酒券，風横緩燈期。歲事因貧略，春光遇閏遲。梅園縱深閉，宜賞寂寥時。

送李元白都運之揚州

度支聖世借前籌，誰似江淮地望優。宰相杜悰充轉運，司徒王導領揚州。軍需西北勞臣勩，民力東南國士憂。餫饋古來功第一，進賢何待鄂千秋。

苦雨

物候違朝爽，山容失夕佳。陽烏三舍避，黑蜧百靈差。故恣商羊横，先收魃鬼埋。屋穨無可漏，牆壞不須排。廢沼平多日，新堤潰少厓。衢高猶嚙屐，巷溢或通簰。暫步擔簦遍，徒行没骭皆。居如潛島嶼，出似泛河淮。耳欲生禾穎，塵難屑麥坳。浸畦浮菜甲，墮坎没松釵。是垤俱鳴鸛，無坳不産蛙。飲泉偏沃蚓，升壁但資蝸。穴牖呼鄰酒，乘橇覓市鮭。炊艱憎淅米，薪濕喜枯荄。圖史濡難展，屏奩潤易揩。迂行甘躑躅，愁坐廢詼俳。護築宵加版，存扉晝墐柴。其魚興浩歎，乃粒軫孤懷。議禮應雩禜，祈晴儻祀柴。何時扇障日，利屣上長街。

邗城新曲

明月可憐宵，曾聽敎玉簫。佳名二十四，第一擣衣橋。

天啓宮詞三首

二廣雙甄陣脚牢，御營日麗戰雲高。封章臺瑣俱休進，萬乘臨戎正内操。自注：唐以左、右神策軍爲「二廣」。

歲除舊例幸椒房，中尉今宵别上觴。角觝互呈宫漏短，便陳庭燎御明堂。

白騾唐代御玄宗，蹓後將軍始受封。爭似生叨三品料，驪駒賜號小烏龍。

鄭士奇 一首

士奇字平子，嘉興人。萬曆戊午舉人，署臨安儒學教諭，遷知贛州興國縣，以耳聾告歸。有《松牕老人稿》。

釣臺懷古

擇地逃新室，披裘對故人。星原占是客，帝豈得而臣。瀨急回潮信，壇高費釣緡。不知梅福女，偕隱幾冬春。

姚希孟 三首

希孟字孟長，長洲人。萬曆癸未進士，改庶吉士，授檢討，歷左贊善、左諭德，出爲南京少詹事。卒，贈禮部右侍郎，謚文毅。有《公槐》《響玉》《棘門》《沆瀣》《秋旻》《文遠》《循滄》《松癭》《伽陵》《風吟》等集。

陳皇士云：先生詩春容雅麗，有舘閣風度。

《詩話》：逆案將定，思陵發建祠稱頌諸疏，申命内閣詳閲，限以數日確議來奏。輔臣難之，求助於文毅。文毅中夜不寐，周步堂中，其客周生進而問公，公語之故。生曰：「某於七年中，逆知魏、客之必敗，以諂附諸臣，分别其罪，自謂無遁情。公取而權衡之，可乎？」公覽之，擊節稱善。次日進於輔臣，皆以爲當，據之入奏。生吴江人，或曰秀才永年安期，或曰永年之弟永言安仁也。爰書既定，天下咸服。凌遲處死者二人，擬斬者二十五人，充軍者十一人，贖徒者一百三十一人，冠帶閒住者四十四人。雖有漏網，然吞舟之魚鮮矣。

送齊越石守紹興

萬壑爭流處，溪山屬剡東。扁舟仍雪夜，五馬自春風。官舍朝嵐滿，人烟夕照同。蓬萊讓仙吏，安坐翠微中。

謁景皇帝陵

低回往事未堪陳，誰抱遺弓泣紫宸。遥共裕陵今夜月，可憐郕邸故園春。朔方老將黄沙苦，西市尚書碧血新。陟降在天應不遠，蕭蕭松柏卧麒麟。

秋感

秋容已到菊花枝，閉戶蕭然誦《楚詞》。憔悴江蘺人不見，滿庭涼月照相思。

顧錫疇 一首

錫疇字九疇，崑山人。萬曆己未進士，改庶吉士，授檢討。天啓中削籍。崇禎初，以原官起用，歷贊善、諭德，掌司經局，遷國子祭酒，假歸，補少詹事，起禮部左侍郎，升尚書。有《握日草》。

《詩話》：建文四年事蹟，革除之後，文獻俱不足徵。相傳長陵用王景議，葬以天子之禮。然鍾山之麓，一坏安在？祀典無聞，則其説妄也。其曰「葬之西山」，既不封不樹矣，安得又表曰「天下大師之塔」？要其説更妄也。自弘治中，禮部主事楊循吉，首請追謚建文君。隆慶初，東莞布衣譚清海，請復革除年號，告之高廟，而追上建文君謚。萬曆中，通政使沈子木、國子司業王祖嫡、禮部尚書范謙、給事中楊天民、御史牛應元，先後進言，得旨存其年號。崇禎中，繼以給事中張國維、禮部侍郎吕維祺、給事中沈胤培、駙馬都尉鞏永固，而褒卹之典，久而未舉。迨顧公典禮容臺，始定議建文君謚曰「嗣天章道誠懿淵恭覲文揚武克仁篤孝讓皇帝」，廟號

「惠宗」，馬后曰「孝愍温仁貞哲睿肅威烈襄天弼聖讓皇后」。尋追贈死節諸臣，予謚贈太師者，文學博士方孝孺、魏國公徐輝祖。贈太保者，兵部尚書鐵鉉、禮部尚書陳迪、刑部尚書暴昭、御史大夫練子寧。贈太子太保者，禮部侍中黄觀、戶部侍郎卓敬、副都御史茅大方。贈刑部尚書者，大理少卿胡閏。贈詹事者，衡府紀善周是修。贈禮部侍郎者，翰林修撰王叔英。贈副都御史者，浙江按察使王良。贈太常卿者，刑科給事中黄鉞。贈太僕卿者，御史高翔、曾鳳韶、蘇州知府姚善。贈太僕少卿者，知沛縣事顔伯瑋。贈大理少卿者，谷府長史劉璟。贈翰林待詔者，金川門卒龔翊、及伯瑋子有爲。贈禮部員外郎者，濟陽儒學教諭王省。贈平陽伯者，都指揮瞿能。贈含山伯者，都指揮朱鑑。贈指揮使者，燕山衛卒儲福。謚文正者，方孝孺。謚文貞者，黄觀。謚文忠者，王叔英。謚忠襄者，鐵鉉。謚忠烈者，陳迪、胡閏、景清。謚忠貞者，練子寧、卓敬、徐輝祖。謚忠毅者，曾鳳韶、王良。謚忠獻者，黄鉞。謚忠惠者，姚善、顔伯瑋。謚忠愍者，茅大方、高翔。謚忠義者，儲福。謚貞毅者，周是修。謚貞烈者，王省。謚剛烈者，暴昭。謚剛節者，劉璟。謚襄烈者，瞿能。謚壯烈者，朱鑑。謚安節者，龔翊。謚孝節者，顔有爲。以上公論交孚。此外得謚者，又五十二人。曰節愍，齊泰、黄子澄、張昺、盧原質、葉福也。曰介愍，胡子昭也。曰忠愍，俞逢辰也。曰直愍，宋徵也。曰肅愍，周璿也。曰貞愍，鄒瑾、譚翼、石撰、陳思賢也。曰穆愍，陳彦回、林嘉猷也。曰襄愍，王度也。曰果愍，邊昇、葛誠也。曰翼愍，金有聲也。曰莊愍，樊士信、張彦方也。曰忠莊，王彬也。曰惠莊，向朴也。曰貞莊，鄭華也。曰毅節，林英也。曰莊節，周季瑜也。曰惠節，鄭恕也。曰義節，唐子清也。曰忠節，陳性善也。曰忠介，程本立也。曰莊介，韓永也。曰忠毅，高巍也。曰清毅，郭任也。曰毅直，戴彝、魏冕、巨敬也。曰端直，程通也。曰貞直，杜奇也。曰忠貞，侯泰也。曰貞勤，謝昇也。曰貞確，徐子權也。曰貞達，盧迥也。曰貞穆，林右也。曰貞定，甘霖、丁志方也。曰剛烈，連楹也。曰端果，龔泰也。曰莊景，陳繼之也。曰果義，黄謙也。曰文忠，陳忠也。其中不無濫及，蓋不能不惑於野史之紀述。然如梁田玉、史仲彬輩不與，則不可謂顧公無卓識也。首陳其説者，萬公元吉；佐其事者，李公清。惟是吾鄉高太常遜志衈典闕焉。後之君子，覈其實而損益之，可矣。顧公致仕歸，晚入閩，道出溫州，爲悍帥所殺。詩罕流傳，録其題扇一絶。

西湖

臨安宋故都，荷花仍十里。際曉湖光平，鵁鶄鳴不已。

侯恪二首

恪字若樸，商丘人。萬曆丙辰中會試，己未殿試，進士出身，改庶吉士，授檢討，削籍。崇禎初，起右中允，歷諭德，庶子，出爲南國子祭酒。有《遂園詩集》。

《詩話》：侯公以史官秉南、董之筆，爲逆閹所惡。晚又忤烏程，移留都，洵古之遺直也。詩以大雅自命，嘗言「詩自《三百篇》後，存亡者三：漢、魏存矣，六朝亡也；唐存矣，五代、宋、元亡也；國朝正、嘉存矣，今又亡也」。其持論深惡新體，伸北地、信陽，而抑嘉靖七子，尤痛詆公安、竟陵流派云。

感時和張叔載

傷心日日賦登樓，聽爾哀歌續四愁。欲向風塵歸故里，不堪戎馬暗神州。金錢歲入渾難計，鎖鑰朝傳尚有求。辛苦先朝張相國，于今零落楚江秋。

送陳集生使南海

鳳闕春深柳乍齊，王孫臺畔草萋萋。看君絳節天南去，驛路晴花送馬蹄。

丁乾學 一首

乾學字天行，宛平人。萬曆己未進士，改庶吉士，除檢討，天啓中落職。有《擁膝齋集》。

送劉太史使朝鮮

漢殿遥齎詔一函，香爐特許换朝衫。天邊築舘迎龍節，海上吹鐃遁黨帆。問俗朱蒙時已改，探奇暘谷日應銜。歸來撰得殊方志，天外河流海外巖。

陳萬言 四首

萬言字居一，秀水人。萬曆己未進士，改庶吉士。有《釬園集》。

出門

出門澹無營，閒步郭北隅。四野一何曠，仰見秋雲徂。微風動蕭林，殘暉息遠墟。忽然霞氣新，散綺照輕裾。高歌以忘憂，薄言返故廬。

苦雨

四月霪霶降，五月不可遏。祝融正司方，雨師乃攘奪。晴雲乍卷舒，倏忽變陰靄。飛瀑寫層簷，散絲起跳沫。殷殷雷轟車，燁燁電排闥。欹枕不成寐，但聞鄰語聒。晨起問農事，何以曳屨鞨。呼童渡郊西，爲我鼓雙艭。推篷瞰四野，洪水勢方割。蛟龍成一氣，桑海莽空闊。田平疇盡淪，橧巢倚木末。門吏追逋錢，入室尚呼喝。枵腹不能對，相向蹙眉頞。此意隔九閽，圖繪難具達。安得沉石犀，永使洪濤閼。

逢萌祠

炎精熄中葉，閏位爭美新。黄龍德有悔，賢哲甘沉淪。感兹三綱絶，大義疇能伸。鴻飛貴先時，冥冥謝弋人。解冠挂東都，盡室逐海濱。同時景明哲，亦有梅子真。寧爲吳門卒，恥作秃髪臣。二子不可作，誰其嗣清塵。

長夏憩澹止園

辭家謝塵慮，結意在巖壑。登高畏炎蒸，園林寄幽託。澄湖逼遙岑，仁智均所樂。入徑參茂松，環洲雜芳若。灌木挺喬榦，疏篁解新籜。中有百尺樓，凭虚蔭寥廓。青山四壁垂，雲氣屢回薄。朝汲葛翁水，夕放支公鶴。披襟步湖湄，飄風散花萼。逃暑蕩蘭枻，迎凉啓羅箔。清宵寂無人，倚石縱磻礴。歸偃北牕隅，三五映籬落。覽化得沉冥，感遇任離索。物理本如此，俯仰亦何怍。

吳麟瑞二首

麟瑞字思王，海鹽人。萬曆己未進士，除常州推官，徵授南京禮部主事，轉吏部，進郎中，升湖廣參政，歷江西副使，按察使，右布政使，以僉都御史撫偏沅。有《哀鴻》《秋蜂》諸集。

除夕

歲盡愁無盡，殘鐘客思微。一官滄海遠，萬里白登圍。越鳥棲初定，燕雲信轉稀。枕戈空待曉，無術報宵衣。

長安春興

塵封官柳眼猶迷，黄鳥吞聲不肯啼。二月羽書淹塞草，十年馬足負香泥。長纓有策終難請，短札多愁未易題。忽憶孤山此時節，亂堆雪片斷橋西。

玄默 一首

默字會一，靜海人。萬曆己未進士，除懷慶推官，擢吏科給事中，歷戶科都給事，升太常少卿，以都御史巡撫河南。

泥溝驛

寒雲漠漠月初彎，村舍無人戶早關。十二樓中愁積雪，不知人在賀蘭山。

李吳滋 一首

吳滋字如穀，吳縣人。萬曆己未進士，知崇安、德清、龍溪三縣，遷南刑部主事，歷郎中，出知寶慶、武昌二府，升湖廣按察副使。有《鳳棲閣詩集》。

送曹安祖假歸

陶然共事白雲司，幾度追隨笑語時。年齒偶成一日長，禪心同對十門師。每分陽羨驚雷筴，迭和青谿踏雪詩。君去泠曹方是冷，閒居賦就寄無遲。

高道素九首

道素初名斗光，字明水，一字如晦，更字玄期，嘉興人。萬曆己未進士，除工部主事，歷郎中，以督造桂府殿傾論死。有《景玄堂詩集》。

錢受之云：工部詩文陶冶情性，不事剽賊，故能秀出天外。

陳元孝云：屯田詩俊逸朗徹。

顧茂倫云：先生五律清真舂雅。

《詩話》：水部才思兼人，不以格律自拘，古今詩皆超詣，五律尤爲長城。當桂藩分建，奉命將作。南方卑濕，薄櫨甫新，大璫亟事丹堊，水部力爭不得。既而雷震柱傾，吏議周内，遂罹顯戮，聞者寃之。

兗州道中寄内

黄沙蔽天氣，白日無晶光。寒雲何蕭條，四野青茫茫。驚飈激車輪，我馬亦玄黄。憶昔出門去，臨别重傍徨。九月無裳衣，五月無糗糧。酸辛各自愛，努力願相望。悠悠二千里，安得到汝旁。中宵不能寐，輾轉心憂傷。

臨淮秋夜

鳴橈伐鼓漾回波，美酒千鍾開櫂歌。秦箏甫停越謳發，落日微風雙翠蛾。芳年易盡瑤華晚，白日朱顔愁不返。横笛他鄉未忍聞，空齋獨坐成長歎。

秋日寄沈無回

凉風起庭際，簾幕迥秋陰。一葉空階落，孤燈獨坐深。芙蓉思遠道，蟋蟀動愁吟。誰念閒居客，能傷遲暮心。

鍾廣漢云：似高子業。

雪夜渡鎮江

江水寒猶激，方舟夜未央。驚濤沉鐵甕，急雪下丹陽。獨坐親孤燭，商歌送羽觴。白門遥在望，葭菼鬱蒼蒼。

鍾廣漢云：似徐昌穀。

過清流關

設險何年事，登臨四望賒。天門開虎豹，地軸轉龍蛇。王氣枌榆社，風烟博浪沙。棄繻關下客，懷古一長嗟。

鍾廣漢云：似蔣子雲。

阻雨彭城驛寄懷李九疑禮部

乍失河陰樹，難分淮泗山。寒烟原上白，秋葉雨中斑。鄉夢深宵斷，琴聲永日閒。遥憐和歌客，相憶渺江關。

鍾廣漢云：似邊庭實。

湘江旅懷

北渚初涼夕，蕭條兩岸風。烟波連漢口，雲樹出湘中。碧草王孫路，黄陵帝子宫。此時愁欲絶，不待暮潮東。

鍾廣漢云：似何仲默。

衡嶽半山亭遠望

五嶺宗南嶽，群峰冠祝融。路從山半合，亭對海門空。岣嶁豐碑蝕，瀟湘極浦通。泠風如可御，吾欲問鴻濛。

鍾廣漢云：似王稚欽。

題真空寺壁

真空寺後雙松樹，曾見先皇駐蹕初。三讓豈宜臨便殿，百年猶共識遺墟。離筵慣聽悲歌續，佛火偏存浩劫餘。高坐道人無恙在，願聞第一義何如。

馬任遠 一首

任遠字毅仲，永年人。萬曆己未進士，除知葉縣，歷官戶部員外郎。

抵蘇州

酒醒夢斷旅帆孤，遠岸晴波戲浴鳧。橋過横塘聞犬吠，緑楊影裏是姑蘇。

徐伯徵 一首

伯徵字孺臺，海寧人。萬曆己未進士，除南陽推官，尋改教授，升工部主事，歷郎中，出知揚州府。有《資敬堂詩集》。

孤山

爲訪幽人跡，乘兹暇日遊。墓門無塑鶴，山寺失安榴。徑愛烟霞夕，屏開水墨秋。要知白太傅，到此也勾留。

葉憲祖一首

憲祖字美度，餘姚人。萬曆己未進士，除新會知縣，考選，左遷大理評事，轉工部主事。坐建魏璫祠不肯督工，削籍。崇禎初，起南京刑部郎中，出爲湖廣按察副使，歷官廣西按察使。

江行

杳靄中流二水分，人傳此地弔湘君。南天漸隱巴陵樹，西塞猶飛夢澤雲。傍晚魚龍常涌沫，隔江鳧雁自呼群。年來已覺風波慣，枕上漁榔處處聞。

陸懷玉一首

懷玉字石含，平湖人。萬曆己未進士，授工部主事，歷員外、郎中，出知鎮江府，遷湖廣按察副使，轉參政，山東按察使，福建右布政使。

也園

種藥雲根已十年，小園獨寤思悠然。豈無幽徑通韋曲，亦有連山象輞川。半砌苔衣清似水，一池花石小于錢。歸來便是西疇長，晚稻秋香滿社田。

明詩綜卷六十二

小長蘆　朱彝尊　録

桐鄉　金　樟　緝評

艾穆七首

穆字和甫，一字純卿，岳州平江人。嘉靖中舉人，初仕爲國子監助教，萬曆初遷刑部主事，歷員外郎。抗疏論張居正奪情，廷杖，遣戍西寧。久之，起補光禄少卿，轉鴻臚寺卿，再轉太僕寺卿，以都察院右僉都御史，巡撫四川。有《終太山人集》。

《静志居詩話》：艾公與吾鄉沈純甫先生，同論江陵奪情，其謫戍一西一南。艾公《出都》詩云：「病向西風一促裝，寥寥征雁塞雲長。流沙萬里無愁遠，去國孤蹤信若狂。楚客江魚身可葬，漢臣馬革骨猶香。青山到處皆吾土，豈必湘南是故鄉。」是亦達人之言。西竄之後，詩律頗效空同，自公而後，南風多死聲矣。

聞有救獲赦不果

十年不向湘江返，一疏翻爲萬里行。隴外儘令魑魅喜，日邊應有鳳皇鳴。極知故態仍狂瞽，須信天王自聖明。閒却綵衣誰爲著，塞雲邊月不勝情。

甘泉塞上呈中丞侯公

青海灣頭調角聲，賢王西牧欲橫行。戎心縱款猶難測，斥堠無烽却不驚。破膽爭傳司馬諭，受降高築白狼城。腐儒未識麒麟畫，只道風塵易請纓。

奉和岳州張兵備

握蘭虎署爲郎日，意氣相看獨有君。擊節幾談天下事，建旄今領水犀軍。幕中說劍雙龍動，樓上停雲七澤分。秋色滿湖吟眺足，銀魚何苦碧山焚。

寄呈乾菴馬公拜相

繡裳蒼玉自丹霄，風采今看表百僚。帝謂山龍惟爾補，人期霖雨幾時調。鳳池魚藻歡應合，雁塞狼烟熢盡消。流落扶風門下士，玉關猶得比班超。

别羅孝廉

江城傾蓋識清狂，意氣翩然調更長。歌罷竹枝空下里，賦成雲雨滿高唐。蜀門秋盡啼猿急，涪渚霜清白雁翔。後夜思君出巫峽，楚山巴月共蒼蒼。

寄懷沈純甫戍金沙

衡陽那見雁飛回，庾嶺梅花幾度開。謫後沈郎應更瘦，調同楚客不勝哀。金沙潮落珠光動，銅柱風清海月來。君在瘴鄉偏逸興，新詩能爲故人裁。

遼東大捷進橐駝志喜

年來渤海不揚波，忽聽遼陽奏凱歌。白羽飛傳三箭捷，赤囊馳獻獨峰駝。將軍絶勝嫖姚勇，良馬何論大宛多。此日天聲應萬里，合標銅柱白狼河。

瞿汝稷 一首

汝稷字元立，常熟人。景淳子，承父廕，由五府屬歷郎署，知黄州、邵武、辰州三府，遷長蘆都轉運使，加太僕少卿，致仕。有《冏卿集》。

曹能始云：冏卿詩沿《選》體，律絶步超唐人，斐然成章。

送僧游五臺

欲叩三車奥，還過五髻西。飛雲先錫住，怖鴿覓燈棲。金閣看長在，珠林望不迷。天花開處處，知與石牀齊。

屠本畯 一首

本畯字田叔，鄞人。尚書大山子，承廕，官太常寺典簿，歷南禮部郎中，出爲兩淮運司同知，移福建運使。有《屠田叔詩草》。

《詩話》：田叔好詼諧，詩多不拘格律。晚節歸田，愛客益甚，鹽豉蒜果，觴客必盡歡。守辰州日，禁民殺牛，有唐生牒言：「家貧，畜一牛，不幸死，請鬻其肉。」田叔度其僞也，判以俸錢買牛葬之，牽至，乃生牛，因命小吏飯之。及解官，衣深衣騎馬出門州，父老泣相送，牽牛隨其後。時人爲作《辰陽留犢圖》。年既老，好學不倦。或曰：「先生老矣，奚自苦爲？」答曰：「吾於書，飢以當食，渴以當飲，欠伸以當枕席，愁寂以當鼓吹，未嘗苦也。」因自稱憨先生，亦曰豳叟。起生壙于甬上，撰狀及表，年八十餘乃卒。至今甬東言風流儒雅，輒首及之。

燕歌行

登君罘罳，藻井之堂。坐君龍鬚，琥珀之牀。贈君五明七寶之扇，酌君紫霞碧玉之漿。亨鮮擊肥召吾客，秦箏趙瑟鳴我旁。世上浮名亦徒爾，安有五侯七貴能文章？勸君無言舌且藏。

毛以燧二首

以燧字允奎，吴江人。萬曆中舉於鄉，歷官慶遠知府，進按察副使，致仕。有《審雨齋詩稿》。

村居

丘壑偏宜謝幼輿，清泉碧篠愛吾廬。祇知幽絶堪高枕，未解窮愁好著書。閒過山僧烹筍蕨，倦從野老課菑畬。夕陽流水荆扉静，花滿清尊月滿裾。

山陰王伯良久滯京師却寄

蛾眉十樣逐時新，不是東鄰亦效顰。况是浣紗溪上客，那能不憶浣紗人。

吴詔相一首

詔相字廷承，宣城人。由舉人萬曆初知汝州。有《吴汝州集》。

《詩話》：臨川湯義仍爲廷承作傳，述其生而不慧，既就塾，日記千言。縣試，令訝其幼，謂曰：「童子豈外黄兒邪？」應聲答曰：「明府比中牟令矣。」令竦然異之。廷承嘗夢紫衣人，指點一閣道中，松柏葱青數里。及知汝州，果有閣道松林中，歎曰：「命止此邪？」因慵於治事。未秩滿，稱病瘖去，歸見其母，抱持大哭失聲，疾遂愈。丁母憂，未終喪而卒。存詩雖無幾，近年編《續宛雅》者竟遺之，惜也。

同張侍御有光汎舟分韻

桂櫂連朝發，松雲卓午陰。凉風轉蕭瑟，細雨潤衣襟。歌酒狂無奈，耕畬思更深。晚來餘興在，不厭再相尋。

費懋謙 一首

懋謙字民益，鉛山人。襲廕，官南京都察院經歷。《詩話》：民益裘履子弟，綽有詩名。兼善山水梅竹，青溪社集，實首倡之。《相逢》一篇，源出繁欽、楊方。

相逢行別吴中四子

與君相逢處，乃在青溪濱。何意溪頭柳，能令傷客神。與君相逢處，乃在邀笛閣。何意笛中曲，能令心不樂。與君相逢處，乃在射堂上。何意堂前月，勞勞生夢想。與君相逢處，乃在冶城宫。何意冶中劍，飛躍各西東。我昔承清盼，君亦憐我姿。願以朱絲絃，報君青桐枝。終日不成縷，對君空自持。願以江干茝，報君蘭蕙芳。終日不成匊，對君空自將。願以青玉盌，報君金琅玕。終日不成琢，對君倚長歎。願以錦繡段，報君貂襜褕。終日不成章，對君長煩紆。贈君愛流晷，我亦慎區區。所貴各努力，聚散誰能無。中情既款款，徙倚亦何須。古人皓首言，君諒我不殊。

王敬臣三首

敬臣字以道，長洲人。參政庭子，講學於吳，以薦授國子監博士，學者稱少湖先生。有《俟後編》附詩。

《詩話》：博士講學，不立異同，以躬行爲本。詩其餘事，務去「擊壤」陳言，更難得也。

古詩送陳憲副雨泉之任滇南

黄鵠翔四海，潛虬樂泥蟠。飛沉各異塗，言就性所安。公行越萬里，予留守故灘。公勵王尊節，九折驅無難。予含令伯誠，有懷良未殫。俱奮古人心，咸思效寸丹。臨岐申贈言，睽離何足歎。相期慎明德，歲晚同金蘭。

感興二首

河伯侈秋水，囂囂自矜誇。一聞海若言，頹然喪其多。覆載會有終，百年能幾何。營營靡朝夕，所得皆塵沙。哀哉復哀哉，是不可已邪。

月圓還復缺，缺矣又重圓。圓缺相倚伏，造化良自然。萬事皆如此，孰能測其端。君子通大道，曠然釋嬰纏。寸心良已罄，付之蒼旻天。

莫是龍六首

是龍字雲卿，以字行，更字廷韓，松江華亭人。如忠子，以諸生久次貢入國學。有《莫廷韓遺稿》。

唐君公云：廷韓夙成捷悟，不屑爲沉深之思。

《詩話》：廷韓少謁王道思於閩，道思贈以詩云：「畫舫夜吟令客駐，練囊晝卧有人書。」然詩篇書法，皆不見出群，五律稍勝。

登潤州城樓

高閣俯城陰，松篁一徑深。晴雲搖海色，夕梵起潮音。古戍關門斷，山程驛道侵。江流無日夜，南望是鄉心。

過滕縣

邑傳滕子舊，爵序薛侯先。壤地雖褊小，君臣自井田。禮猶宗國秉，舘想上宫連。遺恨千年事，何勞授楚廛。

送俞生之金陵

驅馬向斜日，秣陵尋舊游。人應草堂在，月滿大江流。春燕投新社，離鴻失故洲。看君留别意，不減落花愁。

送陸生遊燕

小陸江東俊，名先入洛聞。猶能藉知己，未可怨離群。燕地春邊雪，吳天野外雲。翩翩徒羨爾，西笑立斜曛。

宿河口酒家

笑指停橈處，烟荒一水斜。村旗招野客，岸火認漁家。淡月微侵幕，初潮淺映沙。海天應不遠，吾欲訪霧槎。

贈任城故知

此別何疏闊，風烟宛昔游。馬頭芳草路，柳外木蘭舟。易隔三年夢，難期十日留。任城今夜月，閒殺酒人樓。

鄔佐卿 一首

佐卿字汝翼，丹徒人。有《纏頭集》。

錢受之云：公子富於才調，豔詩自義山之後，不多見也。

西津別妓

立馬江皋問暮潮，片帆西上路迢迢。人歸碧草離亭遠，賦罷青山夢雨消。雲影飄零桃葉渡，月華淒斷鳳皇簫。壚頭濁酒春堪醉，還訪秦淮舊板橋。

甯祖武 二首

祖武字仲先，吳江人。以貢生官肇慶通判。有《迂公詩草》。

《詩話》：別駕未晚投簪，娱情泉石，預營藕室，自爲之銘，號曰迂丘。嘗欲買木版以覆塵几，思送死棺所必需。匠人告以元日往購，則木商不計值，且有酒果相邀。別駕遂以是日就肆，飲酒餔果而回，鋸木以覆几焉。題詩云：「元日治凶具，人情良獨難。生以覆几塵，死伴歸空山。」是亦達人之高致矣。別駕詩多率易，録其二首，知非真迂者。

新安夜泊

芳草緑如此，征塗尚未窮。隔江商店火，近市酒旗風。人語村村異，溪聲處處同。不須愁落魄，人世總飄蓬。

吳江竹枝詞

唐家坊藕太湖瓜，消暑冰肌透碧紗。水上納凉何處好，垂虹亭子看荷花。

陶允嘉三首

允嘉字幼美，會稽人。承父大順廕，官鳳陽通判。有《澤農吟》。

《詩話》：幼美體弱，然無塵坌之氣。《符離懷古》一篇，惜不令淳熙諸君子見之。

廣陵詞

桃花新雨後，載月出邗溝。棗板江南曲，筠簾捧子舟。飛飛雙燕子，何處覓迷樓。

符離懷古

張都護，殺曲端，關中將士皆心寒。秦丞相，殺岳飛，萬里長城一旦隳。婁室歡顔兀术喜，小朝廷，復何恃。長脚太師吾何尤，魏公九原知悔不？

高村謁漢高皇廟

高村湯沐地，下馬獨徘徊。落日吹原廟，歌風想舊臺。新豐雞犬去，故土夢魂來。猛士空煩憶，韓彭安在哉。

黄繼立 一首

繼立字志學，江陰人。貢入太學，官中書舍人。

初夏

楊花初點渡頭萍，十姊妹花紅滿屏。門前忽見漁舟過，風送鸕鷀一陣腥。

任山甫 一首

山甫字夢棒，休寧人，自號五安山人。承天府經歷，遷德安通判。

和費民益韻

萬里事行役，經年往復還。愁多生白髮，病久改朱顔。不厭沽新釀，長思返舊山。因君歎留滯，牕外雨潺潺。

龔勗 一首

勗字懋卿，章丘人。以歲貢生，官江都訓導，轉威縣教諭，再遷開平衛教授。有《龔懋卿集》。《詩話》：懋卿少貧，牧羊豕山中，手書卷不釋。既而小吏誣其逋租，受笞，益發憤力學。見李中麓以詞曲名，恥之，鋭意學古文辭。時稱爲「醇謹君子」。

立秋

烟雲黯慘仲宣樓，荏苒年華逝水流。白首鄉山千里外，滿城風雨又新秋。

黄時 二首

時，休寧人。縣丞。有《順堂集》。

白螺山吳大帝廟

螺山何嵯峨，荆江走其下。上有紫髯祠，祈報滿村社。自昔割據時，炎劉失區夏。聿求士宇寧，遑恤名號假。巴蜀徵讖符，許洛盛戎馬。於焉割朱方，鼎立足相亞。虎既負其隅，龍乃戰于野。哀哉爾汝歌，誰永霸圖者。來游陳我辭，渚蘋薦盈把。

孟嘗君養士處

官橋垂柳嬝闌干，古薛遺墟駐馬看。食客三千容易散，至今惟說一馮驩。

李德繼一首

德繼字子同，鄞縣人。由太學生選授光禄署丞。有《借樹齋集》。

懷包參軍

極目西來山色秋，但聞長笛不勝愁。故人家在清江上，潮滿門前月滿樓。

劉成美一首

成美字大卿，漢陽人。萬曆中舉於鄉，由河源知縣，歷官蘇州府同知。有《閒閒草》。

南還道中

春去花齊落，人歸路轉賒。峰陰昏霧合，樹影夕陽斜。溪隔循紆徑，橋危度淺沙。停驂聊對酒，醉處即爲家。

卞洪勳 一首

勳字世甫，嘉善人。司勳錫子。官東鄉主簿。有《石居集》。

歲暮述懷

戶外塵非隔，庭前草不除。技方慚畫虎，賦已就枯魚。燈影隨風蕩，鐘聲帶雨疏。半生無别嗜，惟讀父遺書。

田藝衡 一首

藝衡字子執，錢唐人。汝成子。以歲貢爲休寧教諭。有《留青日札》。

月夜即席示座客

雲散江城玉漏遥，月華浮動可憐宵。停歌不飲君何待，試問當年李玉簫。自注：玉簫，蜀宫人，愛唱王衍《宫詞》「月華如水浸宫殿，有酒不醉真癡人」之句。

謝三秀十三首

三秀字君采，貴竹人。萬曆間學官。有《雪鴻集》。

李本寧云：君采詩觸境生情，緣情體物，格整而不滯，氣雄而不亢，旨深而不晦，致清而不薄，辭而而不浮。此治世遺音也。

陳伯璣云：君采造語渾成，即偶入纖詞，不失大雅。

《詩話》：君采詩甚清穩，由其生於天末，習染全無，此黔人之軼倫超群者。

城南江亭

旦發虹梁門，暝投漁磯路。春水半篙緑，褰裳不可渡。溪深烟復深，遥遥辨庭樹。

晚汎蕭湖尋宋人虞仲房石壁

川光鬱初霽，野航恰受客。天空斷雁哀，水落寒沙積。絶峽響飛泉，飄飖疋練白。凉葉不禁霜，楓林還槭槭。輟櫂湖之陰，突兀見瑤碧。恍疑太始雪，拔地起百尺。登眺極人目，了了晰阡陌。胡爲水窮處，乃有此奇石。昔聞避地者，於焉卜其宅。愛兹雲木秀，重以巖潭僻。靡旦匪蘭橈，或時仍栢屐。遺詠蝕苔紋，風流已陳迹。高躅杳難攀，我來徒惋惜。商飇增暮寒，旨酒若爲適。興盡鼓枻歸，滄浪黯將夕。

蠻娃曲

蠻娃出戶筠筐隨，琇子穿環帕裹頤。東鄰女伴競相逐，四月深山采葛時。葛葉萋萋葛藤緑，挼葛爲絲給春服。經絲易脆緯絲柔，裂指猶嫌綷不速。破牕風急寒灺生，流黄軋軋無停聲。織成未敢問刀尺，明日輸租應到城。到城杼軸歸公府，吁嗟蠻娃亦良苦。君不見北里春風歌舞人，曲罷羅裳棄如土。

湯陰道上見楊花如緜戲作

古道多垂楊，春殘花亦白。毵毵隨晚風，到地忽盈尺。中原凋敝民力微，安得吹上流黄機。若敎織作機中素，九月何人不授衣。

安莊夜聞警

鼙鼓中宵急，愁聞戰伐頻。數家出煨燼，一郡入荆榛。地亂難爲客，塗窮恥傍人。披衣待明發，華髮鏡中新。

村行即事

十里荒村路，尋幽到薜蘿。陂寒菰葉少，籬晚豆花多。廢寺紛蟲網，貧家靜雀羅。老翁晞髮坐，相對說兵戈。

送吳使君攝八番郡事

才子漂零久，今看治郡功。地當三楚盡，山到八番雄。詞賦霜毫裏，桑麻露冕中。孤城饒吏隱，解帶聽松風。

夜集薜葵軒明府西巖

曲磴穿叢篠，風烟憶武陵。飲能齊阮籍，嘯或似孫登。投轄留山客，呼船送嶽僧。江城無堠火，薄暮見漁燈。

焦溪雨渡

遠岸平蕪緑，寒流似若邪。雨深人喚渡，春老客思家。野葛牽青蔓，溪藤落紫花。浮名是何物，漂泊又天涯。

辰陽晚泊

春流似建瓴，春色晚冥冥。溪菜盤餐滑，江魚匕箸腥。月來沙漸白，烟歛樹猶青。漁父方舟處，聞歌媿獨醒。

洞庭夜泊石門對月

平湖涵霽景，凉月漾晴暉。樹極長天盡，雲歸別島微。燈前秋社燕，夢裏故山薇。誰念滄洲客，飄零未授衣。

西菴徑中萬竹翛然喜而賦此

負杖入深竹，一盤仍一盤。鄰僧分路去，野客到門看。不雨夜尤緑，無風夏亦寒。素琴多遠思，宜對此君彈。

題趙文度畫西溪梅花

欲雪不雪天淒淒，南枝北枝開漸齊。因訪梅花過橋去，始知春在西溪西。

王象艮二首

象艮字思止，濟南新城人。仕爲姚安府同知。有《迂園詩集》。

董思白云：思止風華秀絶，骨力沉鬱，錯出大曆、長慶之間。

公孝與云：思止春容淹雅，白真韋澹，自然神合。

豫讓橋

義士負奇節，所重在知己。讓也慷慨流，恩仇惟一匕。將以酬智伯，勢必危襄子。一往志不返，肯以彼易此。所重者一言，所輕者一死。荒橋至今在，過者猶興起。立馬對斜陽，湯湯聽汾水。

雨中登鹿角山宿趙荆石宅

厓古憑空閣，崚嶒石徑斑。龍源花外水，鹿角雨中山。幸有心知共，兼逢地主閒。登臨無限意，信宿不知還。

徐成 一首

成字竟之，金華人。仕爲鎮國將軍。

洞庭謁湘君廟

帝輦南巡竟不還，亂雲愁絶九疑山。空憐湘水通三楚，遥想蒼梧近百蠻。墮淚有痕留竹上，落花無夢返人間。千秋哀怨存遺廟，悵望蘭旌不可攀。

吴稼澄七首

稼澄字翁晉，孝豐人。維嶽子。以例除南光禄典簿，累遷雲南通判。有《玄蓋副草》，又《北征》《南諧》《滇游》諸稿。

《詩話》：翁晉樂府，如健兒騎駿馬，左右馳突，靡不如意。近體頗合西崑，歸自滇南，里居極絲竹雲林之趣，自號大滌先生。病革，語其子以布衣幅巾斂，謂「如此庶足以見疇昔詩人於地下」。蓋以貲郎自懲云。

礦山謡

朝采金，暮采金。草枯山根裂，居民淚沾襟。狺狺之犬，昔以吠夜，今以給傳舍；喔喔之雞，昔以司晨，今以飽游民。水衡積錢爛如土，何不詔取中官歸御府。

牆頭草

牆頭草，秋零春復抽，胡不生彼庭中生牆頭。庭中無不可，惡木枝蔭我。又豈無野田塍，農夫二三月，荷鉏將見凌。牆上趨，難爲階，託根高，固其荄。牛羊欲食不得食，牧豎過之徒歎息。

歲晏偶成

歲云暮矣風淒然，豆萁零落南山田。疏篁掩映半庭雪，獨鳥棲息中林烟。溪上老翁索魚價，壚頭女兒催酒錢。衡門暫啓一失笑，復有僧雛來募緣。

秋懷二首

金荆爲枕紫荆牀，已共秋塵委曲房。燈下有情啼絡緯，機中無夢到鴛鴦。明星爛爛愁天老，爝火離離歎夜長。一樹桐花零落盡，可憐梧子自經霜。

重扃落葉迴相依，羅袂無聲事已非。寶鏡欲開鸞自泣，玉釵初斷燕猶飛。旅葵未合生空井，苦檗真堪染故衣。滿目清秋何所似？白雲愁色遠微微。

社日過山莊

背依叢竹面清溪，茅屋蕭疏類瀼西。兒子社錢無用覓，田家秋釀且相攜。梁間已去將雛燕，階下新行傍母雞。一束荆薪兼蘊火，不愁山路夜歸迷。

金陵酒肆贈茅平仲

暮年看爾壯心孤，落落酣歌擊唾壺。但數一錢憐奼女，纔誇千騎笑羅敷。棃花雨濕紅襟燕，楊柳春藏白項烏。欲向盧家借雙槳，莫愁不是舊時湖。

薛文炳 二首

文炳字有孚，嘉興人。鴻臚署丞。有《調痾集》。

江城登望

三月清明近，風光動客愁。葉齊江柳暗，雲暝石塘幽。戰伐悲新鬼，登臨憶故丘。南湖春欲暮，羈思羨凫鷗。

閒居雜興

最愛江南小滿天，櫻桃爛熟海魚鮮。一聲布穀啼殘雨，松影半簾山日懸。

王同軌 一首

同軌字行父，黄岡人。以貢生知江寧縣。

錢受之云：行父作詩不多，自具風格，不欲寄諸公籬下。撰前後《耳談》，纂述異聞，亦洪氏《夷堅》之流也。

行山中

雨餘林氣靜，山晚日光斜。野店依孤樹，村橋卧斷槎。馬嘶遥澗水，犬吠隔林花。白首鉏雲者，春風自一家。

華善繼三首

善繼字孟達，無錫人。仕爲浙江布政司都事，遷永昌通判。有《折腰漫草》。

《詩話》：孟達詩不及其弟。

舟中述懷

高城片雨外，倚櫂亂蟬鳴。遠樹他鄉色，浮雲過客情。泉甘知早竭，木散得長生。悔逐時人後，空將骨肉輕。

雨後

高樹留殘雨，層城帶晚烟。厨香菰米熟，架滿豆花鮮。未改狂奴態，還爲長吏憐。不因公事暇，那賦白雲篇。

春盡

即看春欲盡，漸覺客衣輕。燕以飛蟲下，魚因落絮驚。看雲忘拙宦，對雨憶躬耕。最愛新移竹，清風葉葉生。

華善述十六首

善述字仲達，無錫布衣。有《被褐先生詩稿》。

王元美云：仲達詩翩翩霞舉，或艱或易，忽沉忽揚，瑕瑜互見，大槩不可爲。《詩話》：仲達與兄善繼孟達，并有才名。王元美列其兄於「四十子」之列，而仲達不與焉。觀其詩品，矜奇灑落，幾欲御風而行。一時詞客，未或過之。而元美序之，謂「不可爲典要」，是亦拘牽之論已。

長相思

長相思，相思長幾許？黄河三三曲，曲曲通牛渚。巫山六六峰，峰峰度神女。枯槎不來雲不雨，夢落風波安可語。

休洗紅

休洗紅，洗紅紅可惜。初洗猶作黄，再洗漸成白。紅芳既去質亦移，雖有茜草將安施。

海樓篇

上客且歸休，我歌送行舟。君家近東海，海中有瀛洲。瀛洲不可見，但見金銀樓。此樓誰爲之，無乃蜃氣浮。相望邈無梁，引領成悲愁。

濠梁篇

濠水清若虚，鯈魚此中居。鯈魚何所樂？水闊忘呴濡。莊惠去已久，懷古思有餘。子是梁上人，非魚諒知魚。

雜詩

白髮白更長，白花白更香。春風一相見，歲月久難忘。君耕石田熟，余亦起群羊。

山中作

達士貴薄游，幽人安坦步。耿耿梧月初，蕭蕭竹風暮。握蘭青厓陰，采蘋寒水渡。荷衣秋始製，何用畏多露。

答錢化臣

玄蟬餐清風，長日鳴茂林。蟋蟀飲繁露，永夜莎根吟。二蟲夫何知，聽者多苦心。絃桐與無絃，視之誰非琴。曰余室湖渚，開口當遙岑。既無簪組累，又鮮轅馬臨。終歲足暇豫，長謠散幽襟。偶爲好事傳，詎取時名侵。媿君錫嘉譽，撫已安可任。

重送世叔

清樽可續沽，孤舟且緩發。款款垂別語，皎皎初圓月。幸自合一心，無令歎華髪。

庭草作花有感

中庭無嘉植，青碧翳芳草。秋至花亂開，翠色亦自好。既不藉溉灌，復無採摘擾。無名且無種，生意可常保。

今夕行

今夕何夕露爲霜，湖中之水寒且蒼。明月倒落水中央，遡游從之葭菼香。雲山層層思難忘，我有故人隔他方。三年不歸松菊荒，誰謂河廣一葦杭，爾獨胡爲勞我腸。

湖中之水歌

湖中之水常東流，眼前無事不可愁。貴如博陸死夷族，富如衛尉生斷頭。勳如淮陰竟菹醢，親如文信俄仇讎。唯有文章稱不朽，高名往往垂千秋。試尋名下人安在，左馬屈宋空土丘。不朽者文朽者骨，寸心枉作蛛絲抽。自古多才更多累，我獨何爲生煩憂。

招隱吟和伯氏

招隱吟寒山，蒼蒼日欲沉。風來萬木皆蕭森，飛泉激石流清音，聽之如玉復如金。須臾月出罔兩侵，猿鳴後林鶴前林。青松白露光淫淫，珠璣墮地不可尋。有美一人薜荔襟，橫陳古昔三尺琴，一指未下意已深。廣陵之散愁人心，抵節高歌招隱吟。

蟠桃思

蟠桃開花予共汝，十日瑤池白雲語。蟠桃結子汝棄予，萬里澤國紅塵居。等閒便擲三千歲，相憶那無一字書。

旅懷

萬里秋將盡，孤舟夜未殘。獨愁成淚易，清夢欲歸難。雁落繁霜白，鷗飛片月寒。朝來行客鬢，映水默相看。

晚秋鄒靈壽見過

野田猶汎濫，籬落亦荒蕪。啓戶聞鳴鵲，停舟散浴鳧。愁來說鴻寶，酒後憶雕胡。君定知朝事，今年可賜租。

寫懷

薄俗空相苦，寒泉只自甘。鶴應知夜半，狙不喜朝三。北斗懸牕北，南山横舍南。從教斷來往，端坐待鸞驂。

梅守箕九首

守箕字季豹，宣城縣學生。有《居諸前後集》。

《詩話》：梅氏一門群從，禹金最負時名。嘗後先過王元美，元美贈之詩云：「從誇荆地人人玉，不及梅家樹樹花。」季豹爲禹金從父，譽雖稍遜禹金，然《詠懷》諸作，恐小阮亦當避席也。

招隱曲寄吴允兆

勝游不擇塗，山棲不避幽。魚鳥有本性，何以異沉浮。昔者東方生，金門可優游。亦有嚴君平，足跡謝帝州。真情愛松桂，同器忌薰蕕。輪轂淹泥淖，樽俎潛戈矛。流塵眩目光，魑魅走道周。舍旃盍言旋，春草盈芳洲。

詠懷三首

飛閣臨馳道，櫺軒俯四隅。遠望可當歸，何以心不娛。夾巷叢灌莽，第宅成丘墟。魑魅嘯中林，夜啼猿與烏。密親不我與，我友不我俱。拊劍明所懷，託情於素書。

愛極翻自疑，驩極易以悲。所以樂莫樂，固在新相知。皎皎中天月，虧盈尚有時。惠思念疇昔，忉怛無好懷。歲暮空堂上，明星照我扉。身各天一隅，安知渴與飢。慰我同心人，膠漆未可期。

索處無適懷，群居興怨尤。素交夙已盡，鬩鬩起相仇。甘醴善逆人，終始寧爲謀。同心託蕭艾，一器戒薰蕕。匿怨而友人，見鄙於左丘。信哉朱穆言，獲我心所求。

雜感

獨坐不能寐，振衣將遠行。悲風自南來，吹我榛與荆。河水何泱泱，中有好鳥鳴。我欲往從之，惜哉已徂征。白日難少留，年歲忽已傾。願借明月暉，流光燭我形。

古詩二首

日月易流邁，哀榮曾何期。霜霰忽來集，衆芳忽已辭。物象貴其新，故心誰當持。懷念如夙昔，中情苦不怡。人生一世間，離合亦有時。超忽即變化，展轉焉可知。

郭東亦有墳，郭西亦有墳，登城一以望，纍纍正相因。狐兔穿爲巢，魑魅託爲鄰。潛燐不自照，幽路何由伸。陰風卷秋草，日莫常悲辛。

送吴允兆

秋氣何寥凓，廓處羈旅間。淹留蹇無成，惆悵私自憐。駕車出行游，願從吾所驩。所驩良已篤，情好若蕙蘭。素風飄廣路，枝葉忽以殘。結誠殊匪薄，永久思弗諐。敘意衷所期，令德思勉旃。

贈祁羡仲有序

羡仲俠士，能詘伸，好奇筴。少游豫章，乏食，即行乞市中。

客游小四海，不裹千里糧。城中乞食已，忽醉胡姬旁。縱横狹路間，褐夫視侯王。吁嗟不逢時，蓬累職所當。

梅鼎祚七首

鼎祚字禹金，宣城人，國子監生。有《鹿裘石室集》。

歐楨伯云：禹金五言古蒼然骨立。七言馳驟樂府，時極杜陵之致。近體氣純而完，聲鏗以平，思麗而雅。

王仲房云：禹金詩確守風格，乖僻不生，奇宕時作。

沈君典云：梅叔子天才駿發，詩如王子晉來緱嶺，清吹泠然。

錢受之云：禹金詩雖游獵漢魏、三曹，終不出近代風調，「秋減葉聲中」五字擅長，雖千篇萬句，亦何以加？

《詩話》：禹金周見洽聞，著書甚富，《詩乘文紀》之外，旁及書記小説，兼精傳奇，所填韓君平《玉合記》，爲詞家所賞。有云「風中絮，陌上塵，歎韶光、何曾戀人」，亡友王介人極稱之。

雜詩

智愚無常稱，妍蚩無定容。名德貴易立，顰笑賤難工。登高疾赴響，所處固已崇。流俗快目前，安得察其終。

雜感

忽忽中不懌，駕言陟高丘。高丘臨四野，湛湛長江流。豈不懷所歡，欲濟無輕舟。佳期曠何許，歲月倏已遒。躊往既非故，撫來難豫謀。俛仰千秋間，涕下不能收。

雜懷

鶡雞厲其羽，玄鳥歸故鄉。日夕凉猋發，大火戢朱光。陰氣馴以至，草木卒焜黄。九六代爲窮，龍戰血縱横。堅冰自有時，聖人戒履霜。

哭麻鴻臚

驚風下平楚，白日歸虞淵。彼此相代謝，時至有固然。所以上知士，往往不待年。比歲在龍蛇，汝命竟不延。詎意黄公壚，倏忽成河山。逝水豈顧反，行雲何當還。形神曠不接，而況尋笑言。先後等斯須，喟焉摧心肝。

金陵寄王仲房

宛水一爲别，金陵再寄書。王家桃葉渡，秋日柳條疏。客久少知己，吾將歸檕廬。向君尋舊約，百里共樵漁。

金陵客懷 乙酉暮秋作。

恣意游能數，多懷望轉迷。清秋雙闕外，佳氣二陵西。雁已先霜下，烏仍近夜啼。都亭酒太惡，不得醉如泥。

九月八日城東樓晚眺寄史使君姑孰

落葉來鴻秋可憐，孤城晚眺正蒼然。向傳李白題詩處，重見玄暉在郡年。霜後鳴碪千戶月，風前哀笛一江烟。倚闌却憶龍山會，誰共黄花插酒邊。

梅蕃祚一首

蕃祚字子馬，宣城人。鼎祚從弟。官寧鄉主簿。有《涉江草》《王程草》。《詩話》：子馬與季豹、禹金同負詩名，王元美詩：「較他群從更高華。」蓋指子馬言也。然非季父賢兄之比。

重過道甫叔山居

谷口子真宅，松蘿境自偏。當牕懸衆壑，隔樹見飛泉。送客柴門下，尋僧野寺邊。時時來取醉，人道竹林賢。

汪道貫三首

道貫字仲淹，休寧人。道昆弟。有《汪仲淹集》。李本寧云：仲淹詩頡頏其兄，才情節奏，出入陶、韋、王、孟間。

贈鄧孝孺

聞汝幽棲處，澄湖一片明。青衿生事拙，白髮著書成。澤國堪高卧，山田足耦耕。華陽仙路近，千古傍茅盈。

鄉榜被放作

得路難如此，飄零似去年。曉風池上月，秋水鏡中天。咄咄悲生事，勞勞問酒錢。啼猨與征雁，總使淚潸然。

題扇

落日照前溪，倒影映紅樹。幽人不出山，白雲自來去。

汪道會 一首

道會字仲嘉，休寧人。亦道昆弟。諸生。有《小山樓稿》。

李本寧云：仲嘉秀色天然，盡去雕飾。

過王百穀

秣陵三月柳含烟，猶憶城南送酒錢。雙槳暮潮桃葉渡，一尊寒食杏花天。江門隔歲書相問，吳苑今宵月再圓。執手莫須論往事，傷心近廢鶺鴒篇。

劉潤 一首

潤字德祖，歙縣人。有《鶴嶼集》。

寄王仲房

不見風流王右軍，詩名湖海日相聞。歸期漫阻黄梅雨，鄉思遥懸白岳雲。千里音書秋後斷，一江南北夢中分。潭園草罷閒居賦，誰共清尊醉夕醺。

劉澳 一首

澳字本瞻。潤弟。

九日同葉茂長汪和叔登高燕集

九日他鄉菊未開，相逢同上竹西臺。江南木落千峰出，薊北風高一雁回。笑指青山懷杖履，羞看白髮會歸來。明年此日難同賞，烟雨何妨數舉杯。

吳元樂 三首

元樂字振之，休寧人。

春日有懷仲仁

獨行墟落間，舊徑生芳草。一見蝴蝶飛，三歎青春好。故人不可同，能無傷遠道。

八月十二夜作

暝鐘初定後，秋氣漸深時。顧此蒼苔上，泠然白露滋。蛩還依砌響，月自隔林移。不見素心者，空懷夙昔期。

湖上憶别

河橋三月水平津，兩岸輕波漾緑蘋。曾向此中傷遠别，故人今隔幾回春。

産科 一首

科字□□，望江人。由貢生，萬曆中知通江縣事。

茗山洞 羅隱曾隱此山，有蓮花峰，相傳仙人嘗憩其頂。

峰陰回合擁青蓮，詞客遺蹤尚儼然。啼鳥故疑歌白雪，飛泉猶似奏朱絃。林扉蕭瑟無塵躅，石室逢迎有洞仙。安得向平婚嫁畢，拂衣吾亦弄雲烟。

明詩綜卷六十三

小長蘆　朱彝尊　録
桐鄉　金　栻　緝評

宋登春 三首

登春字應元，新河人。有《鵝池生集》。

《静志居詩話》：王喬之玉棺，桓司馬之石椁，可以謚曰「至愚」。然而楊王孫之倮葬，劉伯倫之荷鍤便埋，亦矯枉之過也。鵝池生語邢子愿云：「君視宋登春，豈杉柏四周中人？行將浮錢塘，脱履江干，乘潮解去。」既而果躍入江。魚腹之葬，果勝於一棺之土乎？君子譏其誕矣。生詩平淡寡深思，不失爲賈浪仙、李才江一流。

薊門

桑柘兵殘後，人家夕照中。天秋沙雁沒，月冷戍樓空。選將燕山北，擒生遼海東。城南餘戰地，燐火夜深紅。

九月三日方別駕攜酒殽見過因懷徐荆州

客淚秋能下，人情老自知。塞寒鴻雁早，江暖菊花遲。對酒憐吳語，聞歌憶楚辭。明年誰更健，重把紫萸枝。

秋日野望

聽鳥中林性，看雲故國心。地卑湘漢闊，天遠洞庭深。老馬空知道，窮猨豈擇林。十年書劍客，寂寞到如今。

陳昂三首

昂字雲仲，莆田人。有《白雲先生集》。

《詩話》：山人以倭亂，率妻子奔豫章，織草屨易粟，不給則賣卜。已而入楚、蜀，轉客金陵間，賣文爲活，阨窮以死。其《自序》略云：「昂於詩尤嗜五言，第家貧無書。誦王右丞作，即師右丞；誦杜工部作，即師工部。可謂多師以爲師者也。」

宿江邊閣

暝色江邊閣，行吟易斷魂。風前兩岸葉，月下一聲猿。夜哭誰家婦，寒號何處村。洞庭春水動，雇艇去荆門。

閩南登樓

切莫登樓望，令人更慘淒。戰場多鬼哭，息壤聚烏啼。黄霧埋城郭，寒風死鼓鼙。深樓巢燕子，來往亦銜泥。

移居巴陵

此即巴丘戍，相傳魯肅城。古今餘往事，兵火剩殘生。楚水爲漁便，湘山結室平。地靈如獲託，亦足寄遐情。

馮遷七首

遷字子喬，上海人。有《長鋏齋稿》。

潘子仁云：子喬采掇菁英，鋪張平實。吾見其進，未見其止也。

朱邦憲云：子喬緣情定體，因體鑄辭，雄麗雅澹之言皆備。

《詩話》：子喬詩，出辭似淺，而鍊格頗遒。淘之汏之，沙礫自去。

與俞仲蔚

仲蔚青雲姿，偃蹇山澤間。遺棄當世事，賦詩獨精專。大雅既寂寞，下接蘇李肩。晨昏弄筆札，几席生雲烟。流傳翰墨林，字字堪磨鐫。相過遇佳夕，春風盎和顏。燃燈設清醴，微奥相與宣。高懷曠千載，鬱鬱忘冥筌。所嗟歲云暮，何以奉周旋。

病卧十日城中米價騰踊感而賦此

兒童負裹朝出市，日暮歸來哭不止。斗米新騰價百錢，布匹雖行賤如水。盡言久旱江水枯，賈舶商船難到此。城南早稻秀不實，城北晚禾乾又死。悲哉野老啼無聲，十日病卧茅屋裹。

送唐世其北上

君去青山外，予吟緑水邊。忘機鷗性狎，快意馬蹄穿。魏闕通霄漢，吴臺思管絃。遙知聽雨夜，定憶小樓眠。

潘伯明邀飲朝天宫

邀我來仙界，林深引玉笙。坐來黄鶴舞，醉倚白雲生。江作千年塹，山圍六代城。興亡易悲感，何地訪初成。

荆溪夜泊

細雨延春酌，寒雲濕暮鐘。客舟依樹小，野火隔溪重。風水期無定，登臨興轉濃。明朝買雙屐，共爾躡群峰。

復錢顧内翰於南浦因經曹公戰壘

映竹船牕水氣凉，渚風微泛白蘋香。今朝相送即相别，明日故人非故鄉。蔓草女牆横斷靄，荻花軍壘護斜陽。銀河舊與滄波接，一望靈源萬里長。

葉之芳五首

之芳字茂長，無錫人。有《雪樵集》。

寒食金陵病中作

東風吹短褐，寒食傍天涯。客舍孤城雨，鄉心二月花。遠山青極浦，芳草緑平沙。不盡王孫淚，年年感物華。

靈江舟中

赤城東去水瀠洄，無數寒花夾岸開。越國青山臨海盡，靈江秋雨挂帆來。舟中客淚隨楓落，天外鄉心逐雁哀。如此蕭條須盡醉，已知淪落不言才。

送韓漢章自楚還蜀

河梁日暮罷離尊，送爾西游入故園。湘渚月明春飲馬，巴江花落夜聞猨。青山易墮天涯淚，芳草空消客路魂。何事不歸嘗寄食，道傍誰解惜王孫。

題江邊柳

楊子津邊柳，秋風葉乍凋。生當離別後，不得長長條。

入新安

可怪新安水，舟從石上行。千尋猶見底，不數越江清。

柳應芳三首

應芳字陳父，海門人。有《柳陳父集》。

姚園客云：柳陳父詩，如田舍翁暴作封君，舉止生澀。

錢受之云：廣陵詩人推陸無從，然結染七子流風，不克自拔。陳父名雖不及，興會清發，自可使無從却步。

《詩話》：陳父僑居金陵之杏花村，每出行吟，俛首沉思，觸人肩面，不自覺。語所知曰：「作一詩，必離魂數番，乃得稱意。」昔人所云：「撚斷數莖髭」，「用破一生心」，不過是矣。其詩頗選高格，第去七子仍未遠。

送周京兆建言再謫代州判官

向託湘流弔屈原，十年岐路不堪論。到來京兆纔三宿，謫去承明只一言。馬邑秋高邊月近，雁門春盡塞花繁。再投萬死風霜地，猶感全生聖主恩。

初聞倭警有感

東倭海外播風烟，回首扶桑氛祲連。白羽插書傳幕府，黄金刻印拜樓船。朝廷欲問來王日，父老曾經入寇年。辛苦折衝胡少保，永陵一詔至今憐。

春閨

黄鸝不隻啼，紫燕還雙栖。栖在妾梁上，啼向妾牕西。

安紹芳七首

紹芳字茂卿，無錫人。國子監生。有《西林集》。

葉茂長云：茂卿學贍才高，生不得志，有浮雲當世之志。厭栖鄉曲，慷慨遠遊，興至爲詩，調高辭秀，迥拔時流。

俞羡長云：茂卿詩不追逐時好，搦管抽思，一以清婉爲尚。

山中夜坐

夜氣何蕭森，空山思寥廓。不知風露寒，彌覺衣裳薄。美人渺難期，對酒不成酌。白日虚牖生，微聞桂花落。

旅泊

秋盡仍爲客，江寒獨繫舟。微霜下木葉，遠火露蘋洲。無那風前雁，偏生枕上愁。孤帆明更發，何處復淹留。

送曾中丞入蜀

玉節遥看萬里行，嗚笳吹角動西京。天邊劍閣雲連棧，樹裏巴江錦作城。檄到百蠻新喻蜀，圖開八陣舊藏兵。褰帷父老煩相問，辭賦何人似長卿。

花津

水上春霞明，花開幾千樹。不是避秦人，人疑避秦處。

一葦渡

夕陽下前溪，西風吹野渡。不見折葦人，獨立滄江暮。

春盡日寄華公衡

惆悵春風暮，懷人興轉孤。夕陽空極目，芳草隔南湖。

柳枝詞

赤欄橋畔柳絲長，帶雨和烟總斷腸。肯向西風恨摇落，願留春色待蕭郎。

聞龍 三首

龍字隱鱗，鄞縣人。處士。有《行藥吟》《幽貞廬詩集》。

屠田叔云：　隱鱗詩如溪上人家，曲几疏牕，長與水雲弄色。

王右仲云：　隱鱗詩清和穩暢，卓然成家。

《詩話》：隱鱗爲冢宰莊簡公孫，以孝友德行聞於鄉里。初不以韻語自負，然其近體頗閒整，特少警拔耳。

山居即事

積雨朝來歇，諸溪盡急流。隔河看飲犢，倚檻有浮鷗。雲冷松根石，風微竹外樓。蕭然無一事，開徑遲羊求。

送趙彦忠游吳興

吳興舊游地，遠想尚依依。荻岸青簾舫，桑林白版扉。計程千里近，屈指一年違。從此斜陽外，看山悵獨歸。

聞吳少君病而阿霽死悵然懷之

來往家無定，饑荒病未蘇。路危僮僕盡，身老子孫無。何日忘機事，全生付酒壚。榮期自有樂，不用哭窮塗。

譚清海 一首

清海字永明，東莞人。有《靈洲詩草》。

《詩話》：處士以布衣思自奮功名，永陵時上言十事，不納。穆宗即阼，復走京師，進《三大禮疏》，其略曰：「我太祖高皇帝文德武功，前此未有。一傳至建文君，紛更法制，文皇帝於是訓兵除之，即位之後，悉復洪武舊制。夫成祖未即位之先，建文君天下者也。四年以來，其措置雖不足觀，然有一日之君，必有一日之政事，而使之湮沒不傳，將來者何以徵也？且洪武三十一年爾，今曰『三十五年』，豈賓天之後，猶能撫綏四海，統理萬幾，此非所以示信也。陛下宜勅令史官，修其一朝實録，仍以建文年號，復告高廟，而追謚之，庶幾文獻足徵，可以信今而傳後矣。又按正統十四年，也先入寇，大同失利。太監王振不與大臣謀議，獨挾天子親征，命郕王居守，師駐土木。天子蒙塵，京師大震。皇太后召百官入集闕下，命郕王權總萬幾。既而復命郕王，宜早正位，蓋以時方多事，國賴長君故也。王涕泣固辭，於時文武群臣，交相勸進，然後不得已即皇帝位。夫土木之難，非國家大變哉！當是時，社稷爲重，君爲輕，使非景皇帝預登大寶，臣恐天下之事難言矣。況多難之秋，篤任于謙，選將擇能，練兵主戰，宗社不至於南遷，伊誰之功歟？及英宗皇帝駕還，景皇帝迎拜，相持而哭，推遜良久，授受之意，昭如日星。一旦不豫，英宗復位，此天之所順也，人之所歸也。而賊臣徐有貞輩，迺貪天功以爲己功：首倡奪門，動搖國本；駕言定策，獵取侯封。構骨肉無已之禍端，損國家萬年之元氣。遂使景泰七年，君臨天下之號一旦改除，于謙社稷之臣竟死刀下。每讀國史，流涕傷心，不能不飲恨也。英宗復鑒其誣，深懷怨悔，未及改，遽爾上賓。憲宗敦念親親，用成先志，上尊謚曰：恭仁康定景皇帝。然而未得稱宗，未饗太廟，歷朝因循，實爲缺典。夫人臣有功於國者，猶得附饗於廟，而况正位於九重之上，七年之間，社稷攸賴，德在天地，功在祖宗，不幸晏駕，一二讒賊之臣，迺隨而媒孽之，遂至不得以列群宗而安廟祀，孔子所謂正名之義安在？今陛下即位之始，宜明詔中外，尊爲某宗，祔祀太廟，以正一代昭穆之倫，以敦萬世宗親之義。仍以于謙配饗，用報有功，復勅有司震暴有貞之罪，削其官爵，夷其墳墓，以爲將來不忠之戒。庶幾祀典可明，而典刑可正矣。又按太祖高皇帝首建太廟，爲同堂異室之制，而奉玄、恒、裕、淳四帝居之。成化間，九廟已滿，下詔議祧，於是以玄皇帝爲始祖，以太祖、太宗爲世室，於寢殿後建祧廟，群主以次遷入焉。至嘉靖十七年，先帝斷自宸衷，獨奉高皇帝爲不遷之祖，改號太宗爲成祖，復上獻帝爲睿宗，而并附九廟祀焉。夫太祖有功於天地，創業垂統，爲萬世計，尊之爲始祖，禮之正也。獻帝篤生聖子，入繼天朝，我先帝一念報本之心，不能自已，而尊之爲帝，祀以天子之禮，此猶可以義起者。若升祔九廟，而與列聖并饗，臣不知於義何取，於禮何居，天下之分奚辨乎？昔武王纘太王、王季、文王之緒，以有天下。是天下者，太王、王季、文王之天下也，故武王得以追王太王、王季、文王也，猶我太祖之追尊四祖也。今先帝所嗣之緒，果纘之獻帝乎？抑纘之祖宗列聖乎？使纘之祖宗列聖，則先帝之天下，祖宗列聖之天下也，先帝不得而私其親也。今饗其親於九廟之中，則是先帝之天下，既受之祖宗列聖矣，而復受之獻帝，謂非有兩統乎？此一人之私也，非天下萬世之公也。我朝之制，子爲天子，其母稱太后，不稱后不得并嫡同饗，於是有奉慈之殿，所以明微也。陛下謂君臣之分，與嫡庶之分，奚殊焉？獻帝本安陸之藩王，曾北面於武宗者，今升祔九廟，而與群宗并列，則是儼然居武宗之上矣。爲天子之母者，不可以庶而并嫡，爲天子之父者，獨可以臣而尊君哉！臣聞獻帝在藩邸時，克遵朝廷，制度惟謹，天下稱順焉。故於其崩也，而武宗謚之曰獻。夫生而能恪守藩臣之禮，未有死而肯倒置冠裳者也。今儼然居武宗之上，臣恐獻帝在天之靈，必以上下之分，不可踰也，禮義之防，不可越也；祖宗相傳之統，不可私也。將蹙然不安於其位矣。夫祭者，所以安先人之神也。既蹙然不安於其位，則又何愛於附饗，何取於太廟哉！陛下方將秉正奉公，爲天下矜式，必不以私親之故而廢禮。其勅禮部，會多官集議，再訂廟儀，務求典禮之正。庶於祖宗祭統，不至生嫌，獻帝神靈，得以安饗，而亦不失先皇尊親報親之心。祀典由是而正，禮義由是而安，天下之分由是而辨，而萬世人心之公，定於此矣。」以上三事，皆言人之所不敢言，且倡議於楊時喬、詹沂、劉曰梧、歐陽調律諸臣之先。而《實録》不書，野史失載，故節録之。處士善談兵，見知於戚少保。歸隱羅浮見日峰，鄉里稱爲見日山人。

西游别貞復

君望東海歸，予從西粤游。興言感今昔，行路何悠悠。白日往不返，頹波逝東流。青青澗中蒲，泛泛江上鷗。連枝與比翼，庶以解我憂。

楊承鯤七首

承鯤字伯翼，鄞人。太僕卿美益子。國子監生。有《西清閣詩草》。

《詩話》：伯翼論文，謂「先民有作，彀率存焉，不入彀率，雖工無當也」。論詩厭薄王、李，謂「暗中摸索，知爲今人之詩，惟誦之不類今人，而不蹈古人之迹，斯善矣，譬如學書然，方其心慕手追，必盡肖古人，及其成也，不必盡肖，乃成家」。可稱知言者也。

七哀詩二首

朝發桑乾河，暮宿樓桑村。王氣久消落，靈跡祕陳根。物色遞遷化，日月屢崩犇。奈何此征夫，跋涉無朝昏。驅車冒榛荆，忍飢過市門。餘雪照墟里，頹陽藹荒村。隴墳鬱相望，賢達無一存。顧彼翳桑人，太息涕潺湲。

客行無昏曉，乘月理歸軒。仰視明河低，畢昴正闌干。繁霜生肌骨，齒戰不能言。空野無人聲，雞犬互悲喧。羸馬爲哀鳴，僕夫自辛酸。行行日已老，帝鄉日已窅。朔風裂緇衣，客歸苦不早。燕雀懷故棲，游魚思在藻。日月逝不處，誰能長美好。眷我平生親，言旋永相保。

無能

漠漠島烟合，紛紛林月生。小山全入霧，大水半浮城。鳴櫓通晨過，疏星永夜明。無能逐世好，嬾與癖相成。

寄題江心寺

勝絶江心寺，江空塔影長。潮痕剥斷石，海氣濕危廊。僧老秋無寐，鷗寒翅有霜。英雄餘涕泗，風雨弔殘陽。

小山

還山抱黄犢，沙草日蒙蒙。竹屋難禁雪，松門不掩風。香餘栗葉火，寒落桂花叢。寥落清江外，吾生亦有終。

小山歸得長文書及新詩二首兼惠茅栗如數奉答

茅栗何年種，分匡見小奚。色兼霜芋早，味與露葵齊。歛袖呼兒子，嘗新媿老妻。永無懷橘日，剩有萬行啼。

脩園觀刈稻詠懷

老覺衣裳薄，寒催捃拾頻。尋常村徑小，來往路人新。沼靜飢魚出，林皁宿鳥馴。雞豚與閭巷，不厭野夫貧。

諸葛鯨 一首

鯨字君騰，襄陽人。一云蘭溪人。

渝城人日簡宇給事

訪舊來何晚，輕帆落驛亭。江回劍外白，山繞漢中青。萬里逢人日，孤城感客星。知君懷諫草，翹首望明廷。

沈懋嘉 一首

懋嘉字會真，平湖人。懋孝之弟。諸生。有《白巖遺稿》。

秋鳥

陳山西麓海東頭，細網長竿帶緑鞲。買得山禽如粉脆，屠墳十里稻花秋。

《詩話》：吾鄉屠康僖墓，在乍浦陳山。山濱海，宰木蓊鬱，每東風起，有鳥海外來集於樹。土人張羅持竿捕之，大者曰截毛鷹，亦曰鷫鸘；中者曰花雞；小者曰鑽籬。剖其腹，有青椒，其骨甚脆，號爲秋鳥。文學詩，蓋紀其實。

裴邦奇一首

邦奇字庸甫，聞喜人。有《巢雲集》。

望嶽

衡陽秋色翠一作「碧」。氤氲，南望蒼梧隔楚雲。自去重華招不返，月明瑶瑟怨湘君。

黄維楫二首

維楫字説仲，天台人。

送王元甫舍人使襄藩

玉門將醖酒，使者捧銅圭。玉節湘雲外，星軺漢水西。恩頒丹鳳詔，歌唱白銅鞮。山簡流風在，能無醉似泥。

武林與王符李葉四博士夜酌

烟草碧連天，吳山春可憐。客情千里外，鄉語一尊前。細雨鳴深夜，疏燈照別筵。關河又明發，罷酒各淒然。

陳有守 二首

有守字達甫，休寧人。有《六水山人詩集》。

徐子與云：山人詩篇，雖不盡離津筏，而體裁宛密，大雅不群。

《詩話》：山人好游，轍跡遍湖海。以郡有南浦，六州水胥匯於川，注海，遂自號六水山人。一曰天瀛山人，又曰斗下老人。自比沈麟士、王孺仲，其詩取材目前，不甚鎔鍊。所選徽郡詩，斤斤繩墨，不失正音。

游邵氏園

極目眺遠山，振衣出東郭。白雲媚幽岡，蒼烟澹長薄。登皋一舒嘯，餘響應林壑。空緇城市塵，未諧江海諸。夙心愜超曠，世故任龍蠖。

觀音巖

紺閣披雲竹樹參，天花傳説見優曇。妙音一去諸天遠，癡絶行人拜石龕。

盛時泰 二首

時泰字仲交，上元人。貢生。有《蒼潤軒集》。

《詩話》：沈啓南《題倪元鎮畫》云：「筆蹤要是存蒼潤，畫法還應入有無。」盛仲交畫師元鎮，文徵仲遂以「蒼潤」題西冶城之小軒。仲交性愛山水，去郭二十里爲攝山，山之左有大城山，結精舍其中，時跨一青騾，欣然獨往。嘗爲子娶婦，其妻戒勿他往，忽隨友人往城南古寺，數日乃還。妻慍而詈之，乾笑而已。張肖甫開御史臺於句容，仲交醉撾戟門之鼓，肖甫曰：「安得此狂生，必盛仲交也。」邀入復飲，達旦乃別。萬曆初元，以陪貢試吴下，肖甫謂曰：「子過姑蘇，宜一謁王元美。」遂攜所著《兩都賦》，謁元美於小祇園。元美贈之詩曰：「遂令陸平原，不敢賦《三都》。」又三日之内，遍和元美擬古詩七十章，元美爲之氣奪云。

初春送朱比部

幾年官寄白雲司，日日行吟湖水湄。五馬西川今作守，一尊南郭暫相持。天邊雲樹依臺遠，雪後春濤出峽遲。自昔蜀中饒勝蹟，品題應是待新詩。

寄武林朱九疑

湖上輕風拂柳條，美人吹笛向平橋。欲知胥浦潮初退，正是秦淮雪半消。

張正蒙二首

正蒙字子明，江寧人。

顧太初云：隱君年九十餘，猶能日行數十里無倦。不多飲酒，而善飯如壯夫。詩法中盛唐，饒王、孟、韋、柳之趣。

商人怨

江上商人歸，試問商人事。商人不敢言，相對但垂淚。

過王德載牆東別業

舊是君公隱，相期共避喧。落花春雨巷，垂柳暮烟村。牕外青山出，尊前白鳥翻。澗聲流不竭，吾意欲尋源。

馮敏効 一首

敏効字忠卿，平湖人。給事汝弼之子。有《小有亭集》。

舟行

水遠連天碧，秋深共客寒。孤舟迷去路，頻對夕陽看。

程伯陽 一首

伯陽字師道，歙人。

王仲房云：師道家貧，賣藥自給。詩多漫與，而沉思者自入法。

過南山懷許宣平

仙人去已久，訪古經南山。丹竈亦已没，白雲長自閒。風吹桂枝緑，雨落桃花斑。空傳負薪句，沽酒何時還。

馮科 一首

科字子盈，嘉善人。布政使盛世之父。有《東皋吟》。

吴江逢越客徐生

賣藥長爲客，浮萍寄此身。因沽吴市酒，得值越鄉人。白雨三江暗，丹楓十月春。追思十載事，不覺淚沾巾。

孫文篪 一首

文篪字伯諧，歙人。

王仲房云：伯諧好神仙，山居獨行，洞簫在佩，不顧俗人訕笑。其詩任性放吟，嬾於祖述，間有合作，便越凡情。若「行人欲問前朝事，翁仲無言對夕陽」，足稱佳句。

逢鄉人

爾從山中來，恰喜江上遇。吾家老梅花，開到第幾樹？

曹昌先 一首

昌先字子念，一字以新，太倉人。

少年行

長安兄弟舊知名，半是期門半射生。醉就胡姬壚畔宿，明朝齊赴受降城。

欽叔陽 三首

叔陽字遇公。吴縣學生，入國子監。有集。

《詩話》：太監孫隆以督織造駐蘇州，朝廷方起税額，惡少年行賄，充委官，乘輿張蓋，勒索商税，民不堪命。崑山人葛成率衆二千人，分作六隊，一人摇蕉扇前行，後執挺隨之。知長洲縣事鄧雲霄，見民情洶湧，擒委官頭目，械於玄妙觀，衆立毆死，裂其尸。知府朱燮元勸諭，始得解散。此萬曆二十九年事也。時葛成慷慨就獄，後得宥罪。又二十餘年，而有顔佩韋等，實先啓其兆云。遇公謠凡一十三首，兹録其音節近古者。

稅官謠三首

四月水殺麥，五月水殺禾。茫茫阡陌殫爲河。殺禾殺麥猶自可，更有稅官來殺我。千人奮挺出，萬人夾道看。斬爾木，揭爾竿；隨我來，殺稅官。稅官來，百姓哭。虎負嵎，猱升木。壯士來，中貴走。十二人，三授首。歡樂崇朝不及夕，倏忽頭顱已狼籍，投畀烏鳶烏不食。

張名由二首

名由初名凡，字公路，蘇州嘉定人。有《張公路詩集》。

《詩話》：公路居平世而好言兵，棄家産僮僕，以避徭役，可稱知幾之士。蓋先唐、婁、程、李四子稱詩，而學文於震川者。

吉貝辭

禹貢故江道，今已失其真。西亂北入婁，浦東接春申。中淤百餘里，高飛起黄塵。三年棄不治，地頗生理叚。九夏耰鉏出，三時雨露新。吉貝萬餘頃，其葉何蓁蓁。秔稻産三吴，初不係海濱。陵谷日變遷，造物亦至仁。嗟嗟肉食謀，此理難具陳。

空堂

秋蟲響空堂，纖月下幽渚。烏驚風外林，花落庭中樹。羈棲興遠懷，城河隔新雨。耿耿良不寐，脈脈以無語。

俞安期十三首

安期初名策，字公臨，既更今名，改字羨長，吴江人。有《翏翏集》。

錢受之云：羨長嘗以長律一百五十韻，投贈王元美，元美爲之傾倒。已而訪汪伯玉於新安，訪吴明卿於下雉，頗依諸公以起名，才氣蓬涌。晚雖厭薄窠臼，而聲調時時闌出，不能自禁矣。

朱雲子云：羨長語多雄壯，如《望海》云：「星臨東極無分野，山入南荒有沃焦。」《廬山絶頂》云：「爭趨大海千江定，纔入中峰兩郡分。」《寄臨洮監司》云：「桃花東道來天馬，木葉西山見玉狼。」《寄建昌兵備》云：「笮馬全教歸漠北，竹王那許擅南中。」皆名貴可傳。

《詩話》：羨長之名，由元美、明卿、伯玉而成，詩亦兼綜三家。原本李獻吉，長於獺祭，賦景有餘，言情不足。如入隋苑，觀翦綵花，青紅碧緑，非不爛然奪目，即而視之，與根株總不相附。

烏沙阻風

獵獵閶闔風，吹彼江漢流。崩流一何急，阻我西行舟。擔篙引百丈，人力非不周。但如宋都鷁，退行良非謀。旅情既昏亂，朱炎苦相讎。畢竟泊楓林，繁陰結綢繆。憶從辭妻孥，再見蓂葉抽。前期猶漫漫，返顧多沉憂。沉憂不能揮，奮思弋青丘。

武夷二首

晨興命篙師，溯流泛清汜。鷁首轉石湍，九曲兹其始。峰巒縱異姿，崖壁夾重詭。參錯駭愕形，萬狀不相似。林林從孤舟，紛紛列兩涘。回眺天柱石，端立若冠峙。其上亦宏奥，云有天池水。易代投玉簡，遣使歷千禩。子騫謫居時，仙客咸來止。晉代八真人，異姓四女子。謫籍周有期，上昇具由此。控鶴彼何人，曾否來主禮。

縶纜仙船巖，三曲漸已及。云何二仙艇，中壁懸石隙。歲月固不知，神化亦奚測。更無堯年潦，安得逮兹息。豈墜絳渚間，天路將安適。或由巨靈掌，攜之化人國。莫謂藏壑牢，夜半負有力。願借拯迷津，衆人免沉溺。

神鴉行

甘將軍廟富池口，廟前群鴉何太馴。商艑經過浪索食，撲剌雙翅飛近人。上投餅餌或片臠，高挐低攫疾若神。競言此鴉莫彈射，將軍精靈所變化。中之不斃亦不傷，風波恐使神明咤。吁嗟乎，將軍氣槩籠古今，強吴捍魏人所欽。精靈縱化亦貔虎，安得瑣瑣爲微禽。神鴉神鴉，汝曹憑藉將軍力，不加彈射還投食。何殊僕隸在權門，安然請索無不得。

卜居陽羡

雞犬成墟落，蕭蕭半畝宫。湖山元作長，田舍復稱翁。五口中人産，千家太古風。無由知帝力，耕鑿自爲功。

憶家

故國千山外，經秋遠別離。浮生能幾日，爲客此多時。衰眼高堂淚，寒砧少婦悲。天涯念游子，風雨共凄其。

青草湖

秋霜枯洞庭，秋草入湖青。漁屋遷卑壤，風帆就遠汀。雁凫沙不整，魚鼈塹多腥。回想波濤日，陰沉託水靈。

過洞庭湖

南北占星日，相隨任遠飄。輿圖輪浩蕩，舟楫變昏朝。雁力翻風盡，蛟宫隱浪遥。最憐無定處，雷雨失青霄。

望海

積氣茫茫九水都，望來空闊盡東隅。雲霞午夜浮光動，雷雨中流片影孤。日有靈烏棲析木，時無游馬繫秦蒲。島夷向識滄波道，烽燧防春亦遠圖。

送顧道行副憲之山東

鬭雞走馬俗稱雄，絶島窮邊路亦通。卉服仍教歸禹貢，短衣須遣變齊風。嶽雲今古懸封上，海日尋常起夜中。我有所思愁遠道，自今長望泰山東。

登祝融峰

中天積氣入清凉，雲霧翻看地混茫。雨挾蒼龍奔下嶺，星懸朱鳥定南方。何年石篋藏金簡，自古山祇禮赤璋。壇上長流青玉乳，神池高捧帝臺漿。

謁禹陵

水土開荒服，憂勤任聖躬。八年忘内顧，四載畢前功。歷數虞咨及，巡游夏諺同。會稽臨絶徼，道里記方中。玉帛諸侯集，梯航萬國通，重輝扶舜日，後至戮防風。論德人無間，傳家祚莫終。寢園非遠隧，祠廟異卑宫。祭本天酬孝，民猶俗尚忠。穴深藏詭物，石立窆神工。祕守玄仁使，奇探太史公。爲魚心感歎，酌水意尊崇。草莽成臣禮，精靈鑒鄙衷。願爲松柏樹，朝暮護青葱。

東濠雜興

青谿東九西九，白鳥朝雙暮雙。結屋何殊柳浪，投竿别是桐江。

何白四首

白字无咎，永嘉布衣。有《汲古堂集》。

錢受之云：无咎幼時，爲郡小史。龍君御爲郡司理，異其才，爲加冠。集諸名士賦詩以醮之，爲延譽於海内，遂有盛名。

《詩話》：无咎起於側微，事容有之。第考萬曆庚辰履歷，龍君御初授徽州府推官，鐫級改温州府學教授，入爲國子博士。未嘗任温州司李也。牧齋尚書殆亦道聽之説。《汲古堂集》。原亦出於七子，頗與俞羨長相近。

長干客舍同周叔宗夜坐分生字

莊塗轃塵軌，末路多所嬰。况復歲遒盡，懷歸軫予情。之子秉高韻，神恬物自輕。處順鮮有觸，居喧若無營。偃仰寄一室，展玩忘寢興。高梧散縹帙，風琴落虚聲。櫩卑景先夕，墉高曦易傾。幽光代明燭，寒月曖前楹。焚枯命芳醑，歡燕惟平生。情披語已洽，罍虚時載盈。寸悰得所遣，冀此數來并。

村翁行

老翁耕種居西村，白頭不到城東門。翁言淳朴日非昔，我覺勝兒兒勝孫。大孫自託能當戶，負租往往凌田主，日斜歸自縣門來，桑下乘涼説官府。

淮陽歸輿

淮泗秋風動地來，月明如水雁聲哀。南經伍員吹篪市，北眺曹公較弩臺。歸路漸香菰米飯，佳期已負菊花杯。愁聞烽火連東北，極目浮雲黯未開。

莫愁湖逢程德懋

莫愁湖邊鶯暮春，暖風霽日摇青蘋。柳條繫馬不辭醉，飛絮滿天逢故人。

陸弼 六首

弼亦名君弼，字無從，江都人。歲貢生。有《正始堂集》。

李本寧云：無從詩，有六朝之靡曼精工，有唐宋之舒緩流暢，各臻其勝。

有鳥

有鳥東南來，爲巢良已劬。彼鳩胡弗仁，一朝奪而居。我躬不遑恤，安所念拮据。逝將訴上帝，九閽莫可呼。鳳皇三歎息，謂鳥亦何愚。不聞晉與魯，封土百里餘。三桓逐其君，六卿析其都。遂使帶礪邦，忽焉爲丘墟。自古皆有然，勿謂天道迂。天定能勝人，兹理若轉樞。

韓侯祠

秋風開古廟，聞此祀王孫。漫說封侯相，徒傷過客魂。楚歌空激烈，淮水易黄昏。我亦懷知己，漂零未報恩。

哭亡弟惟良

早罷諸生籍，貧無季子田。暮齡看汝健，朝露竟余先。無復誇聯玉，徒令歎逝川。山齋姜被在，攬處一潸然。

哭梅季豹

失意長爲客，招魂忍向君。生難逢醒日，死孰問遺文。末路淹蓬累，他山隔雁群。蕭蕭桃葉渡，團扇掩秋雲。

謁于肅愍公墓

荒墳鄰近鄂王宫，異代孤臣伏臘同。北狩忽聞哀痛詔，中興多仗保釐功。百年社稷回元氣，五夜松杉起疾風。聖主祇今恢廟略，玉門聞已罷和戎。

晚泊毘陵諸君攜酒過集舟中

孤城春水浸桃花，白髮逢君酒重賒。一曲清歌滿船月，不知今夜是天涯。

黄克晦 八首

克晦字孔昭，惠安人。有《黄孔昭詩選》。

沈嘉則云：孔昭多深沉之思，本之雄渾，發以春容，情以景生。語必自鑄，字不虛設。氣完神定，大雅之材。

朱秉器云：孔昭詩意常獨造，雖以古人爲宗，而不蹈襲片語。

何思默云：孔昭詩如入幽林，長薄其樹木，皆世所有，而鬱然蓊翳，祇覺老蒼。歷下瑯琊，但稱盧、謝未能或先也。

《詩話》：孔昭少爲畫工，壯歲以詩名。其《金陵游稿》則張仲立刊之；《西山唱和編》則李于美定之；《金臺詩》則林登卿鐫之。登卿稱其古風天籟自鳴，近體森然紀律。青溪社集諸公，允當推爲祭酒。

感時

繁霜凋草木，谿谷正悽惻。玄冥慘不舒，改歲固云逼。萬物各有因，盛衰迭今昔。寧見武安門，猶納魏其客。

江行

江風來自北，弭櫂江水南。白浪聒不息，游氣昏空潭。曠野何蒼蒼，引步隨幽探。鹿鳴求其牡，豐草非所甘。江燕啄不食，念雛聲喃喃。物性固如此，游子何以堪。慨彼江中水，衝波無定端。古人忍飢渴，旨矣非空談。

夢游武當山懷鄖陽江使君

祝融奠朱方，五嶽有定目。胡不以嵾山，并列而爲六。夜夢登其巔，游氣承我足。千峰歷嶮巇，如車走平陸。上爲帝者居，星辰纏其麓。崢嶸羽人宫，參差徧巖谷。中有不死人，終歲茹草木。授我鳥迹書，奇文不可讀。雞鳴忽焉寤，惋歎淚相續。

聽話西苑

雷殿清虚太液秋，至尊多在望仙樓。樹深宫闕東西合，月出東西下上流。麟圃紫芝春曄曄，兔園白鹿曉呦呦。軒皇鼎在龍髯斷，露箔風簾不上鈎。

送何仁仲鴻臚

乍列鵷班黼座前，懷山歸櫂忽悠然。蘼蕪曉過湘妃廟，葭菼春迷宋玉田。白雪新聲供奉曲，悲風古調别離篇。重來何處偏相憶，問我朱陵訪道年。

病中風雨寄歐楨伯

薊門衰病颯驚秋，風雨蕭蕭獨倚樓。四海新知名下老，頻年多病客中愁。雲連北極迷宮樹，水發西湖出御溝。京國逢君歡不淺，可憐經月罷同游。

欸乃曲二首

五虎山如五虎蹲，盡對無諸舊國門。無諸去後山空在，秋草蕭蕭日又昏。

微茫星月下江鄉，三十六灣江水長。夜半舟人相借問，好風日出到洪塘。

鄭琰二首

琰字翰卿，閩縣人。

徐興公云：翰卿工七言，少游邊疆，集中多悲壯語。

《詩話》：翰卿詩名籍甚，興致故超，七言近體，全得力於《唐詩鼓吹》者。

贈顧小侯

甲第連雲瞰帝城，畫簾繡箔照朱甍。新開馳道千金埒，舊領團營七較兵。方士房中龍虎鼎，侍兒花底鳳皇笙。燕山二月春初好，玉勒朝朝待曉鶯。

黄山道中

微霜風物色淒淒，路入黄山是五谿。帝子不歸汾水上，行人愁過穆陵西。荒原曉露銅駝泣，古驛秋風鐵馬嘶。獨客傷神家萬里，斜陽征雁楚天低。

胡宗仁三首

宗仁字彭舉，上元人。有《知載齋稿》。

姚園客云：胡彭舉如空山泉落，薄晚霞明。

顧太初云：彭舉詩奇峭多新致。

錢受之云：彭舉隱冶城山下，本富家子，老而食貧，不謁時貴，畫師子久、雲林。嘗詠唐六如詩：「閒來自寫青山賣，不使人間作業錢。」殊自得也。有詩二千餘首，鍾伯敬爲論定。每自詫其「寒星徹夜疏，明月爲我至」，以爲神來之句。亦可見其清思也。

《詩話》：彭舉詩頗清真，惜稿爲楚人論定，必去其菁華，僅存皮骨矣。

立秋後夜起見明月

深夜見明月，漸低西南隅。光華射虛檐，照我牀頭書。開函見細字，歷歷如貫珠。老眼未能讀，惆悵坐庭除。風生梧葉鳴，光景殊蕭疏。昨方入秋序，清涼便有餘。

閒居寄友

家住青溪曲，春深花竹迷。君來若相問，直過西梁西。

桃葉渡

桃葉渡頭桃葉春，家家姊妹鬭妝新。不知何處初來客，未省吳姬解笑人。

王嗣經二首

嗣經字曰常，本姓璩，上饒人。

郊遊

禁樹青郊外，重城緑水湄。園林春閏月，花鳥晝晴時。遠岫平浮檻，清泉曲到池。晚紅翻蛺蜨，新緑坐黄鸝。烟斷游絲見，風輕落絮知。一陂芳草色，禁得馬歸遲。

金陵元夕

十二城門徹曉開，金壺銀箭不相催。行隨燈市家家月，看到花林樹樹梅。

王伯稠一首

伯稠字世周，崑山人。

長干曲

月出江頭白鷺飛，江花采罷濕羅衣。儂家住近長干里，自唱蓮歌伴月歸。

鄧欽文 一首

欽文字徵父，江陰人。有《倚竹》《紀游》二集。

丘念先云：山人摹仿唐賢，色澤音調，靡一弗具。

洪光寺懷陳更菴

寺裏還藏寺，山頭別起山。磴盤千級上，僧占一峰閒。秀色杯前墮，孤雲杖底還。元龍負奇好，惆悵不同攀。

程格 一首

格字良學，休寧人。翰林待詔。有《石林稿》。

蕪城晚望同方太學元卿賦

木落川原一望開，孤城客思轉愁哉。帆隨斷靄天邊没，鳥帶殘陽樹杪來。黄葉疏鐘秋寺暝，丹楓兩岸暮潮回。憑高欲擬參軍賦，愁絶西風半草萊。

汪乾利 一首

乾利字和叔，歙人。

泗上

芒碭山前秋草多，彭城王業竟如何。雲來還作真人氣，風起猶傳帝子歌。朔雁南飛離紫塞，淮流東下接黄河。知君躍馬能乘輿，一路江山取次過。

吴大經一首

大經字元常，常熟人。有《叢桂軒集》。

江水

霞明江水淨，潮落江帆急。白鳥趁斜陽，銜魚沙渚立。

姚悦一首

悦字汝閶，秀水人。

秋興用杜工部韻

洞庭林屋逕逶迤，震澤凉生萬頃陂。菰蔣浮沉隄畔米，芙蓉開落澗濱枝。琳瓊書付靈威守，鰕菜船從范蠡移。七十二峰吾歷遍，湖天疇識客星垂。

錢應晉三首

應晉字次卿，海鹽人。萬曆丙子舉人，蓬州知州。有《閬風館集》。

九日故城舟中

無處尋籬菊，何人送酒來。故園知滿徑，此地少深杯。岸柳霜前脆，雲鴻日暮哀。悲秋憐楚客，懷抱向誰開。

酬金文學

一諾千金重，貧交不世情。把君書在手，感我淚沾纓。推奬期先達，泥塗艱此生。秋宵相望處，但有月同明。

過河間憶許長孺侍御

攜手登臺畔，存亡憶昔時。酒家仍舊所，柳色換新枝。對月杯難覆，攀條淚欲滋。風流何處覓，逝者竟如斯。

徐洌 五首

洌字仲容，吳縣人。萬曆癸卯舉人。有《嘯碧堂詩集》。

踏車曲 三首

阿伴五更來，喚儂踏車去。赤日已三商，踏車未教住。
人言田家樂，不知踏車苦。憐歡氣力微，代歡當卓午。
東邊鳳仙花，西邊烏桕樹。不教儂上車，那共歡一處。

夜坐對酒二首

松醪初熟甕生香，數盞醺然對夜涼。好拂桃笙魂夢穩，月斜桐樹影初長。

已許侯封在醉鄉，百年須醉萬千埸。不嫌醉裏疏狂發，自是先生醒更狂。

戴灝一首

灝字升之，嘉興人。萬曆丙午舉人。

宿僧院

共宿高僧院，深杯賦茗柯。鐘聲沉遠樹，雁影度秋河。近海金風早，安禪白法多。上方今夜月，猶向斷橋過。

明詩綜卷六十四

小長蘆　朱彝尊　録
秀州　汪繼燝　緝評

林世璧二首

世璧字天瑞，閩縣人。有《彤雲集》。

《靜志居詩話》：天瑞爲龔祭酒用卿女壻，嘗從婦翁游鼓山，分韻賦詩。時天瑞已醉，詩成題壁，有「眼中滄海小，衣上白雲多」之句，坐客皆歎以爲不及。徐惟和詩云：「閒尋老衲叩禪堂，墨跡淋漓滿上方。一自題詩人去後，白雲滄海兩茫茫。」蓋爲天瑞作也。覽《彤雲集》終卷，才雖敏而調實庸。

月

玉露晴初墜，天河迴欲流。誰憐今夜月，還似去年秋。影逐寒雲起，光緣暮杵留。關山千萬里，偏照漢家樓。

早冬寄懷

嬾慢陶元亮，經年獨掩扉。不知秋色改，但見菊花稀。落葉階前度，寒禽樹上歸。停雲那可賦，徒爾壯心飛。

汪禮約 二首

禮約字長文，更字士垓，鄞人。太學生。

采藥行贈族子銘孺

朝出斸苓暮采薇，白日忽落蒼烟飛。荷鍤歸來倚深竹，落花清露香人衣。我家阿咸頗解事，提籠遠自江城至。肘後三千禁架方，囊中數卷軒轅記。眼前孺子總紛紛，少年提領爭如君。何當共爾尋仙去，采藥天台卧白雲。

寄懷

朝雲不散暮雲流，溪上茆堂水竹幽。忽見斜陽滿高樹，亂蟬風葉似深秋。

東漢 一首

漢字希節，華州人。

無題

嫁來依舅姑，不省堂前路。自君去桐廬，夢熟横江渡。

姚和鼎 一首

和鼎字長公，長洲人。

懷胡孝廉謁選

偃蹇慚予拙，飛騰羨爾行。春風燕市酒，夜雨闔閭城。吏隱懷方朔，貧居笑馬卿。相思有尺素，愁殺雁歸聲。

許賓 一首

賓字觀父，休寧人。

入新安界

十日疲行役，雲山接大鄣。馬啼知故道，人語別殊方。過雨防沙溜，臨溪問石梁。羅含家已近，蘭草徧池塘。

費元禄 一首

元禄字無學，鉛山人。有《甲秀園集》。

勞勞亭

八月金陵秋氣涼，勞勞亭畔立斜陽。誰家别淚沾紅袖，幾處秋風起白陽。沽酒城邊頻繫馬，聞歌道上總思鄉。古今不盡東流水，多少行人爲斷腸。

梁有謙 一首

有謙，南海布衣。

寄贈翟將軍

短髮蕭蕭鶡是冠，獨將詞賦老江干。停杯却憶西征路，一片青山戰後寒。

逯希韓一首

希韓，章丘人。

山居

白髮山中老，飄然遠世囂。泉流分燕尾，詩稿束牛腰。笑傲花三徑，酸甜酒一瓢。披襟坐明月，席地話漁樵。

胡一桂一首

一桂字百藥，鄞人。

吴興九里石塘即事

路出桑陰盡，澄湖野望賒。菱歌依岸柳，舟影入蘆花。烟起迷村白，雲移見日斜。異鄉風景在，羈客倍思家。

汪廷訥 一首

廷訥字無如，休寧人。有《環翠堂集》。

《詩話》：無如耽情詩賦，兼愛填詞，結環翠亭，酒讌琴歌。與湯義仍、王伯穀諸人游，興酣聯句，嘗集唐人詩云：「狎鳥無機任往來，一川晴色鏡中開。竹間駐馬題詩去，松下殘棋送客回。緑樹碧檐相掩映，落花飛蝶共徘徊。物情多與閒相稱，莫惜芳時醉酒杯。」製百家衣，可云無縫者已。

夏日池上

水靜追涼便，林繁得暑遲。采蓮木蘭櫂，佐酒竹枝詞。藻緑魚游處，蘋香鳥下時。不須遠歸去，新月已如眉。

邵正魁三首

正魁字長孺，休寧人。國子監生。有《梁園》《燕臺》二集。

白雲湖泛舟

堤畔連青草，湖中多白雲。扁舟一以泛，之子得同群。卷幔雨初歇，看山日欲曛。芙蓉未堪把，心已愛清芬。

過仲開江上居

以我不如意，憐君江上村。有田能種黍，好客足開尊。山色青當戶，潮痕白到門。凉生五柳樹，晤語謝塵喧。

觀太學石鼓

十鼓千秋石，橋門列儼然。功應昭羽獵，世得紀成宣。想像于岐日，寧論入洛年。法書存斷畫，大雅在殘篇。色起雲霞絢，光爭日月懸。依檽星自聚，照水璧猶聯。呵護諸生重，臨摹博士專。長同夔樂典，豈羨漢經傳。後作知難及，他山可罷鐫。子雲徒曉事，白首獻《甘泉》。

朱應龍 一首

應龍字舜夔，一字近臣，鄞人。有《東籬樂府》。

《詩話》：東籬與沈明臣、葉太叔、盧澐齊名，號明州四傑。乘月飲海上，大醉溺死。其《短歌行》云：「皎皎月明，駕言宵征。唯君之故，不遑自寧。」説者以爲近於讖也。

懊儂歌

白舫張青帆，載儂歡子去。風生柳樹間，飄揚落何處。

盛以約一首

以約字孟將，一字彦修。國子監生。

喜雨

好雨終朝徧，蓬門野興繁。憫農勞苦日，植杖桔槔園。急櫂衝萍葉，深池浸竹根。怪來雙屐健，散步上南原。

張三極一首

三極，臨清人。

雨後過王明府公署

豈謂金門客，能兼大隱名。庭空歌鳥下，吏散酒人迎。緑水新添砌，青山半入城。還將江上楫，聊爲采真行。

汪元英四首

元英字大呂，休寧人。有《栩栩軒稿》。

感述

鷦鷯巢一枝，鼴鼠飲滿腹。林深河且廣，曷不遑所欲。柱下有遺言，所貴知止足。疏氏二大夫，解組辭榮禄。今此富貴人，其欲何逐逐。焉知欹器水，一滿定傾覆。

商山秋日對雨懷永叔仲升

秋雨何曾歇，秋深倍寂寥。折荷偏淅淅，落木更蕭蕭。雲黑多迷徑，溪寒半斷橋。商山苦幽阻，綺用竟難招。

有客

有客沉冥久，何心自解嘲。病遭毛穎役，貧絶孔方交。歲月甘含蓼，丘園任繫匏。不如將子燕，華屋託新巢。

秋日歸自溪上

清溪一曲石橋橫，十里籃輿溪上行。水碧沙明看不足，西風兩岸盡秋聲。

汪元范九首

元范字明生，休寧人。有《借研齋草》。

得吳胙虞書

宿昔與君別，乃在江之陽。玄陰蔽光景，草木日萎黄。牀下蟋蟀鳴，野外鴻雁翔。居肆休百工，我獨違故鄉。跋涉千里塗，空念川無梁。有鳥東南飛，毛羽何輝光。口銜尺素書，戢翼向我傍。感君懷好音，今我心難忘。開椷再三歎，意快神自揚。離居無幾時，所惜道悠長。此身非雙鳧，安能日頡頏。

張恭父畫柳行

近代何人能畫柳，東吳張生稱國手。沈周陸治不復作，藝苑聲名生獨有。是時燕京風日妍，生也拈筆當牕前。墨花片片落縑素，千樹萬樹含春烟。柔條窣地颺輕縷，密葉隱天帶疏雨。耳畔疑聞黄鳥聲，宛然坐我江潭滸。對君此畫融心神，頓令價比連城珍。不須更寫河橋色，落日蒼茫愁殺人。

泊丹陽

晚次丹陽道，舟停赤岸林。雲容垂嶺薄，秋氣入江深。落葉隨寒雨，棲烏噪暮陰。風帆無定泊，行子若爲心。

自慎陽抵申州塗中作

冉冉悲徂景，棲棲怯問津。雲蒸秋變熟，野晦晝飛塵。壤俗遙同楚，川塗漸入申。迷方知計拙，幽意竟誰陳。

感事呈劉恩徵

宮殿葘尋弭，珍奇斂益頻。采珠疲百粤，織罽困三秦。貢入天威霽，繇興國命貧。聖心元澹泊，蠱媚自宵人。

同楊邠州仲啓登太王城

墉堞基猶在，臺隍客自過。斷雲低阻嶺，峻峽束涇河。冰納陵陰少，民居土穴多。遺風勤稼穡，千載感《豳》歌。

宿南峰

向晚躋雲嶽，峰巔特室荒。袖堪揮北斗，夢得謁西皇。石馬嘶中夜，山燈見上方。鈞天聽未畢，海日出扶桑。

寄邢子愿三十韻

自作西京客，深嗟阻舊游。涼風生遠道，景色入清秋。董澤蒲先脆，樊川菊正稠。潦收鶬警露，霜落雁環洲。積氣坰邊合，寒烟木末流。夷猶頻出郭，蕭瑟一登樓。轉切懷人思，寧銷去國憂。眼穿臨渭汭，神越繞齊州。憶過坊城畔，尋君涑水頭。授餐存繾綣，下榻媿淹留。蓬徑要真隱，瓜畦學故侯。避喧欹阜帽，抗世擁羊裘。側目群公忌，修容衆女讎。扶摇矜鷃雀，馳騁棄驊騮。貝錦徒虚織，華簪信久抽。雄心輸寸翰，矯志傲崇丘。苑囿晴偏媚，文章老更優。歎成荆國寶，興狎峭湖鷗。漫擬歸同趣，翻憐抱别愁。栖栖應去魯，碌碌似依劉。旅服凋纋組，行裝斷蒯緱。闕門繻用棄，幸舍轄隨投。促席傾宵雨，聯牀聽曉籌。素交欣再接，新好競相求。阮氏才皆俊，岑家燕屢修。未辭渼陂舄，直愛竹林幽。卒歲慚多累，餘生實寡謀。襟期良有待，會面渺無由。契託他山石，情懸剡曲舟。尺書題字滅，欲致定沉浮。

詢李惟寅太保

已就通侯第，新辭上將壇。不知門下士，若箇是任安。

程可中三首

可中字仲權，休寧人。有《汉上集》。

董次元云：仲權詩肖題已爾，不挨别門蹊徑；寫情已爾，不共古人生活。

陳伯璣云：　仲權詩駸駸出百穀、景升之上。

送章元禮吏部左遷羅定

謫籍名猶借，君恩轉覺饒。朱陵南紀盡，丹闕北辰遥。安置憑荒裔，明良顧聖朝。桄榔林樹外，僕馬影蕭蕭。

上谷

鈴閣西頭馬埒平，紫騮牽過赤繁纓。翻身誰中金錢的，嘶入垂楊一片聲。

除夕太原府

雁門南渡路千盤，殘曆猶從馬上看。白髮醉搔燈影下，錦箏撾殺不成驩。

葉太叔三首

太叔字鄭朗，晚更名亭立，改字介子，鄞人。有《思烟集》《藏山稿》。

沈嘉則云：鄭朗詩醖釀初盛唐諸家，而歸宿杜陵。

李杲堂云：鄭朗氣格高澹，轉造自然。

《詩話》：葉君嘉則弟子，別裁詩派。

行路難

行路莫登高，山中多猛虎。行路莫乘舟，水邊多伏弩。我是行路人，惟知行路苦。

小築

性本耽篇籍，尤憐誦絶交。先生號東郭，小築近西郊。花霧侵衣袂，茶烟亞竹梢。坐行都自適，好鳥語咬咬。

曉晴

一月未曾乾一日，雨聲昨夜喜初回。高霞結海晨光滿，錦樹依山秋色開。鳩厭舊巢將婦去，鷗憐新水引雛來。清羸衰疾何時起，獨抱漁竿坐石苔。

吴紹奇四首

紹奇字淑甫，桐城人。有《撫松集》。

螢

忽向籬邊繞，還從井畔飛。雨昏光不滅，露重影猶微。伴讀來書舍，窺眠入翠幃。黄花秋老後，未識汝何歸。

浦口

水市千門列，江村萬井通。馬嘶流水外，人語夕陽中。雪浪高吹樹，蒲帆軟趁風。故鄉天際遠，雙目送飛鴻。

編籬

負郭幽居僻，編籬接短牆。種瓜看蔓引，栽菊待花黄。犬吠驚殘月，雞栖趁夕陽。貧家隨分事，世外得清狂。

同友人飲秦淮酒樓

秦淮水漲鱭魚肥，滿店楊花作絮飛。日暮酒闌無箇事，渡頭閒數畫船歸。

嵇元夫二首

元夫字長卿，歸安人。有《白鶴園集》。

《詩話》：長卿父編修世臣，嘉靖辛丑分校禮闈，高文襄出其門。長卿少年簡傲，獲罪嘉興，某推官坐死。文襄營救獲免，招入都，執其手語朝士曰：「此天下才也。」及文襄去位，乘牛車出國門，次日始有馳傳後命。長卿之詩，蓋紀其實也。一時傳誦，謂「陽關三疊」、「河滿一聲」無此淒楚。比還里，困甚。歲暮大雪，李給事樂語家人曰：「此時嵇公子必大困。」因載酒熾炭，櫂舟從之。見嵇方坐涯次酌水，相與劇飲而別。茗中傳爲佳話云。

立秋日盧溝送新鄭少師相公

單車去國路悠悠，緑樹鳴蟬又早秋。燕市傷心供帳薄，鳳城回首暮雲浮。徒聞後騎宣乘傳，不見群公疏請留。三載布衣門下客，送君垂淚過盧溝。

刈稻夜歸

西莊刈稻夜半歸，明月皎皎當柴扉。櫓聲隔岸人語近，斗柄插江霜氣微。木葉蕭蕭覆林屋，蘆花茫茫藏釣磯。兒童村南酒家去，野夫獨立風吹衣。

吳璜 一首

璜字汝震，鄞人。

曉發金壇出黄堰有懷箕仲田叔

山縣侵晨發，舟行何處村。宛然新水竹，疑是舊柴門。急雨來江口，飛泉出樹根。無由尋二仲，幽思共誰論。

黄好信一首

好信字仲孚，揚州興化人。有《默齋詩集》。

春雁

萬里湖南雁，春來又北飛。亦知鄉土異，不戀稻粱肥。絶塞心先到，長河影漸稀。玉關門外客，應待問征衣。

公鼒二首

鼒字□□，蒙陰人。侍郎鼐弟。有《小東園詩集》。

都城元宵曲二首

蹀躞驊騮氣正驕，垂鞭嘶過玉河橋。不知明月誰家怨，腸斷樓中弄玉簫。

内園湯火漫相勻，種得紅梅放早春。莫向樽前吹玉笛，朝來愁殺賞花人。

李桂一首

桂字□□，番禺布衣。

江上

鯉魚風起荻花秋，露壓蒹葭水不流。何處津亭夜吹笛，白雲明月總關愁。

盛鳴世六首

鳴世字太古，鳳陽人。國子監生。有《谷中集》。

錢受之云：太古翦刻鮮凈，措置清穩，盡削常調，實爲一時之雋。如「烏啼白門夜，月上一樓霜」，錢郎復生，何以過此？

《詩話》：太古五言圓潤貼妥，其源出於郎士元。

沈水部官署

江水流何急，歸心却似之。已傷爲客久，轉恨别君時。斷雁迷寒渚，吟猨挂冷枝。生涯兼物色，何處不堪悲。

贈隱者

只在高霞外，無人識去蹤。伴猨栖一室，放鶴下孤峰。丹竈雲中火，青天夜半鐘。平生長往意，相望不相從。

送柯孝廉之巴東兼呈黄廣文

去問巴江水，荆門更向西。挂帆秋葉落，上峽夜猨啼。舊侣傷飄泊，新歡惜解攜。湘潭憔悴地，已恐旅魂迷。

七月八日潞河舟中别長安諸子

天漢龍初返，星橋鵲乍分。隔河收片雨，宿浦有殘雲。復作孤舟别，兼悲一葉聞。相看此時恨，不獨在離群。

宿麻河

積雨湖田没，居人生事微。白魚休市早，烏鬼載船歸。月黑村舂盡，林深岸火稀。緯蕭眠不定，中夜賦無衣。

題岳陽酒家

巴陵壓酒洞庭春，楚女當壚勸客頻。莫上高樓望湖水，烟波二月已愁人。

傅梅 二首

梅字元鼎，邢臺人。有《簡翁詩集》。

園居

晝勞夕得適，幽軒成小憩。峰色落空青，池光起浮翠。須臾暝色深，繁星看欲墜。新月下疏篁，微風動檐際。樂此坐忘言，悠悠更忘寐。

沔池有懷

會盟壇下沔池流，草色連天蔽故丘。隴月只看懸太白，秦雲不解到幽州。

汪應宿 一首

應宿字南仲，歙縣人。

送王祠部僉憲貴陽

地入三苗盡，山過蜀道難。飛泉晴亦雨，毒霧晝猶寒。方竹迷秦徑，氊裘拜漢官。西南民力竭，君好慰凋殘。

應臬 一首

臬字仲鵠，鄞人。縣學生。有《楚游烏溪詩草》。

烏溪

寄我江湖流浪身，烏溪山水故清真。春田雨足騎秧馬，秋隴禽多縛草人。睡起竹牕書一卷，坐來莎石酒三巡。願如在巷顔夫子，到處簞瓢不厭貧。

李宗城 一首

宗城字汝藩，盱眙人。

送臧晉叔國博還吴興

宦自潘安拙，才應宋玉偏。還家千嶂雨，挂席五湖烟。以我多愁日，逢君失意年。江干一尊酒，寧不倍淒然。

陳鳴陽 一首

鳴陽字□□，南海人。參政萬言子。

閨情

露冷凌波步不前，流螢相撲自年年。妾身未似齊紈扇，不待秋來已棄捐。

林國光 一首

國光字廷錫，閩人。

金陵尋舍弟聞先三日往蕪湖悵然賦此

春江雨漲緑平堤，岸柳青青拂水齊。日暮相思不相見，鵜鴂飛過野塘西。

王之鼎一首

之鼎字象玄，江陰儒學生。

贈友人卜居

高士移家處，來尋路不迷。雞鳴深巷裏，門掩斷橋西。招隱仍栽桂，看山獨杖藜。平生厭塵事，今日遂幽棲。

何璧一首

璧字玉長，福清人。

《詩話》：玉長任俠，見知於黄陂張濤，張後開府遼東，將疏薦以布衣拜大將，會罷鎮乃止。濤卒，入楚哭之，遂以病死。亦矜奇之士也。《寄友詩》云：「士到出山誰不賤，術惟游世最難工。」足當阮生之泣矣。

西湖尋曹能始

垂楊漠漠荇田田，何處春風十四絃。放鶴僧歸三竺雨，聽鶯人過六橋烟。詩尋蘿薜誰邊寺，酒載桃花第幾船。游子天涯魂易斷，非關春樹有啼鵑。

汪樞 二首

樞字伯機，鄞人。有《存俟篇》。

《詩話》：伯機世禄之家，不樂仕進，治别業曰「泡園」。賦《園居詩》六十首，閩人徐興公極稱之。

懊憹曲

千金買妾身，一旦遠行邁。大艑如屋寬，底事不相載。

早秋刈穫述懷

杲杲朝日升，垂垂水田熟。喌喌呼白雞，泱泱飲黃犢。稍稍溽暑收，瀼瀼露華沃。庭戶絶追呼，春秋足魚菽。卒歲計所餘，脩我牆與屋。男悅女欣欣，杯炙勞僮僕。躬耕一丘田，飽食詎非福。

戴景明 一首

景明字晉仲，休寧人。有《團雲詩集》。

深秋山居

莓蘚深層岫，松杉漾北淙。清宵唯鶴唳，盡日少人逢。倚檻三秋老，攤書萬事慵。夜分魚鳥靜，明月半東峰。

沈瑞徵二首

瑞徵字靈繹，海寧學生。有《慧居遺集》。

尤展成云：先生詩清丽有則，中多激楚之音。

《詩話》：先生五言，如「落木悲秋氣，浮雲起夕陰」，「雁聲春半少，寒色雨中多」，「野犬迎人吠，流鶯隔樹聞」，「雪鷗輕片片，烟樹遠冥冥」，「竹翠侵衣濕，峰陰入戶凉」，高者近大曆十子，下亦不失爲四皇甫也。惜年未四十而没。遺詩一卷，孫翰林編修珩刊行之。

杪秋同諸君游石井山

絶巘攀躋外，蒼茫秋色殘。雲山千里出，烟樹萬家攢。石轉奔濤壯，天空落日寒。扶桑一矯首，海氣正漫漫。

錢清夜行

秋漲乘流好，孤村夜泊稀。漁榔過橋遠，營火傍舟微。堤没聞爭渡，凉生欲授衣。夢歸懷土切，山水願多違。

侯維垣一首

維垣字師之，儀真人。國子監生。

九日送友入九華

秋空削出青蓮花，時吐白雲含紫霞。九月九日九華去，此中可以錬丹砂。

江禹奠六首

禹奠字其永，休寧人，僑居吳縣。國子監生。有《玄芝舘詩集》。

王伯穀云： 山林臺閣，各有體裁，其永作山林詩，却無寒儉語。

張伯起云： 其永詩有軒爽之致。

《詩話》： 其永與王伯穀共肄業於留都，而詩名未振。然其五言清切，如「秋雨半沉閣，夕陽已在山」，「落葉半庭月，啼烏滿屋霜」，「寺出寒烟外，山沉細雨中」，「雨洗松根石，雲開屋後山」,「山影隨帆轉,溪聲挾雨飛」,「久有青山志,因歌白露詩」,頗類鵝池生。

夜坐七松齋中懷睦州嚴徵君

茅齋結翠屏,獨坐酒初醒。殘月半牕白,孤燈四壁青。篋中換鵝帖,几上種魚經。遥望投竿處,寒雲隱客星。

嚴陵城下

背郭千村合,中流一刹孤。輕陰閣秋雨,殘照落平蕪。入市魚鰕少,歸舟雁鶩呼。客囊任羞澀,解珮問當壚。

被放偶占

放歸吾嬾甚,二月寄僧居。無日不飲酒,有時還著書。泉飛茶臼冷,雲動竹牕虚。徑僻少塵跡,青苔久未除。

東倉

信宿翠微上，翛然絶世氛。喬林含曉日，清磬落層雲。海色當牕見，泉聲入夜聞。半生塵土夢，俱向此中分。

九日登山

東籬菊蕊半含黄，酒伴何須定故鄉。寄語柴桑陶處士，百年風物幾重陽。

村居即事寄天都李使君

日照雲林宿雨休，一灣溪水入江流。野人家住清溪上，坐對寒山兩岸秋。

周良寅 一首

良寅字□□，閩人。

夜泊始興江口

繫纜荒山下，挑燈細雨前。客心共流水，摇蕩不成眠。

蔣世模 一首

世模字叔範，江陰人。

江行

晴沙漾漾見飛鳧，隔浦帆檣乍有無。身在江南望江北，接天秋水浸菰蒲。

段黼 一首

黼字黄甫，曹州人。有《抱璞集》。

西郊

十里平原地，青山遶碧林。寒開烟雨色，天遠雁鴻心。落葉還蕭索，浮雲自古今。不妨乘暇日，載酒數登臨。

劉權 一首

權字叔度，休寧人。有《劉叔度詩集》。

讀宋史

六龍奔走竟何依，粤海舟航事已非。回首中原無正朔，傷心左衽乃垂衣。身沉魚腹靈均死，血染鵑聲望帝歸。愁向厓山瞻王氣，寒濤終古蕩斜暉。

姚旅 一首

旅初名鼎梅，字園客，莆田人。

錢受之云：園客愛苦吟，詩不多作。《詩話》：園客放浪湖海，綴拾舊聞，《露書》一編，頗存軼事，其評騭一時，詩家遠比敖器之，近續王元美。

山家

水盡重重客路，山開處處人家。粉壁斜銜落照，朱簾半卷桃花。

魏之璜 一首

之璜字考叔，上元人。

訊程孺文

不得巢湖信，時詢渡口居。繞籬河路曲，背郭草堂虚。林靜風驚犬，溪喧晚聚漁。主人游未倦，閒殺半牀書。

汪功胄 二首

功胄字介夫，休寧人。有《介夫存稿》。

《詩話》：介夫大吕之子，善詩而夭。存稿二卷，大半學李長吉。

春日閒居

韶景當春半，閒居覽物華。緑分當戶竹，紅過隔牆花。樵牧依林近，溪山帶郭斜。閒身甘自放，吟卧寄烟霞。

樵舍

烟火隱茅茨，數家傍山麓。林深不見人，丁丁聞伐木。

金鎰 一首

鎰字用衡，鄞人。有《桂莊稿》。

贈同谷山人

太白之陽有同谷，同谷之中白雲宿。美人結廬谷口居，朝朝暮暮雲相逐。我來問君君不言，雲裏長鑱種黄獨。

王授 一首

授字子予，江陰人。

送常熟李瑞卿

柳暗花明春雨天，鵓鳩聲裏一歸船。相逢已是十年別，爲問人生幾十年。

黄習遠 一首

習遠字伯傳，吳縣人。有《蕭蕭齋稿》。

寄朱宸卿

與君同里閈，只隔數家居。無日不相見，有時還寄書。開尊呼共飲，得句問何如。自作長干客，别來三月餘。

高文祺 一首

文祺字壽承，廣信人。

自君之出矣

自君之出矣，不種相思樹。思君如春草，多在無人處。

吳邦達 一首

邦達字非聞，休寧縣學生。

江樓送别

把袂層樓上，虚牕四望平。柳烟村外市，花雨驛邊城。東去潮千里，南歸客幾程。當歸愁欲别，津樹重含情。

潘鏞 一首

鏞字聲遠，江陰人。

寄懷

孤燈一點照書龕，離思沉沉睡正酣。無那角聲吹落月，夢魂飛不到江南。

張儲一首

儲字明用，新建諸生。

聞雁

孤雁來何處，殘聲靜夜飄。江空音淰淰，雲重影蕭蕭。慣向風前急，偏從聽處遥。秦川織錦婦，掩淚憶征遼。

周應辰一首

應辰字斗文，鄞縣學生。有《緑莊詩采》。

《詩話》：緑莊游鄒南皋之門，南皋問曰：「使周生爲仲尼弟子，將誰學？」對曰：「某小人，願學樊須。」聞者以爲善於説辭。閩人林古度序其詩，稱其色古而骨堅。

古詩

行行重行行，夕陽在崦嵫。暮鳥有倦翼，寒木無榮枝。少壯不逢年，垂老誰見知。

朱純元 一首

純元字二芑，溧陽人。

東溪港

十二街頭跡已賖，草堂低占白鷗沙。武陵此去無多路，瀼水西來第幾家。野岸緑蕪飛燕子，汀洲紅雨落桃花。滄浪不洗塵埃耳，只許漁郎泊釣槎。

吴宗儒二首

宗儒字次魯，休寧人。有《巢雲集》。

游黄山

九月秋氣高，抗策恣游眺。天都陟崔嵬，洞門入窈窕。緩行憩松根，徙倚臨霞嶠。探奇壑轉深，攬勝景逾妙。山蹊縈以紆，石壁陡而峭。瀑布挂晴川，懸厓回夕照。地與仙境俱，凌厲討佳要。孫阮予非倫，於焉學長嘯。

春夜錢塘江行

小艇發江干，入夜東風起。帶雨挂輕帆，西行三百里。

劉時中 一首

時中字伯庸，休寧縣學生。

有客

有客問烟蘿，山家在何處。笑指碧溪頭，遥遥踏花去。

虞伯龍 一首

伯龍字公普，鄞人。有《擔簦集》。

舟中

寥落明州客，孤懷寄短篷。江豚偏狎浪，舟子但呼風。歸夢隨流水，鄉書問去鴻。不知今夜月，千里可相同。

沈木 一首

木字子喬，嘉興人。萬曆間縣學生。有《近竹稿》。

《詩話》：子喬自號靜得逸人，《夜起》一詩，具臻佳境。

夜起

暑夜不成寐，起步中庭中。殘月忽墮水，明河猶在空。籬根滴清露，樹杪生微風。坐愛新涼好，先秋有候蟲。

傅邦柱 一首

邦柱字石卿，金華人。

雜詠

鸚鵡多巧慧，交交調好音。翻飛嘉樹杪，毛羽殊衆禽。一日遭罿罻，萬里辭故岑。彩絲紲紺趾，雕籠照翠衿。徘徊當簾幕，聰慧增苦心。鸒斯微以陋，提提蓬蒿陰。

鄧秉貞 一首

秉貞字予坦，宜興人。有《禹笑齋詩》《安隱集》。

嚴子陵釣壇

經過百世見清風，爭羡羊裘一老翁。不有雲臺諸將力，釣壇亦在戰爭中。

徐電發云：自有「雲臺爭比釣臺高」之句，作此題者陳陳相因，得予坦一詩，稍開生面。

孫元孚 一首

元孚字□□，休寧人。有《滄洲草》。

草市夜泊

違家才一舍，露宿尚河洲。暝霧連汀白，寒雲壓水流。灘聲鳴野碓，燈影隔鄰舟。入夜霜風急，凄清動客愁。

吴鶴 一首

鶴字□□，烏程人。

望潤卿弟

仲月辭家日，臨岐接汝書。相傳及春暮，應得返衡廬。衣逐客程換，花隨驛路疏。來帆遥數盡，不見愴何如。

王璗一首

璗字巽父，金壇人。有《旅言》。

南安道中

疊疊青山曲曲溪，湍流活活雨淒淒。孤舟日暮南來客，恨殺鷓鴣相向啼。

戎玠二首

玠字孟常，鄞縣學生。有《蜀游草》。

晚霽與客登浩然樓眺錢塘江

晴色開村樹，危樓俯大江。潮聲翻絶岸，帆影落虛牕。水與遙天合，人同夕鳥雙。茫茫百端集，形影若爲降。

泊巴東

昔行指川北，今始詣巴東。山縣無重郭，江天有斷虹。亂峰雲欲暝，官渡火初紅。剪燭供清話，蕭蕭暮雨中。

趙雲蒸 一首

雲蒸字龍伯，太倉人。國子監生。有《世藝齋稿》。

北上

飛沙如雪晝茫茫，始覺長安道路長。遥憶小樓臨水曲，八牕風日正虚凉。

顧孟林一首

孟林字山甫，吳縣人。

寄陸纂父

日日看山色，知君在此中。秪因一水隔，難以尺書通。白乳思林屋，青霞記石公。儻然乘興去，相見對秋風。

丁雲鵬一首

雲鵬字南羽，休寧人。有《丁南羽集》。

《詩話》：南羽工畫，其寫神王羅漢，骨氣奇偉，不減大小尉遲。詩特具體而已。

舟次尤溪

客程迷水國，山靄護城闉。歲涉三冬暮，花先十月春。魚鹽通海販，橘柚落園珍。故舊頻勞慰，荒塗未厭貧。

方于魯二首

于魯初名大激，後以字行，改字建元，歙布衣。有《佳日樓詩集》。

梅季豹云：建元詩有唐風。

屠緯真云：建元尊函叟，而詩不盡禀函叟。

《詩話》：古人製墨，率用松烟，漢取諸扶風，晉取諸廬山，唐則易州上黨。自李超徙歙，張谷徙黟，皆世其業。其後耿仁遂、高慶和、戴彦衡、吴滋、胡智，率多歙人。明則羅文、龍少華、邵克己、格之、程大約、君房輩，咸以製墨稱，而于魯所製最黟。上自符璽圭璧，下至雜珮，凡三百八十五式，刊成圖譜，曾上呈乙覽。所造雲箋，匪止成都十様。嘗以百花香露和墨，自作長歌，世但目爲墨工。然汪伯玉曾招之入豐干社。

送張山人歸越

雉子斑斑麥正齊，黄梅四月雨淒淒。新安江上攜尊酒，送爾看山到浙西。

璞石席上作

十年不慣出家門，千里來逢故舊存。正值江干春未晚，蔞蒿荻笋煮河豚。

向杰 二首

杰號培竹，慈谿人。

題畫

雨過回塘水亂流，汕魚人去櫂孤舟。荻花楓葉寒江外，獨鶴一聲霜滿樓。

寄羽士

幾欲尋真未得閒，白雲堆裏望玄關。煩君多養雪色鹿，借我來時騎看山。

明詩綜卷六十五

小長蘆　朱彝尊　録

陽平　成文昭　緝評

錢允治九首

允治初名府，後以字行，更字功父，長洲人。穀子。有《少室先生集》。

《靜志居詩話》：功父勤於汲古，詩篇特勝乃翁。

題寒林鍾馗圖

千林木落歲欲更，雪深雲黑啼鼯鼪。秏鬼爭出噉人食，南山老翁知姓名。袖中三尺秋水清，攝衣潛向林中行。一時妖孽屏跡盡，喘息不敢低出聲。只今如何復縱横，盤踞津要如堅城。那得老翁刓雙精，礫裂血肉藏缾罌。坐使天路平如衡，郊原林木連理生。麒麟鳳皇兆太平，春臺熙熙日月明。

春暮治平寺

經年不到湖上寺，今日偶停山下舟。碧山老僧往何許，紫薇舍人碑尚留。樹杪忽驚湖在眼，山坳却喜塔當頭。藤花開徧竹迸笋，惜別步步空含愁。

茱萸灣

吴王濞運鹽舊河。

茱萸灣頭雨乍晴，廣陵城北田方耕。小艇出港白衣濕，高樓開牕玉腕横。細草漠漠天際遠，一水漾漾船邊清。客來空舉舊時話，岸上垂楊蟬忽鳴。

同汪魯二將軍登寶山看海

地軸東虧接混茫，空明何處是扶桑。青山一點孤城黑，碧月半輪殘照黄。横海樓船天漠漠，隔沙烟樹水蒼蒼。野夫却喜狼烽息，醉飲將軍寶纛旁。

送謝友可守順慶

五馬翩翩向益州，三巴風景句中收。天邊山色隨人轉，樹裏江聲繞郭流。諭蜀有時還草檄，籌邊無釁亦登樓。故交零落雙魚遠，別酒殷勤勸不休。

聞柳陳甫客塞上寄憶

一宿齋頭馬遂西，秋風紫塞陣雲低。黄鬚未學鮮卑語，丹竈誰封太乙泥。此去可經藏甲隝，何時重過浣花溪。宵來明月殷勤照，霜落軍城聽鼓鼙。

喜汪伯耳自桂林歸見過

金雞未放詎言歸，細雨衡門忽款扉。萬死可憐惟舌在，一官寧論與心違。藤江瘴癘人行少，桂嶺風烟客住稀。相見祇疑如夢裏，濁醪不醉淚沾衣。

寧夏兵變十韻次馬雲卿

要地鄰降帳，戎心啓弄兵。一時虧廟算，萬里壞長城。朘削邊臣策，艱難列較營。自來愁債帥，因此笑書生。觀望憂臣主，安危係重輕。變生元有兆，事啓孰無名。聲罪勞天討，知人荷聖明。一夫懷憤發，何日克期平。紫塞消鳴鏑，彤庭罷請纓。杞人東海上，日日望澄清。

楚江秋晚

揚帆指洞庭，忽掠君山柁。日出清霜稀，秋江月方墮。

周履靖 一首

履靖字逸之，嘉興人。有《梅墟雜稿》。

《詩話》：逸之夫婦能詩，《門内唱和鈔撮》《夷門廣牘》刊行，亦好事者流。蓋先寒山趙凡夫偕隱者。

江上竹枝詞

夜來春雨溢春田，江上蘼蕪遠接天。赤脚漁娃晨入市，柳條帶雨串銀鯿。

游及遠四首

及遠字元封，閩人。有《小竹林草》。

曉發九牧嶺

嘶馬促行役，出門星月稀。松風吹短鬢，竹露濕練衣。鑒水秋容淨，緣厓足力微。鄉關今日盡，愁對嶺雲飛。

野鹿園雜詠

潭水瀏其清，芙蓉亂紅影。白雁一聲秋，蘆花明月冷。

汝陽曉發

殘月挂高樹，秋林生遠風。淒凉千里色，都入客心中。

醉中辭竹軒宗侯

夜雨度花谿，風花踏作泥。惜花頻喚酒，未得過城西。

潘之恒二首

之恒字景升，歙人。有《金閶》《東游》《涉江》諸集。

聽錢二弟子馬生奏曲

鑾江侍女競雙聲，半入吴城半越城。總是西施歌舞地，江南何處不含情。

春雨

流水浮香送畫船，凌波何處不堪憐。西來一片横塘雨，淨洗花容分外妍。

唐時升 十首

時升字叔達，嘉定人。有《三易齋集》。

王辰玉云：「叔達五言古高閑遠淡，以方儲、韋，不啻過之。七言古步驟老杜，乃專肖其神情。五七言律出入王右丞、劉隨州間。」

錢受之云：「叔達詩皆放筆而成，語不加點。遇其得意，才情飈發。雖苦吟腐毫之士，無以加也。其文縱横踔厲，深惡艱深塗澤之作。自命其集曰《三易四明》。謝三賓知縣事，合孟陽、子柔、長蘅之詩文鏤板行世，題曰《嘉定四先生集》。」

《詩話》：嘉定四先生詩文，要當推叔達第一，長蘅、子柔且遜席，矧孟陽乎？牧齋謂其放筆而成，繹其辭，乃追琢而出者。由其欲伸孟陽，故有意抑之爾。

園中 四首

鬱鬱千尺松，所憂斧與斨。離離三寸草，所患牛與羊。聖賢逢濁世，處身復何當？高明畏摧折，忠信虞毁傷。禍福誠無門，天道寧有常？幸逢小豐歲，得飽無太康。謹身以節用，暇則談先王。爲善實良圖，敢謂有餘慶。

鶴鳴在林樾，山谷有遺音。置之闤闠間，三載如病瘖。禽鳥自有適，人亦自有心。嗟余實鄙夫，翰墨非所任。廢書動旬月，篇籍凝塵侵。唯於場圃内，時時發長吟。澹如酌玄酒，鏘若調素琴。爲語二三子，幽賞宜共尋。

魯國有嫠婦，太息有餘悲。豈惟憂宗國，我愛我園葵。憶昨三韓外，六載懸王師。太倉三百萬，輦送滄海湄。今聞五將軍，肆伐西南夷。狐兔戀窟穴，此豈關安危。傳聞中朝議，何當恤瘡痍。戎車久不駕，今且數驅馳。六軍百戰後，但恐中土疲。吾聞聖人言，佳兵不可爲。

梅實須五春，橘實須六秋。人命須臾間，敢保數載謀。鄰叟笑謂余，君言何謬悠。苟非勤封植，白首見無由。因思包山麓，終日長夷猶。既無買山資，曷不營故丘。樹兹歲寒姿，散布林塘幽。繁英媚雪下，美實隨霜收。豈必黄髪期，會見蔭平疇。叮嚀語穉子，籬落須綢繆。

阮氏還居尉氏

阮公嘯詠處，千載思其人。白雲在天際，窅窅不可親。嗟哉大賢後，風流尚未泯。卜築丙舍旁，臨眺蓬池濱。睠彼松柏古，庇此榱桷新。我有一尊酒，助子霜露晨。路遠莫致之，眷眷含悲辛。不知古戰場，猶有劉項塵。詠懷如有作，寄我開心神。

宿直塘

雨後稻粱好，霜前魚蟹饒。密藤全隱壁，枯柳卧成橋。樹裏方爲市，籬間暗上潮。田家秋作罷，燈火各相邀。

漁陽

住久漁陽郡，朝朝望白檀。朔雲秋色早，邊月夕光寒。館伴能番語，降軍學漢冠。人傳魏武帝，於此破烏丸。

薛侍御出按貴州便道歸雲南省覲

繡衣持節出長安，南入牂柯路萬盤。重箐濕雲常欲雨，點蒼晴雪不知寒。登車自掃豺狼跡，遇客爭彈獬廌冠。遥憶樹頭新酒熟，刺桐花下正承懽。

田家即事

横塘潮急進船遲，菱荇纏緜罥釣絲。荷葉覆魚先入市，青楓渡口曬鸕鷀。

舟中即事

風卷黄河兩岸沙，中流艇子一時斜。故園柳絮應飛盡，河北行人見雪花。

婁堅五首

堅字子柔，嘉定人。貢生。有《吴歈小草》。

《詩話》：練川三老，子柔古風獨勝。

祁之柳二章分寄君實伯隅

祁之柳，其葉油油。自我送子，于祁之洲。佇立望之，莫知我愁。豈不能言，以寫綢繆。我言斯永，我心則憂。乃如之人，洵美且修。我之所臧，人以爲尤。

祁之柳，其葉爛爛。自我送子，于祁之畔。佇立望之，莫知我怨。豈不能言，以寫慨歎。我言之長，我心則亂。乃如之人，洵美且燦。人之所榮，子以爲患。

巢湖

巢湖雖云險，曠焉豁心胸。於時雪初霽，山高玉巃嵸。衆山亦邐迤，拱揖相爲容。風帆頃刻過，我目不得窮。但見連檣來，横亘若垣墉。忽憶草昧初，義師起從戎。至今廖與俞，廟食崇元功。奈何濡須塢，紛紛鬭梟雄。非無爪牙士，所攀非真龍。信知聖人作，萬象開晦蒙。

登虎丘寺閣

兹山寶薈蔚，能使流目迷。高閣出樹顛，連峰亘其西。平生山中客，今來始攀躋。浮圖勢更高，登之憚層梯。聊此牕間眺，已覺飛鳥低。平疇帶曲水，遥見來時蹊。高下各有適，物理將無齊。

答辰玉

憂來信無方，奈何不自遣。本無當世志，食貧自黽勉。生人重嗣續，吾後乃連蹇。回思造物然，有淚不令泫。子意吾能知，浮雲有舒卷。不然憂蒼生，痛憤在儇淺。我聞同心人，出處多異撰。

程嘉燧八首

嘉燧字孟陽，休寧布衣。僑居嘉定。有《松圓浪淘集》。

錢受之云：孟陽以唐人爲宗，熟精李、杜二家，深悟剽賊比擬之謬。五言近體約而之隨州，七言近體放而之眉山。晚年盡覽遺山、道園、青田、海叟、西涯之詩，疏通其微言，搜爬其妙義，深而不鑿，新而不巧，若親炙古人而面得其指授者。余故援裕之《中州集》例，謚之曰「松圓詩老」云。

《詩話》：孟陽格調卑卑，才庸氣弱，近體多於古風，七律多於五律，如此伎倆，令三家村夫子誦百翻《兔園冊》即優爲之，奚必讀書破萬卷乎？牧齋尚書深懲何李王李流派，乃於明三百年中特尊之爲「詩老」。六朝人語云：「欲持荷作柱，荷弱不勝梁。欲持荷作鏡，荷暗本無光。」得毋類是與？姑就其集中稍成章者，録得八首。

平望阻風

驛路連吳近，鄉音帶越稀。寒流捎宿舸，夕浪急風扉。旁市求魚入，鄰舟得酒歸。微微掩明燭，伏枕念無衣。

送叔達之錢唐

夜雨維舟數，秋風解袂輕。相逢留客住，同作送君行。月色湖中寺，潮聲江上城。知君游賞處，相念若爲情。

四明徐匯陽莊太峰余泰靈秋盡先後別歸送行

相逢多別酒，歸路欲何之？江水曹娥廟，湖山賀監祠。鄉愁兼雨重，旅望入秋悲。儻憶江東侶，論文復幾時。

七夕懷平仲揚州

江邊一别兩悠悠，湖上相思且滯留。千里星河同此夜，廿橋明月自三秋。無由結伴還鄉國，况欲因人作遠遊。潦倒更於何地會，見君空已雪盈頭。

送徐女廉之無錫

黄姑灣頭梅乍香，黄婆墩邊柳漸長。但看音信連三月，誰道風烟不兩鄉。

雨中過伎家飲書贈陳翠

紅樓細雨燕飛斜，玉面珠簾相映遮。三月江南春色盡，却行江北見梅花。

憶金陵

青門楊柳白門烏，秋雨秋陰舊酒壚。何處蘼蕪最相憶，繅絲風雨暗西湖。

崐山響梵閣懷季常上人遊九峰

袈裟相伴踏清秋，健即閒行嬾即休。記得罷琴吹笛夜，雨中茅屋小如舟。

吳夢暘三首

夢暘字允兆，歸安人。有《射堂詩鈔》。

《詩話》：虞山錢受之謚嘉定程孟陽曰「松圓詩老」，謂能照見古人心髓，若親炙古人而得其指授，歎爲古未有。新安閔景賢輯明布衣詩，推歸安吳允兆爲中興布衣之冠，是皆阿其所好，不顧千秋之公是公非。以余觀二子之作，以政則魯衛，以《風》則曹、檜、陳，詩者不廢，斯幸矣。

送張去華走哭汝陽王胤昌宮庶

君不見，南州孺子辟不起，一朝徒步走千里。英雄但可輕浮名，那可無心報知己。張郎心事亦復然，絮酒持將哭泉裏。自言不受他人知，惟有汝陽王庶子。出門滿路吹蒺藜，眼底誰爲此人死。更將肝膽何處明，一片悲風咽汝水。

送胡孟弢邑博之沅江

攜手情無極，茫茫此別何。一官猶俎豆，滿地已干戈。畏路身難定，騷人怨自多。可堪寥落思，木葉洞庭波。

秋草

八月幽并百草黄，還聞一曲奏清商。關河今夜皆寒色，陵寢前朝但夕陽。久客自然迷道路，後時能不畏風霜。吳兒莫説漂零易，未到邊頭古戰場。

謝兆申 一首

兆申字耳伯，邵武人。有《謝耳伯全集》。

《詩話》：晉江黄監丞明立序《耳伯集》，稱其喜交異人，購異書，摭異聞，自墳典丘索，經緯流略，稗官瑣語，靡不甄録。交游既廣，橐中裝，半以佞佛，半以市書。有三十乘留僧舍，已散佚。予嘗入閩購其手鈔張伯雨詩，與世所傳者迥别，惜乎三十乘者悉蕩爲烟塵矣。耳伯詩非不鋭意法古，奈其辭鬱而不舒。蓋耳伯踰嶺游吴，首以詩文請業於劉子威，未免問道於盲，宜其所就止，此學者擇師誠不可不慎爾！

别意

我行且登舟，子莫徒離憂。眷眷戀我側，去去難久留。歎息成參辰，愁思不可抽。丈夫在四海，譬彼水浮舟。聚散無定期，感子敘綢繆。

王野 三首

野字太古，歙人。有《覺非齋詩》《爨餘稿》。

雨雪曲

大漠雪漫漫，天風入箭瘢。平明沒馬足，半夜折旌竿。聲疊鼓鼙暗，光添劍戟寒。鐵衣三十萬，誰不憶長安？

寄叔祖仲房

燕趙歸來二十春，重遊吳楚白頭新。如今海内無知己，到處江山哭故人。

征夫怨

黄雲白草沒燕山，百戰空存兩鬢斑。試問征夫三十萬，幾人生入玉門關。

范汭十三首

汭字東生，烏程人。有《范東生集》。

吳凝父云：東生苦吟，收視反聽，馳情結思，不傍古，不緣今。一字未安，寸心幾嘔，蓋神於法者。

錢受之云：自王李之派盛行海內，幾於縻爛。相去四十年，而能始起閩，非熊起新安，允兆、東生起苕上，凝父起吳中，希風抗志在大曆元和之間，清新安雅，彬彬相命，進而之古，有其端矣。

姚園客云：范東生詩如楊柳當風，嫋嫋有態。

韓子蘧云：東生論詩，不可一世，意所不協，張髭怒目，譊譊詬誶。及其苦吟，收視反聽，思極窅冥，多清微簡遠之句。

《詩話》：東生詩才嫺雅，如靈犀結佩，可以辟塵。方之孟陽、允兆諸君，覺尤騰拔。

采蓮女

采蓮女，采蓮涉溪水。寧采田田葉，采葉蓮有蕊。莫采亭亭花，采花蓮無子。

簡鄧遠游

日日何所待，旁人應見猜。油然碧草外，獨上姑蘇臺。西子邈已去，東風空自來。茸茸桃李樹，爲問幾枝開。

琴川夜泊懷孫齊之

野宿次鳧鷖，青青荻筍齊。潮痕隨月落，山勢壓城低。殘夢風前柝，歸心曙後雞。還知高隱處，只隔水東西。

荆南送姚百雉還莆中

自蜀經三楚，由吴下七閩。到家君有日，泥殺滯留人。

盱江對月

新月出江干，郵亭獨倚闌。别家如昨日，二十一回看。

閩宮詞二首

露華如水蘸宮牆，紅豆花兼荔子香。多少蛾眉閒待月，九龍帳底貯歸郎。

四條絃上按新聲，半是先皇手教成。舊事内人誰敢洩，春來燕子不呼名。

送一公還天界寺

江流汩汩樹層層，短笠空瓢去秣陵。依舊青山風雪裏，蓽門深掩一龕燈。

荆溪

亂水聲中繫艇斜，月寒沽酒叩誰家。仙源咫尺不知處，紅葉吹來如落花。

春日訊吴允兆

遠樹微波黯不分，闔閭城畔寄孤雲。春來儘有還鄉夢，除却青山便是君。

仲冬

仲冬之交氣不齊，桃花李花開滿溪。行人認是二三月，秖少黄鸝枝上啼。

遇俞獻父

與汝垂髫共里閭，别來不省六年餘。情知一見又成别，猶勝逢人數寄書。

松陵舟中遲錢受之太史

幾家閒夜停機杼，支枕蓬牕風許許。吹盡蘋香不見人，繞塘寒月鵁鶄語。

吴鼎芳三首

鼎芳字凝父，吴縣人。後爲僧，名大香，字唵囕。居烏程之霞幕山，與范汭交。有《披襟唱和集》。錢受之云：凝父與葛震父稱詩於兩洞庭，皆能祓除俗調。震父晚自信不篤，頗折入於鍾譚，而凝父蕭閒簡遠，迥出塵埃之外。

韓子蘧云：東生苕産而僑寓吳門，凝父吳人而栖禪苕上。東生好浮大白，高談雄辯。凝父丰神蘊藉，恬淡寡言。其蹤跡雖殊，而論詩相若。

靈峰山房夜起

寥寥青蓮宇，起步夜方永。蟲鳴四山秋，鹿飲一潭靜。圓月當碧空，孤塔立無影。花落樹猶香，竹深澗亦冷。少焉雲英散，明星上高嶺。

雨渡横涇懷孫惟化

東風作冷石湖船，節届清明倍可憐。一日客程偏遇雨，幾家茅屋不生烟。野田水緑迷楊柳，古廟花深出杜鵑。寂寞横塘人去後，吳姬歌舞自年年。

北菴夜歸

欲暝未暝聞菴鐘，出林入林辭遠公。亂峰幾點白雲外，古路一條黄葉中。版屋已高隔水月，布帆正飽還山風。孤雛老樹自深夜，襬褷突兀柴門東。

吴兆十一首

兆字非熊，休寧人。有《金陵》《廣陵》《姑蘇》《豫章》諸稿。

曹能始云：非熊古詩學謝靈運，沿及盧、駱。近體學岑嘉州，字句少實。

錢受之云：非熊詩早年穠華婉至，中歲清真瀟灑，大要沉酣於六朝三唐，而傅之以性情，斡之以風調，工力并深，興象兼會。

姚園客云：吴非熊詩如清猨夜嘯，斷續凄人。

《詩話》：非熊清而能麗，綺而不靡，最見賞於石倉，其風調亦相儷。

阻風湖口登石鍾山作寄白下知己

川長已積勞，風阻漸成疢。離舟步少舒，登山脰可引。峰垂似倒蓮，石起如抽笋。匯澤蕩無際，潯江眺不盡。烟含楚岫微，風送吴舠緊。枝響山鳥聚，葉密巖花隕。渺渺春目傷，悄悄旅懷愍。攘攘既獲譏，栖栖亦負哂。巖穴有遺志，寄我同心允。

秋野閒行歸而有作

早穀已登場，晚禾尚栖畝。欣欣足慰饑，望望非吾有。荏苒十年間，蹉跎東西走。結交吴楚士，氣味少淳厚。徒令田園荒，轉與琴書負。歸來掩荆扉，趨向寡親友。日月忽已除，秋氣凋榆柳。卒歲何寥寥，凉風吹户牖。念往固已遷，嗟今將何守。勗哉黔婁言，斯志儻不苟。

錄別

行舟櫂已駕，斯須不相保。弱子纔一齡，就我懷中抱。念此傷人心，皇皇何足道。如何故鄉生，不向故鄉老。

春游曲

細雨濕春泥，流鶯幾樹啼。東風淮水曲，落日長干西。夾道看馳馬，圍場下鬭雞。倡樓今夜醉，月出管絃齊。

西河子夜歌

新著杏紅衫，試騎赭白馬。馬驕堤路窄，急爲扶儂下。

寄林古度

一與西湖别，春風兩度來。曾栖山寺裏，日日待花開。

登釣龍臺

秋色延高臺，臺荒廟亦冷。兩三樵牧兒，投石試深井。

姑蘇曲

寶帶橋邊鵲啄花，金閶門外柳藏鴉。吴姬卷幔看花笑，十日春晴不在家。

暮春溪居

門前梧柳長新圍，雨暗空林客到稀。幾欲持竿溪上去，灘頭昨夜沒漁磯。

秋思

蒹葭霜冷雁初還，歸夢如雲只戀山。一夜潺湲西澗雨，夜來秋氣滿人間。

送友人游燕

離筵別櫂暮江濱，紅樹青山映白蘋。一過江南風景異，兩行衰柳送行人。

沈野 四首

野字從先，吴縣人。有《卧雪》《閉户》《燃枝》《榕城》諸集。

《詩話》：從先賣藥吴門，曹能始賞其詩，延致石倉園，題所居之室曰「吴客軒」。《寒食絶句》云：「驚心芳草上河橋，雨後推牕見柳條。廚下從來烟火少，不知寒食是今朝。」最爲詩人傳誦。按孟雲卿云：「貧居往往無烟火，不獨明朝爲子推。」伍唐珪云：「慚媿四鄰教斷火，不知廚裏久無烟。」則前人久已道之矣。其樂府能盤硬語，頗饒古意。

短歌行

推絃拂柱，歌我浩曲。浩曲未歌，腸中躑躅。河中有船，不載客還。尊中有酒，不令客歡。世人結交，安得常好？他鄉寄食，安得常飽？士貧者賤，客久者貧。不如歸去，偕我故人。

子夜歌

門有車馬客，姊妹易衣裳。儂有好顏色，那在紅粉妝。

團扇郎

皎皎合歡扇，郎持贈所歡。本欲圖親近，翻掩桃花顔。

邊詞

塞上風高獵馬稀，天山六月雪花飛。閨人不解征人苦，直到隆冬始寄衣。

石沆 一首

沆字瀣仲，如皋人。有《白雲居士集》。

錢受之云：《白雲居士集》二卷，瀣仲没後，萬曆庚戌歲，友人殷之澤所定。其詩陶冶性情，蕭閒疏放，超然自遠，不可羈泄，雅以寒山、擊壤自命。吾則以爲古之香山，今之江門也。

江門

何處春偏勝，江門自好風。酒旗斜路口，花信短牆東。多病一居士，丫鬟雙小童。題詩嵩雒去，可是白家翁。

秦鎬 一首

鎬字京，汝南諸生。有《頭責齋詩》。

《詩話》：袁小修序《頭責齋詩》，有云：今人字皆兩字，而京字獨一字，自東漢以下無之矣。然自漢以降，如顏之推字介，李曇字雲，劉乾字天，羅靖字禮，房玄齡字喬，顏師古字籀，張巡字巡，孫晟字鳳，李條、徐倫字堅，毛欽字傑，正難悉數也。

得顧朗生書

憶別如今日，風霜歲五除。亂雲長短夢，斷雁有無書。江暖漁揚子，原荒獵孟諸。相看衣帶隔，獨立野躊躇。

米雲卿五首

雲卿字君夢，湖廣人，或云汴人。徙家蘭溪，後徙居歸安之埭山。《詩話》：君夢晚寓吳興，往來無定跡。其《撥悶詩》云：「十年湖上社，雙屐泖東山。有子癡難教，無家老不還。」後卒于埭山之枯木菴。

詠荆卿

荆卿本神勇，意遠度亦別。酣飲燕市中，歌哭以爲節。何期燕太子，罄折來相結。禮殊報應重，義感心遂熱。紅爐淬匕首，繻縷試人血。秦庭計不諧，易水無留轍。天命不可爲，劍術何巧拙。

歲暮江行

江海迷津日，冰霜卒歲時。天昏歸鳥急，川霽落帆遲。故國書空返，窮塗道益卑。坐來風雪變，愁白鬢邊絲。

瀔水移家

移家東郭十年前，東郭移家又十年。忍割烟蘿還地主，笑驅雞犬下江船。鶺鴒原上風偏急，烏鵲枝頭月正圓。臨發不禁回首望，并州桑梓自堪憐。

秋柳二首

摇落天涯正此時，蕭疏多見路旁枝。一朝染露全無色，何處含烟尚有絲。漢苑也應隨日短，隋堤難道入秋遲。陰陰滿眼河山暮，愁絶那堪帶雨垂。

一夜西風那便凋，他鄉何處不蕭蕭。依稀有葉還無葉，摇落長條復短條。難忘折來情脈脈，更愁看去路迢迢。經過若問傷心地，凉雨寒烟鎖灞橋。

徐允禄 一首

允禄字汝廉，蘇州嘉定學生。有《思勉齋詩編》。錢受之云：天啓辛酉，予官詹端，汝廉貽書累萬言，謂正統己巳之役，徐元玉得謀國大局，而于廷益爲孤注，公等當早決大計，勸請南遷，定商家五遷之議，勿爲宋頭巾所誤。甲申三月大命以傾，豈知憂危慮早，乃自二十年前一老書生發之。其風義有大過人者。《詩話》：汝廉抗言持論，具有經世之術，詩則非其所長。

贈丁長孺中翰北上

浮雲滿天地，君子意何如。容容不可爲，矯矯亦多虞。長路自此始，願言遵康衢。安得執鞭弭，從子以前驅。

商家梅 一首

家梅字孟和，閩縣人。

得家書

忽見平安字，封題是老親。自驚爲客久，不敢述家貧。松菊縱多故，路塗惟一身。臨風應不盡，還問寄書人。

宋珏一首

珏字比玉，莆田人。國子監生。有遺稿。

錢受之云：比玉爲詩，才情爛熳，信腕疾書，不加持擇。

泊皖城三日懷白下故人

城依碎石岸依沙，行遍城南乞酒家。日暮客愁如白下，荻花風起似楊花。

徐𤊹十二首

𤊹初字惟起，更字興公。閩縣人。有《鼇峰集》。

錢受之云：興公博學工文，善隸書。萬曆間與曹能始狎，主閩中詞盟，後進皆稱興公詩派。

南損齋云：興公聚書至數萬卷，所居鼇峰麓，客從竹間入，環堵蕭然而牙籤四圍，縹緗之富，卿侯不能敵也。其考據精覈，詩自樂府歌行及近體，無所不備。

《詩話》：嚴儀卿論詩，謂詩有別才，非關學也。其言似是而實非，不學牆面焉能作詩？自公安、竟陵派行，空疏者得以藉口，果爾則少陵何苦讀書破萬卷乎？興公藏書甚富，近已散佚。予嘗見其遺籍，大半點墨施鉛，或題其端，或跋其尾。好學若是，故其詩典雅清穩，屏去⿰牜甫浮淺俚之習，與惟和足稱二難。以此知興觀群怨，必學者而後工。今有稱詩者問以七略、四部，茫然如墮雲霧，顧好坐壇坫說詩，其亦不自量矣。

感秋

朝出北邙山，夜歸北邙路。北邙草芊芊，纍纍總丘墓。傷哉九泉人，一去無回顧。往者既如斯，來者復如故。知愚雖異類，薶骨只數步。貧賤何足悲，富貴何足慕。寄語賢哲士，令名自當務。

投宿山家

清流抱孤村，秋意澹林木。水急衝板橋，山空響飛瀑。殘葉水邊黄，危峰天際緑。日暮何處歸，人烟在修竹。

送黄伯寵之秣陵

我從白門歸，君從白門去。去轍與歸輪，相逢不相聚。窮冬百卉腓，遊子遵長路。黯黯鍾山雲，蕭蕭秣陵樹。峨峨石頭城，渺渺秦淮渡。千里涉風波，孤身犯霜露。送子感昔游，勝事今成故。離情不可諼，慎毋乖尺素。

送人臨邊

征馬嘶長路，西山日欲斜。送君臨絶域，萬里盡風沙。朔氣摧秋草，邊霜慘暮笳。懸知榆塞上，定憶故園花。

宿界亭驛

兩月歌行役，奔馳倦不勝。澗多民病涉，山疊客愁登。百草嚴霜殺，孤亭驟雨崩。五溪蠻地近，明發到沅陵。

驛樓送惟和兄北遊

夜靜江空欲上潮，榜人催喚解蘭橈。離腸禁得幾回斷，別夢不辭千里遥。沙起交河陰漠漠，風吹易水冷蕭蕭。關山迢遞何時盡，此是他鄉第一宵。

送康元龍之靈武

黄河官路黑山程，羌笛横吹漢月明。漠北烽烟三里寨，隴西鼙鼓十年兵。燕鴻度塞寒無影，代馬行沙暗有聲。後夜思君勞遠夢，朔風吹過白登城。

送沈廣文擢德清令

新懸墨綬謝青氊，仙令栽花向霅川。處處勸耕黄稻雨，村村收繭緑桑烟。官清但飲雙溪水，吏散閒尋半月泉。莫戀彈琴寬賦税，司農方急水衡錢。

樵夫祠

十萬王師盡倒戈，秣陵非復漢山河。一時總逐新纓冕，何處能容舊斧柯。莫考姓名垂竹帛，空留靈爽在烟蘿。荒祠近對秦淮水，誰與招魂賦《九歌》。

宮人斜

空山冥漠夜沉沉，多少芳魂不可尋。莫怨埋香在黄土，長門深比墓門深。

田園雜興

春流一夜水平堤，菱葉縱横荇帶齊。分付兒童須愛惜，莫驅鵝鴨浴前溪。

寄家兄書

年荒八口苦饑寒，門戶支持事事難。藥債未還官税迫，封題空自報平安。

汪逸 二首

逸字遺民，休寧人。有《逋屋吟》。

《詩話》：遺民與馬時良、仲良倡和，里人目爲「華屋詩老」。

蘧公池上

園經一雨再，雨水接西村。北村牧子驅牛避，道僧雛讓鶴層門。

丹陽道中别芳生

風過重陽易作寒，去來俱泊此河干。無端别路舟車異，一日楓林不共看。

徐應雷 一首

應雷字聲遠，吳縣人。有《白毫集》。

丁長孺云：聲遠詩本自然，以率真見平澹。

寄陸純孫

神魚樂深淵，奚必易水潯。威鳳集高岡，奚必燕山岑。登臺眺大江，蒼蒼楓樹林。眷言懷吾友，忼慨爲悲吟。鴻雁日南飛，助我厲商音。悲哉歲將晏，况此天涯心。

董斯張十二首

斯張字遐周，烏程人。國子監生。有《靜嘯齋集》。

韓人穀云：先生泛覽百家，旁窮二氏，伐山網海，洵不世之才。詩與年力相長，不以風雨輟其音，難與吳喉楚舌同年而語。

《詩話》：遐周初學詩於趙廣業，及入閩，心折曹能始，歸與吳允兆、王亦房酬和。是時公安、景陵派盛行，浙西風氣不盡移易。遐周洽聞周見，與吾郡沈景倩略同，詩亦相似。嘗以所作投前守吳季騶，季騶寓書韓求仲云：「在郡兩年，不識有董生，吳興守眼可抉也。近得渠見贈詩，如飛天仙人，不著一烟火字。」其傾倒若是。

補昭人歌

人而無禮兮良足歎，不見山中之狌狌，口可以食亦可以言。

讀曲歌二首

儂如一絃琴，獨絲纏相交。歡如雙耳鼓，慮爲他人摇。

十日不窺牖，後園花放齊。薔薇刺儂衣，蛺蝶投儂懷。

過桐江

薄暮櫂歌聲，看山不計程。江晴船作市，地僻縣無城。蜃氣連虹暗，龍腥雜霧生。釣臺猶可望，緩楫未須行。

旅宿

亂山行未盡，落照一溪斜。畏客前峰虎，投人暝樹鴉。已知魚罷市，數問酒誰家。計日新安路，應餐白岳霞。

山中偶作

秋草長於人，小鳥時出入。但聞樵者歌，不見行人跡。

夜泛西湖

放櫂西湖月滿衣，千山暈碧秋烟微。二更水鳥不知宿，還向望湖亭上飛。

梅谿

雲似魚鱗壓市低，竹簰載筍出梅谿。逢人閒問崑山路，葛嶺西頭更向西。

葛塢作二首

筍鞭橫出欲穿籬，松子纔生鼠不知。細雨一林山鬼語，白鷗浴起葛公池。

鴉啣朱柿墜秋坡，竹筧疏泉帶碧莎。野菊滿頭山下女，也能學唱采茶歌。

吴門道中

柳花片片拂船牕，雪點湖田鷺幾雙。數到明朝寒食夜，半篷殘照過吴江。

初夏

楊柳陰濃曳碧烟，一溪不雨不晴天。水樓處處凭紅袖，吴下新來茉莉船。

王醇 二首

醇字先民，揚州人。

錢受之云：先民深情孤詣，秀句錯出。

書事

狼烟夜照大安戍，彍騎夜縛將軍去。駿馬駝金曉贖歸，正陽門底捷書飛。

題馬湘蘭畫蘭

冰綃宛是湘江曲，寒映秋芳數枝玉。能使湘靈愴別魂，瑤瑟泠泠怨秋緑。

何允泓四首

允泓字孝穆，常熟縣學生。

《詩話》：孝穆詩頗嶔崟，不沿時習。

讀岳忠武傳二首

傅張不得終經制，傅亮、張所。韓岳何勞更枕戈。載主空傳之建業，建炎間，時幸平江，建康亦載木主以行。行宮漸侈似宣和。班朝清海成三恪，金每朝會，以天水郡侯遼天祚、劉豫爲一行。振旅朱仙泣兩河。惆悵一生匡國計，止餘遺草泣孫珂。

戰血横吞直指燕，泰垣心腹祲方纏。將軍河上空爭地，丞相閨中善格天。檜誅，公用王夫人策格天閣，高宗書以賜檜。蚤有雕兒貪厚餌，軍中呼王貴爲雕兒。尚期龍府醉諸賢。張秦總是明經客，何但書生拜馬前。

讀元遺山集

滄海横流著此身，中原天日照纍臣。明昌大定三生夢，欽叔希顔一代人。野史亭中遺汗簡，讀書山下起埃塵。幽蘭灰燼今何在，千載空餘老角巾。

讀張光弼集

畫省無心久握蘭，西湖花月一叢殘。共傳軍府題詩客，肯作吴藩入幕宫。楊柳花時頻縱酒，牡丹開後獨凭闌。最閒園裏徵歌處，江左三人管幼安。

薛岡 三首

岡字千仞，鄞人。有《天爵堂集》。

黄心甫云：千仞篇中多用恒言，讀之不厭，由其氣老。

李杲堂云：千仞年八十，集其平生元旦除夕詩爲一卷，起萬曆庚辰，至崇禎庚辰。身爲太平詞客六十年，名重天下，亦盛事也。

彭城寇二首

幸作六帝民，賢聖歷在宥。身老桑柘間，不知有格鬭。戈戟何忽焉，一朝易俎豆。郡盜既蠭起，朝廷重介胄。欲以殺止殺，血流污宇宙。借問宇宙中，何民弗從寇。民志如奔湍，撫我斯共后。乃信吏政苛，不在猛虎後。堂上鮮蒲鞭，溝邊餘老幼。何况臨刀俎，提兵肯相救。

髦齡苦行役，况丁金革中。艱難費輪楫，弔古躋雲龍。賊至自淮南，所過州里空。頓兵桃山下，意在窺二東。洪河不得濟，賊計良已窮。一旅儻躡後，殲殪微遺蹤。乃計不此出，妖蛟縱故宫。清夜坐岑樓，浩浩聞北風。南山助烈火，天地爲之紅。國家養貔貅，恃以戢狂鋒。狂鋒不能戢，其誰恕乃躬。無庸姦宄患，所患求英雄。道路有萬目，看敘賊退功。

華清宮

繡嶺出烟村，宸游跡尚存。離宮何處是，流水至今温。輦路年深廢，峰巒幸後尊。空餘一片月，猶似照朱門。

顧同應一首

同應字仲從，崑山人。庶子紹芳之子，承蔭入國子監。有《葯房》《秋嘯》二集。

王平仲云：仲從詩辭澹意遠，有白雲自出，山泉泠然之致。

秋塞曲

寒星散落角聲哀，紫塞秋高雁字回。昨夜軍前占殺氣，羽書飛過赫連臺。

唐汝詢二首

汝詢字仲言，松江華亭人。有《編篷集》。

《詩話》：詩人形累者：孫伯融跛，偶武孟、張節之、謝茂秦眇，祝希哲枝指，何仲默秃笄，其他不可悉數。至唐仲言無目，李公起口啞耳聾，兩君乃能勤於箋述，不廢吟咏，是難能也。

夜别陸長倩

悵别高樓酒易醒，坐聞落葉滿沙汀。春來儻憶同游地，無限垂楊夢裏青。

留别沈茂之

風雅翩翩自不群，榮華入目總浮雲。江湖此去無知己，蚤晚移家欲就君。

李埈 一首

埈字公起，鄞人。有《盟鷗集》。

《詩話》：公起御史尚默之子，生而耳聾。十齡聞父訃，號哭五晝夜，遂瘖。嘗發先世遺書縱觀之，上自國家典故，名公鉅卿前言往行，下及器物之微，靡不譜其本末。候官曹能始合華亭唐仲言作二異人傳，一以耳治，一以目治，咸不惑於公安、景陵之説，世之號爲詩家者，反不如瘖聾之指麾矣。

山陰晚泊

落日山陰道，孤舟帶遠汀。秋林紅葉重，夕浦黑風腥。客夢磧前斷，漁歌鏡裏聽。來朝餘興在，何處訪蘭亭。

明詩綜卷六十六

小長蘆 朱彝尊 録
琴川 邵士楨 緝評

文震孟二首

震孟字文起，長洲人。天啓壬戌賜進士第一，授翰林修撰。以言事鐫級，崇禎初復原官。歷中允諭德，掌司經局右春坊，進少詹事，以禮部左侍郎兼東閣大學士。卒，謚文肅。有《葯圃詩稿》。

陳皇士云：文公詩不多作，然不失臺閣氣象。

《靜志居詩話》：文氏自溫州守以來，累葉風流儒雅，爲士林所推。相國晚達早歸，崇禎五十輔臣，骨鯁稱首。烏衣子姓，名節相繼，不媿清門，是難能也。詩頗平縟，《擬古》一章，纏緜婉約，庶幾屈宋唐景之遺音乎？

擬古遠行

江之陽兮有嶼，江之陰兮有渚。朝而風兮夕而雨，望夫君兮渺何許。春波兮悠悠，日暮兮夷猶。擥青桂兮爲檝，搴木蘭兮爲舟。悁含思兮凝睇，乘清風兮遠游。遠游兮上下，載行兮載舍。遵中流兮待君，將寄心於遠者。

夏日園林

境乃同摇落，人猶是勝流。即今便高卧，未擬賦窮愁。家傍要離冢，門迎范蠡舟。孤蹤安可定，浩蕩五湖遊。

陳仁錫 一首

仁錫字明卿，長洲人。天啓壬戌賜進士第三，授編修。累遷南國子祭酒。追謚文莊，有《無夢園集》。

《詩話》：吳中甲第之盛，前數嘉靖壬戌，申文定、王文肅，同郡人。後則天啓壬戌，文文肅、陳文莊，同縣人。兩公皆老於公車，晚始登第，而文莊爲先。文恪萬曆丁酉所拔士，至壬戌復爲先公所録。及殿試，則先公又充讀卷官。蓋三試皆出先公之門，亦異事矣。文莊以不肯撰魏璫鐵券文落職，可謂不負科名。詩非所務，一臠染指，未爲不知味也。

中秋

月華冷于霜，水白已成路。宿鳥静不鳴，羽毛紛可數。

蔣德璟 一首

德璟字若椰，晉江人。天啓壬戌進士，改庶吉士，授編修。歷侍講諭德庶子，掌司經局，累官太子少保，禮部尚書，文淵閣大學士。有《敬日草》。

《詩話》：八公敏於掌故典禮，治曆條奏詳明，使其黼黻太平，亦稱賢相，惜乎未究其才。或傳公吞金而死，尚俟考實。

至廣州聞黎捷志喜

重開幕府試琱戈，七哨功成獻凱歌。借問凌烟誰第一，漢家劍履賜蕭何。

方逢年二首

逢年字書田，遂安人。天啓壬戌進士，改庶吉士，除編修。累官禮部尚書，東閣大學士。有《雪滁齋集》。

越來溪

層臺築五年，高見三百里。如何越兵來，不知渡溪水。

乳洞口水碓

陟阿采玉芝，浮澗拾瑶草。野碓竟日春，誰識是龍腦。

馮元颸 一首

元颸字爾弢，慈溪人。天啓壬戌進士。知澄海、揭陽二縣，入爲戶科給事中，歷官兵部尚書。

首善書院感舊作

維貞皇帝神授符，詔出明光徵大儒。有臣元標首應詔，誰并進者臣從吾。一時諸儒相繼入，王道蕩蕩民所趨。貞皇雖逝嗣皇少，譬之日出時未晡。諸儒謂可睹上治，力崇正學開榛蕪。請爲天子建書院，揭以首善天之衢。漢唐宋代何足數，升堂入室泗與洙。當使亂臣賊子懼，如陸有軌水有桴。豈無贗鼎相錯列，能由是路亦吾徒。越歲壬戌策進士，臣颸蒙與諸臣俱。二十爲學志方壯，晨起盥漱遵修塗。少焉諸儒次第入，鳴鐘擊鼓聲錞于。衣冠肅對寂未語，森若披古賢聖圖。儒者寧盡闊世務，憂天往往多訏謨。乃知名教自足樂，照耀萬古焉可誣。彼譖人者亦太甚，曰宋之敗由程朱。封疆在今多事日，褒衣博帶何其迂。輔臣向高爲此懼，手自伏疏陳青蒲。誰爲此言告陛下，當付之吏法當誅。天子寬仁置勿問，忍見白日舞妖狐。嗚呼諸儒死不恨，宣尼栗主誠何辜。乙丙之際不可說，故老欲哭徒嗟吁。丁卯八月聖人出，讒者慄慄憂頭顱。臣颸再入問書院，門外細草翔啼烏。聖人豈不重經術，時危未暇陳蒼瑚。竊見京師富梵室，口語以唄拜以膜。亦有高閣祀天主，譚兵治曆喧齟壺。獨使書院屏勿事，臣颺敢復惜微軀。卿雲縵縵天子都，諸儒靈爽應未徂。大道經天終有孚，幸甚爲念臣區區。

孫耳伯云：京師首善之地，琳宫梵宇，鴟吻相望，獨無學者敬業樂群之地。往時羅文恭、徐文貞講學，率借僧舍，誠大闕事也。天啓二年，御史臺諸公構書院一所於宣武門内東牆下，南皋、少墟兩先生朝退公餘，不通賓客，不赴宴會，輒入書院講學，一時士風爲之少變。未幾，逆璫用事，郭允厚、朱童蒙輩相繼論劾，以講學爲門戸。及楊忠烈劾魏忠賢疏上，黨禍大作，善類一空。而御史倪文煥遂奏請毁書院，棄先師木主于路左。左壁有記，爲葉公向高文，董公其昌書，并碎焉。書院既毁，逆祠乃建矣。

《詩話》：萬曆二十九年二月庚午朔，天津河御用監少監馬堂進大西洋利瑪竇所貢土物，時先太傅文恪公掌禮部尚書事，疏言：會典止有西洋瑣里國，而無大西洋，其真僞不可知。又寄住二十年方行進貢，與遠方慕義獻琛者不同。且所貢天主天主母圖，既屬不經，而行李中有神仙骨，夫既稱神仙，自能翀舉，安得遺骨？此韓愈所云凶穢之餘，不宜令入宫禁者也。乞速勅歸國，勿許潛居兩京與内監交往，以致别生支節，眩惑愚民。疏進不報。後其徒湯若望，以其國中曆法證大統之差，徐宫保光啓篤信之。會大時雍坊所建首善書院，鄒忠介、馮恭定講學之所。董其役者，周忠毅宗建、吕工部克孝。時先大父楚雄知府以任子除都察院照磨，竹頭木屑，實司其勞。書院成，葉文忠撰記，董文敏書之。先大父業遷官，故未書名于石也。兩公講學事在天啓二年。既而御史倪文煥等詆爲僞學，疏略曰：「聚不三不四之人，説不痛不癢之話，作不深不淺之揖，嗽不冷不熱之餅。」是年，碎其碑暴之門外，毀先聖栗主，焚經籍於堂中。崇禎初，文焕伏法，院僅存。宫保率若望等借院修曆，署曰曆局。久之，西洋人踞其中，更爲天主堂，至今不改矣。馮公是詩毋忝詩史。

倪嘉善一首

嘉善字迪之，桐城人。天啓壬戌進士，改庶吉士，授簡討。遷司業，歷中允諭德。有《娟筆泉集》。《詩話》：崇禎己巳，帝幸太學，賜倪公坐講《周易·泰卦》。又嘗侍經筵，講《論語》「益者三友」。帝問：「孰爲益？孰爲損？」對曰：「天子尚友，在法堯舜而已。」帝爲改容。公太僕卿贈工部侍郎應眷之子。太僕天啓中請留楊、左，尋削藉者也。

九日

牢落家居久，頻逢令節過。秋聲聞雁少，霜意入林多。幽思驚時换，山游奈雨何。韋生高卧穩，黄菊許誰歌。

張有譽一首

有譽字誰譽，江陰人。中萬曆己未會試。天啓壬戌賜進士出身，除南京戶部主事。累官戶部尚書加太子太保，晚爲僧，居蘇州之靈巖。

俞無殊移居光福山同顧茂倫樵水訪之不值留贈

一逕逶迤入，升階眼膜開。當牕羅洞壑，平地儼樓臺。山翠侵簷落，花香拂案來。扁舟同訪戴，興盡尚徘徊。

倪嘉慶二首

嘉慶字篤之，江寧人。天啓壬戌進士，除戶部主事，歷戶科給事中。晚爲僧，名函潛，又更名大然。有《靈潭集》。

《詩話》：倪公治賦之才，崇禎戊辰在樞部上言：「國計入不敷出，歲額缺至二百三十餘萬，何以支持？」其言瞭若指掌。假令思陵此時聽公之言，綢繆區畫，則後此雖有水旱寇賊，尚可緩於危亡，而惜乎不見納也。既而兵科給事中劉徽疏請裁驛遞，有旨裁十之三，省郵傳銀六十萬。公獨昌言曰：「驛遞之設，貧民不能自食者賴之，裁之太過，將鋌而走險，此盜生之源也。」俄而李自成果以驛卒被裁走入高迎祥隊中，後遂以亡明。朝野咸服公計慮之遠云。

獄中九日寄受之

禁柝方嚴晝掩扉，登高作賦苦相違。更無叢菊開籬落，只有飛霜上客衣。九月吟蟲猶野泣，五年征雁失南歸。山頭廷尉遥相望，緊繫萸囊送夕暉。

驟雨

雨驟泉聲急，雲凉樹色濃。不知何處寺，忽送一聲鐘。

王錫衮 二首

錫衮字龍藻，雲南右衛人。天啓壬戌進士。改庶吉士，授簡討。歷侍講，南國子司業諭德，庶子祭酒。以吏部左侍郎兼翰林學士。

乍挹方諸水，來湘泮水芹。金樞澹華月，玉露展蕭辰。俎豆三千士，都俞十九人。公庭看萬舞，未許羽衣陳。

樸學皋謨古，昌言聖主聆。硬黄摹獵碣，淡墨捧名經。冑子齊歡洽，真儒足典型。自今隆祀典，長照簡編青。

聖駕臨雍恭紀二首

《詩話》：崇禎十四年八月，太學當釋奠思陵，有詔再臨辟雍，於是罷遣閣臣及分獻官。時龍虎山真人張應京適在都，疏請入監觀禮。尚書蔣公德璟暨王公咸持不可，駁回。十七日王公奉遣祭夕月壇，二鼓始詣國子監。十八日卯初刻，駕自長安左門出，由崇文街至成賢街入廟門，兩公導帝升階坐御幄，内官持金餅、金甌、金鑪者六人。天漸明，行釋奠禮畢，幸彝倫堂。祭酒南居仁講《書·皋陶謨》，自「天敘有典」至「敬哉有土」。司業羅大任講《易·咸卦》。尋命賜茶。文班自衍聖公及閣部共一十九人，武班三十八人，分東西坐。帝命禮臣將進士題名碑并石鼓悉摹拓進呈，又諭閣臣周、程、張、邵、朱六子不當槩置先儒之列，乃定議改稱先賢云。是舉也，蔣公紀之特詳，今節録以證王公之作。

文安之 一首

安之字汝止，夷陵人。天啓壬戌進士。改庶吉士，授簡討。遷南國子司業，歷中允諭德詹事。有《鐵庵稿》。

山居漫興

一江烟雨理漁蓑，笥笠長抛首自科。薄醉久無中使促，夜歸須憚灞陵訶。雲連西塞回青嶂，樹繞東流旋綠渦。爲傍赤磯依舊隱，月明堅坐扣舷歌。

齊心孝 一首

心孝字君求，桐城人。天啓壬戌進士。改庶吉士，授編修。

《詩話》：太史賦詩無多，與女郎沙蘭英章文玉定情，一物相貽，拳拳叩叩，宜其爲情死也。

答女郎沙蘭英貽鴛鴦枕

含情少婦倚銀釭，繡罷鴛鴦日滿牕。解得世間離別苦，故將好鳥織成雙。

姚孫棨三首

孫棨字心甫，桐城人。天啓壬戌進士。知龍游、晉江二縣，擢江西道御史。謫上林典簿，遷吏部主事。歷郎中，累遷至尚寶卿。有《石嶺集》。

久雨新霽喜殷氏兄弟邀飲

閉門十日陰，門外喧屐齒。已聞前谿漲，更見屬垣圮。曜靈胡匿輝，風雨横如駛。暮霞照東隅，魚尾差可擬。凌晨下檐楹，邂逅逢之子。相邀卧甕頭，一斗飲未已。醉翁意有在，歌者聲且止。

車中漫紀二首

茅店孤燈黯，繩牀旅夢安。不知一夜雪，但覺五更寒。際曉山山白，因風樹樹殘。憂時誰紀瑞，默坐卷簾看。

初日照高樹，前山霧始開。怒飇一以發，寒氣轉相催。野色遥難即，羈愁莽欲來。故人居不遠，去去好銜杯。

喬可聘一首

可聘字君徵，一字聖任，寳應人。天啓壬戌進士。除中書舍人，選授河南道御史。有《醉陶集》。《詩話》：崇禎丁丑，侍御巡按浙江，既入境，屬吏伏謁道左。公首詢先太傅第宅，吏以鍾秀坊對，旌蓋闐于藉袈之橋。公自巷左舍車，徒行百步入，自門升階，肅衣冠拜祠下。復坦步出巷之右，乃升車，鼓吹導以行。余總角時目擊其事。又六年，武陵唐公紹堯分守嘉湖道，入境亦展謁先公祠，則將及門而步入，然禮容甚恭。於時弟子敬其先師若是。由今觀之，正可綴入「觚不觚」録也。

苦雨

雨喜及時好，雲陰竟不開。馬牛幾莫辨，鷗鷺盡飛來。茅濕痕多漏，沙崩響易哀。田園生意盡，排悶強持杯。

黄宗昌 一首

宗昌字長倩，即墨人。天啓壬戌進士。知雄縣，調清苑，選授山西道御史。

《詩話》：三殿告成，論功行賞，長倩時官御史，上言：「國家名器盡爲閹寺收買腹心之助，大行賓天在八月二十二日，而殿工行賞在二十一日，正彌留大漸之時，何暇出詔，此輩直僞官爾。」詔令指名，長倩乃舉黄克纘、霍維華、呂純如等六十六人以對，請盡行削除。是亦勇於觸邪者已。唐諺「五角六張，作事不成」，七夕結句，蓋用此語。

七夕有懷

危坐撫佳節，蕭蕭但雨聲。閨中兒女態，天上別離情。秋入玄蟬急，年侵白髮生。所嗟垂老意，張角總無成。

吴振纓 一首

振纓字長組，歸安人。天啓壬戌進士。除中書舍人，考授廣東道御史。有《顛石齋詩集》。

棲賢看梅

萬樹惟一色，半山堆白雲。鳥啼村不夜，香遠客先聞。近寺松陰合，横枝澗影分。誰家修竹裏，簾外亦紛紛。

《詩話》：詠物詩最難工，而梅尤不易。林君復「雪後園林纔半樹，水邊籬落忽横枝」，此爲絶唱矣。他如「疏影横斜水清淺，暗香浮動月黄昏」，僅易江爲二字，以竹桂爲疏暗，是妙於點染者。餘則蘇子瞻「竹外一枝斜更好」，高季迪「薄暝山家松樹下」，亦見映帶之工。高續古絶句云：「舍南舍北雪猶存，山外斜陽不到門。一夜冷香清入夢，野梅千樹月明村。」可謂傳神好手。朱希真詞：「横枝清瘦只如無，但空裏，疏花數點。」李易安詞：「要來小酌便來休，未必明朝風不起。」皆得此花之神。若朱雍之《梅詞》，黄晞顔之《梅苑》，李龏之《梅花》，衲釋明本之《梅花百詠》，詩愈多而神愈遠矣。侍御《棲賢》之作，實獲我心。

何萬化一首

萬化字宗元，青浦人。天啓壬戌進士。授南京兵部主事，歷禮部郎中。升福建提學副使，轉右參政，終廣東按察使。

《詩話》：宗元仕閩，爲制府畫策，平劉香入楚，同諸軍協力擒張普薇，是亦開濟之才，不徒以雕篆見長者。

贈別

彩鷁銀燈此夜親，相看莫惜酒杯頻。明朝茅店風霜苦，縱有盈觴不醉人。

金肇元 一首

肇元字木公，一字司杓，東陽人。天啓壬戌進士。除徽州推官，入爲工部主事。調兵部，轉員外，出爲江西參議。進副使，遷福建參政。

雨過鳳陽望祖陵

濠右鍾靈地，關河迴未窮。江回雙闕北，淮繞二陵東。古驛荆榛雨，高原燕麥風。遙瞻松柏路，佳氣鬱青葱。

蕭士瑋五首

士瑋字伯玉，泰和人。中萬曆丙辰會試，天啓壬戌賜同進士出身。除行人，歷吏部郎中。有《春浮園集》。

錢受之云：伯玉詩體氣清拔，取法涪州，今體偶然與放翁合。

趙韞退云：先生詩以才慧勝，出入宋元。

客愁

不待秋風起，思鄉念已生。髮愁今夜白，月好故園明。孤客人千里，荒城鼓二更。停燈沽濁酒，屈指數遊程。

春日送繆當時被謫南歸

正好留連日，翻爲惜別人。憐君愁對酒，作客怕逢春。芳草迷歸櫂，啼鶯傍逐臣。東風如有意，莫遣柳條新。

滁陽晚行

禾黍斜陽道，秋風匹馬行。古原荒霧白，野水暮雲平。酒逐年偏減，情因老更生。不知今夜月，何似故鄉明。

寓意

誅茅宜楚地，無如廬阜美。五步一溪雲，十步一溪水。

月夜西泠橋

霧鬢烟鬟逐處嬌，輕風著面酒初消。月明故國三千里，人在西泠第一橋。

黄景昉三首

景昉字太穉，晉江人。天啓乙丑進士，改庶吉士。授編修，歷中允諭德庶子。升少詹事，以詹事掌翰林院。尋以禮部尚書入直東閣，加太子少保，户部尚書，進文淵閣大學士。

《詩話》：相君務去陳言，專尚新警，其近體尤雕繪。如《侍楚王宴》云：「隆準衣冠高帝後，夥頤宫闕大江濱。」《登太和絶頂》云：「天野星躔包兩戒，國朝嶽瀆視三公。」《南臺燕集》云：「仙家閬苑琉璃浦，禹貢揚州篠簜田。」《贈友》云：「少從魯國稱男子，家近茅山得異人。」《壽樊叟》云：「公餘稺子燒松液，酒半材官舞蔗竿。」《集北郭草堂》云：「誰邀玉珮神仙客，自唱清歌《菩薩蠻》。」《答友》云：「枚叔賦游梁上苑，伏生書重漢西京。」《寄友》云：「以吾一日長乎爾，如此三星粲者何。」要不作沿襲語。

未央瓦

客來移甓漢時宫，丞相經營想像中。武庫不隨蛇劍火，鄴城空貴雀臺銅。猶餘龍虎真人氣，未蝕蟲蠹累代功。敢向玉池輕點染，更無雄句似歌風。

何太常悌邀步南郊覩圜丘享殿齋宫諸制恭述

皇矣穹窿廣，君哉制作殊。改絃歆世廟，分祀别留都。日練金支秀，春回華蓋趨。竹宫靈放患，羽客韻虚無。繭栗三犧用，瓜華百末敷。篆烟颷鬱皂，罳影入珊瑚。富媪壇仍峻，高皇座稍隅。殿詢公玉帶，庭接鬼臾區。憶昔陪清蹕，于兹饗大雩。烏銜齋饌素，沙點布袍烏。重許窺閶闔，須知辨濮瀘。

帝真雲漢主，天轉斗牛樞。禁地人雍肅，祠官汝敏膚。秩從夷典禮，倫始契司徒。誰獻河東賦，空吹冀北竽。戚干容肆雅，卿景合賡虞。

書事

内家騾括馬騾車，火綫葦簾製也疏。誰遣闉扉中夜啓，鋃鐺又及老尚書。

宋玫 一首

玫字文玉，萊陽人。天啓乙丑進士。知永城杞一縣事。選授吏科給事中，歷太常少卿、大理太僕卿，轉工部右侍郎。家居萊州，城破被縛，拷掠見殺。

閨思

征人磧裹正思鄉，八月看雲送雁行。生小不知門外路，如何飛夢到沙場。

陸錫明一首

錫明字幼輿，平湖人。天啓乙丑進士。除工部主事，歷員外郎。出知常州府，再知徽州府，升江西提學副使。

白岳太素宮

天遣名山護紫虛，芝泥曾到使臣車。石幢隱見宮中綫，碧瓦參差帝者居。封禪有書非漢畤，榔梅何地不秦餘。未須泛海尋靈藥，水落花開自起予。

郭紹儀二首

紹儀字汾仲，平湖人。天啓乙丑進士。除當塗知縣，擢南京湖廣道御史。有《青蒲草》。

游仙詩

少室垂三花，盈盈秀菌閣。我驅一卷石，偃蹇卧溪壑。輕陰歛素秋，虚篁散紫籜。自得枕中祕，始知塵外樂。容成采玉芝，抱朴煉五藥。矯首鴻天長，此志欣有託。

同官李匡山成寶慈俱以疏劾輔臣被謫感而有作

花莫眄武陵花，酒莫飲烏程酒，武陵花豔迷人目，烏程酒甘誘人口。李公骨鯁天下奇，壯志屹立山勿移。此時朝廷重鈎黨，皁囊霜簡無遲疑。成公凜凜氣雄發，夜漏沉沉整袍笏。漳江學士孤鳳鳴，慘澹萇弘碧流血。成公裂眥那肯平，苦諫危辭三伏闕。二公名義垂不朽，二公既去儒林醜。武陵花，烏程酒，花殘酒歇終何有？君不見柳外東風動江樹，輕薄紛紛飛作絮。莫遣烏啼白下門，予亦飄然拂衣去。

李模三首

模字子木太，倉州人。天啓乙丑進士。除東莞知縣，選授雲南道御史。以憂歸。補浙江道，謫南國子典籍。有《碧幢集》。

王無異云：先生同不失己，異不傷物，合乎《易》所云「知進退存亡而不失其正」者。

鬼車謡

鳳皇將九子，雝鳴何秋秋。羽蟲三百六，賦性多令攸。奈何有怪鳥，一身伏九頭。誰者齧其一，灑血聲啁啾。晦冥乃潛出，四野風不休。人號犬亦吠，滅燭收兒褔。同心如禦寇，懼其少淹留。非徒祓不祥，恨非陽鳥儔。遺音雖遽已，戾氣猶嘘咻。是關玄黄戰，豈惟風雨憂。吾聞多見可，此類安足仇。豺狐并晝嘯，前鵂後鵋鶩。勞勞服不氏，枉矢焉能讎。誓將叩閶闔，桃茢殉九州。

寒夜有懷

浩浩夜氣長，霜風凜寒衾。思來乍如髮，繚繞不可尋。清夢倏飛越，山海何崇深。孤月懸青松，鶴子多奇音。戶牖洞開豁，中有緑綺琴。

南思

畦丁忽報韭牙春，對對河魨入饌新。笑指蘆根堪續命，不須子細祝廚人。

陸澄原 一首

澄原字嗣端，平湖人。天啓乙丑進士。除工部主事，歷員外郎。謫順天府照磨，遷大理寺副。以兵部員外被察閑住。有《芝房集》。

《詩話》：思陵初政，職方首攻魏、崔，海内想其風采，無難遽躋膴仕，而乃厭薄門戶，不屑附東林。其封事略云：「有市恩修怨，舉劾失平者，雖東林亦可謂之小人，不得以楊、左爲護身之符。有特立獨行，恪共厥職者，雖非東林，不失爲君子，不得以崔、魏爲陷人之穽。」又云：「臣寧寡援孤立，爲硜硜之小人，決不依草附木，爲疑似之君子。」由是見嫉於東林，拒之惟恐不力。一官蹭蹬，被察而歸。放浪山水，以詩酒自娱。斯狂狷之流也，詩亦不入鍾、譚流派。

溪外

短橋隱隱隔清溪，溪外人家更向西。行盡西溪人不見，一林脩竹畫眉啼。

葉紹袁一首

紹袁字仲韶，吳江人。天啓乙丑進士。除武學教授，轉國子助教，遷工部主事。有《遷聊集》。

甲申聞三月十九日之變

衡門薜荔久侵尋，自媿才非抱膝吟。逝水總流千古恨，夕陽空負百年心。蒼生四海同仇切，白髮三春憶主深。七日誰人牆下哭，一回北望一沾襟。

熊開元二首

開元字玄年，號魚山，嘉魚人。天啓乙丑進士。除崇明知縣，調吳江，選授吏科給事中。謫山西按察司簡較，遷行人司副。以言事，廷杖，削籍遣戍。晚爲僧，名正志。字檗菴，居蘇州之華山。有《華山紀勝集》。

《詩話》：魚山欲劾宜興，適思陵許奏事者於弘政門召對。及入，見宜興侍側，因言軍事而出。既而召見德政殿，輔臣亦入。乃言曰：「《易傳》有云：『君不密則失臣，臣不密則失身。』臣所言，願輔臣暫退。」思陵諭曰：「輔臣管密勿，熊開元前所奏，卿等皆與聞，可以不退。」是日不敢盡言。思陵命草疏入，仍有茶果餅餌之賜。追疏入，遂被收。思陵怒，且不測矣。會姜公如農疏有「皇上何所見而云然乎」等語，怒益甚。兩公受杖之苦，用刑之慘，其不死者幸也。爰書既上，思陵一曰「讒譖輔弼」，再曰「讒譖陰狡」，三曰「謗毁狡肆」，人皆疑思陵曲護宜興。獨尹樞部宣子謂思陵時已恚宜興，命魚山具疏者，度必列款，欲據之便按問。及見疏，乃曰：「如此不痛不癢，思兩邊做好人邪？」蓋實怒其不力參，而反以誹謗大臣爲罪。非思陵本意也。斯言得之。宣子諱民興，亦嘉魚人。有《庵園集》，詩務詭異，多牛鬼蛇神語，不足存。

鳥道卧獅石

從來入蜀歎崎嶇，九折何如此路迂。若是香林黑獅子，向前翻擲肯踟躕。

穿雲棧

盡日凝雲谷口封，倦還飛鳥亦迷蹤。何如近借齊廚鉢，鞭取耕烟白耳龍。

《詩話》：華山在吳西偏，相傳支道林銷夏之所。劉宋時，會稽守張裕舍宅爲寺。縣志稱，南渡乾道中，祕書監張廷傑占爲别墅。然范致能有《華山寺》詩云：「五湖西岸孤絶處，栴檀大士來同住。蒙泉新潔鑑泉明，瀹茗羹藜甘似乳。何須苦問蓮開未，桂子菖花了今古。三翁彩筆照青霞，從此他山都不數。我今閒行作閒客，暫借雲牕解包具。魂清骨冷不成眠，徹曉跏趺聽粥鼓。」乾道中，寺未嘗廢，張氏別墅乃占斷閒田爾。魚山《紀勝》詩序中仍沿縣志，附疏於此。

朱治憪三首

治憪字子暇，嘉興人。天啓辛酉舉人。選授肇慶通判。

《詩話》：子暇宣勞戎務，一星卒殞天南，生爲進表之。劉琨死，作思歸之温序。其詩不沿時習，磊落嶔奇。至《賣宅》一律，悽惻纏緜。萋葹之草，心實傷已。

麥章闓贈硯

麥君遺我硯，采自羚羊峽。鸜之鴝之眼，審視碧光眨。白如蕉葉萌，黑比魚雲壓。中有青青花，瑣細不可掐。山川藴精氣，匠石變遺法。雀斑幾點露，衃血兩邊夾。外規直且平，中池淺而狹。注兹水一泓，三宿尚容歃。我來吏端州，判牘日鈎押。勞人何草草，有時服韎韐。頻年硯欲焚，是物不我甲。朝來三摩挲，貯以琉璃匣。他日抽簪回，篷牕恣賞狎。作詩崇禎年，月涂歲協洽。

胡將軍一青臨陣歌

將軍用槍如擲梭，上馬殺賊功最多。馬頭一卒鷙鳥過，往來拔刃誰敢何。果下之馬山頭坡，有時奪取紫橐駝。將軍神勇孰同科，除是漢代雙伏波。我書露布盾鼻磨，比田僧超壯士歌。

得家報知敝廬已賣歎之

拮据經吾手，書來已屬人。一身猶長物，四壁委微塵。歌哭今無地，琴尊别有鄰。庭梅應爲我，望絶嶺南春。

楊文驄六首

文驄字龍友，貴陽人。天啓辛酉舉人。崇禎中知永嘉縣事，歷官都御史。有《洵美堂集》。

邢孟貞云：洵美堂詩，紆徐以導遠，篤摯以達情，引物連類，廣博曼衍，屢出靡涯而源流師法燦然可指。

史弱翁云：龍友詩沉澹淵遠，有正始之音。

游太湖龍觜

晚色澹將夕，探奇出林藪。大龍與小龍，礪齒震澤口。鱗而鬐鬣張，峆岈悉諸有。落潮洗塗泥，寒玉森戶牖。淘沙尋金書，人各繫在肘。吾欲窮其幽，慮爲鬼所守。肅然袍笏侍，下拜不敢苟。豈知層雲根，乃勝洞天九。

海上作

水驛將三宿，茅茨近百家。舉鉏删濕葦，迎月伴荒衙。燈下哀汀雁，潮頭漉浦鰕。小民方疾走，官稅莫紛拏。

宿木瀆

竟日秋光冷，維舟寄古村。隔橋依榜火，晚市辯方言。水已通湖氣，沙看露樹根。館娃談往事，歌舞夢中喧。

答陳司理卧子

峻節山陰道，魚書過婺州。遠人驚異數，高論許同舟。僻壤蘭爲國，荒城竹作樓。自憐隨去住，淮海亦曾留。

苦雨

海國重陰合，凉颸五月寒。淋漓欹枕聽，朝暮倚簾看。問路空懸屐，尋山欲墊冠。獨憐黄鳥語，終日自緜蠻。

夜過練瀆

松風謖謖澗粼粼，金鎖曾輝畫角新。借問水犀三十萬，何如君子六千人。

鄭龍采四首

龍采字聖昭，歸安人。天啓辛酉舉人。婺川知縣。有《高密堂詩集》。

《詩話》：聖昭雅尚清狂，與烏程丁永鑑同舉於鄉，酒分詩情，最相親暱。丁有《爲山閣詩》，大都北里冶游之作。聖昭牽絲入黔，謁楚撫何公騰蛟，公欲留爲監紀。辭曰：「朝廷命某宰婺川，不命參公軍事也。」及解組過楚，何已殉難。既歸，祝髮入卞山，不復與聞世事。句如「長江無六月，驟雨不崇朝」，「明月幾時上，歸雲未得閒」，「花飛晴見雪，竹密晝垂陰」，「殘雪重重白，歸鴉陣陣圓」，「暗泉蒙潤草，驚鳥落山花」，「寺隨人意改，身列上方閒」，「戍荒遲夜柝，人定話歸潮」，非蹈襲者所及。

小雨復止

小雨公然止，車薪水一杯。已經三伏盡，更得幾時來。鵲尾摇晴樹，螢光上濕苔。終宵仍不寐，傾耳聽殘雷。

雪崖禪師向有法雲社約别後十年矣適晤在初溟涬二師於天聖講席出示社中諸作因題

不作陶元亮，攢眉爲酒杯。十年千里外，二妙一時來。聽法知三藏，瞻雲識五臺。何時入林去，同看白蓮開。

方水檻漫作

竹裏孤烟直，溪流釣未歸。豆花鋪地白，絡緯應時啼。半謝荷重發，新紅葉漸微。避人宜最遠，或恐叩柴扉。

采松花

美人采松花，紛紛落黄雪。花落松枝輕，當風更揺曳。

張次仲七首

次仲字元岵，海寧人。天啓辛酉舉人。有《待軒遺集》。

《詩話》：先生晚隱郊墨，高蹈上履二之節。詩有真意，不盡規橅古人。

月出

微凉今夕好，月出正當門。岸幘微風至，鈎簾清露繁。客來宜卜夜，吾醉孰留髡。軟語勞紅袖，頻催碧玉尊。

天闕

東風吹大海，日夜動孤城。若木津難逮，乘桴汎有程。童三千徐市，士五百田横。料得逢同調，援琴移我情。

北固山

登臨來北固，俯視大江潯。鐵甕人烟起，焦山水氣深。浮沉天設險，來往客何心。一塹分南北，茫茫自古今。

寄陸真如

草緑風翻户，河平水繞村。放船隨近遠，隱几度凉温。盆貼新荷葉，牕依老樹根。悠然觀化理，清興與誰論。

屏跡蘇村漫題屋壁

鹽官城北郭溪東，草屋蕭蕭寒雨中。瓜架豆棚新築圃，長竿短笠老漁翁。提攜小豎敲茶臼，勞苦山僧理藥籠。吾老自應眈伏枕，人前那敢說冥鴻。

詠史

匕首投銅柱，金椎中副車。吾謀適不遂，天意復何如。

苔徑

苔徑路欹危，幽人自來去。但聞啼鳥聲，不識鳥啼處。

錢千秋一首

千秋字真長，海鹽人。天啓辛酉舉人，有《青崖集》。

過張王府基

落日張王府，春風麥秀齊。誰知沼吳士，依舊越來溪。高皇帝破吴師，由湖州至。

錢嘉徵 一首

嘉徵字孚于，海鹽人。天啓辛酉順天鄉試，以國子監生中副榜。晚選授松溪知縣。還自閩，卒於里。有《松龕剩稿》。

《詩話》：孚于以秋試留國門，首上書論魏忠賢十大罪，自漢東京宋南渡諸太學生後，久無此風節矣。或勸其勿上，孚于忼慨言曰：「虎狼食人，徒手亦當搏之。舉朝不言，而草莽言之，以爲忠臣義士之倡，雖死何憾？」自是言者相繼而起，元惡乃除。信豪傑之士也。

福州口號

杜牧三生憶舊游，珠簾遮住一層樓。此間真色無梳洗，蕙箭開時插滿頭。

董守諭 一首

守諭字次公，鄞縣人。天啓甲子舉人。有《董次公集》。

《詩話》：次公於詩，不屑寄人籬下，然與《風》《雅》尚遠。

憶妻子柔

與君隔山川，邈然託素臆。靜言想德容，淵致若不測。宛然河汾生，論文篤悃愊。使我飢渴懷，如飽秋稼穡。斯文儻我期，願言求懿德。

鉏用登 一首

用登字百穀，秀水人。天啓甲子舉人。

小園初成陳仲醇過

版築登登罷，圖書處處遷。茅柴過橋酒，燈火到門船。竹徙上番雨，荷開半兩錢。醉吟無不可，爲我拂朋箋。

沈弘度 一首

弘度字公雅，桐鄉人。天啓甲子舉人。有《五顛齋集》《容餘軒稿》《畏吟小草》。

憶北園

頗憶衡門下，幽居有北園。覆檐新竹嫩，滿地刺梅繁。好友時來過，清琴每自援。齊民有要術，試驗老農言。

池顯方一首

顯方字直夫，同安人。天啓甲子舉人。

西湖

暮靄朝烟色轉濃，微茫不辨是何峰。堤花半上春人鬢，湖水長留昨日容。逐粒禽魚爭一隊，同舟男女坐雙重。南朝歌舞沉荒草，愁聽黄昏兩岸鐘。

譚元春二首

元春字友夏，景陵人。天啓丁卯舉鄉試第一。有《譚子詩歸》。

錢受之云：譚之才力薄於鍾，其學殖尤淺，謭劣彌甚。以俚率爲清真，以僻澀爲幽峭。作似了不了之語，以爲意表之言，不知求深而彌淺。寫可解不解之景，以爲物外之象，不知求新而轉陳。無字不啞，無句不謎，無一篇章不破碎斷落。一言之内，意義違反如隔燕吴；數行之中，詞旨蒙晦莫辨阡陌。如生人戴假面，如白晝作鬼語。居然謂文外獨絶，妙處不傳。不自知其識之墮於魔也。天喪斯文，爲孽於世，承學之徒糊心眯目以從之，不亦悲乎？張文寺云：伯敬入中郎之室，而思別出奇，以其道易天下，多見其不知量也。友夏別出蹊徑，特爲雕刻，要其才情不奇，故失之纖；學問不厚，故失之陋；性靈不貴，故失之鬼；風雅不遒，故失之鄙。一言以蔽之，總之不讀書之病也。《詩話》：鍾、譚并起，伯敬揚歷仕塗，湖海之聲氣猶未廣，藉友夏應和，派乃盛行。《詩歸》既出，紙貴一時，正如摩登伽女之淫咒，聞者皆爲所攝。正聲微茫，蚓竅蠅鳴，鏤肝鉥腎，幾欲走入醋甕，遁入藕絲。充其意不讀一卷書，便可臻於作者，此先文恪斥爲亡國之音也。桐鄉錢麟翔仲遠友于友夏，恒言《詩歸》本非鍾、譚二子評選，乃景陵諸生某假託爲之。鍾初見之怒，將言於學，使除其名。既而家傳戶習，遂不復言云。

讀曲歌

交歡久，貝齒有時落，歡獨長在口。

得蜀中故人書

蜀川兵定人靜，老友天寒信來。莫怪草堂深閉，小橋邊有門開。

吴有涯一首

有涯字茂申，吴江人。天啓丁卯舉人。崇禎中，署金壇教諭，遷平陽知縣。晚爲僧，隱鄧尉山。

送張向之之京口

張子頭多白，隆冬獨往還。辭家一束被，踏葉萬重山。天末兵方擾，雲中詩自删。攜笻更何處，笑別向昭關。

張永禎一首

永禎字仲燦，順天人。天啓丁卯舉人。

薊州道中

匹馬漁陽道，休嗟行路難。霜林無定葉，秋水有餘寒。白雁飛初下，明霞落未殘。盤山凝望裏，烟外出層巒。

胡振芳 一首

振芳字來子，秀水人。天啓丁卯舉人。選授漢陽知縣。

歸里後碧漪坊黄氏要主童子塾

自返牆東宅，何曾竈突黔。已無五斗米，笑脱兩韡襜。旅夢安蕉鹿，浮名上竹鮎。從今《兔園册》，一任老夫潛。

明詩綜卷六十七

小長蘆　朱彝尊　録

魏塘　朱岸登　緝評

魏學洢十六首

學洢字子敬，嘉善人。贈太常卿。大中子。鄉人私謚「孝烈先生」，有《茆簷集》。

《静志居詩話》：魏忠節公被逮日，天大雷電，子敬徒跣攀號，請隨行。公語之曰：「覆巢豈有完卵，父子並死無益也。」子敬乃微服緹騎後探起居，抵國門，邏卒四布，乃變姓名匿都市，營救不可得。公既斃獄，扶櫬歸，朝夕躃踊，未嘗一入寢室，淚盡脣焦，家人捧水漿以進，却之曰：「吾父詔獄中，孰夜半而進之漿者？」病且革，進以藥，則又却之曰：「吾父詔獄中，孰診視而進之藥者？」歷數旬，而哀毁死矣。思陵即阼，朝士上聞于朝，以是海内稱爲孝子。大學士同里錢公士升序其集云：「子敬之志，父存則不獨死，父死則不獨生，是誠孝子之知己矣。」當甲子秋，忠節掌吏垣，以激濁揚清爲己任，天下仰望太平。子敬獨私憂之，歎曰：「無根之草，其能久乎？物不可以終通，天殆蘊隆正人之毒而速之感也。」未朞而禍作。人服其識。

猛虎行

北山有猛虎，不牝亦不牡。哀哀無辜人，吞噬十而九。猛虎且勿道，蝨乃伏其尻。壯士困顛躓，蝨喙紛相撓。爲語行路人，且復忍此蝨。撲蝨誤驚虎，滅影苦無術。虎頭置短枕，虎皮罩塵埃。猛虎有死日，蝨乎何有哉。

長水怨 爲友人妾賦。

妾家住長水，長水東西流。青青湖畔柳，迢迢湖上樓。十三學釵書，十四工箜篌。十五臨牕繡，精妙世無儔。翩翩少年子，窈窕行相求。借問樓上女，可似羅敷不？里媪前致辭，願君且淹留。美人好顔色，終日樓上頭。兼之臨牕繡，精妙世無儔。君子謬垂盼，聞言中心喜。語我長者行，同聲謂應爾。郎君美風度，玉樹蒹葭倚。十九渡長江，聲名若江水。好花不獨榮，天生合連理。行行隨君去，默默思故里。牽帷幾回唤，低眉羞欲死。臨鏡貼花鈿，可憐體無比。紗牕春日午，脈脈情何已。憶我在家時，拈香繡大士。金刀翦素綾，瑩瑩白於紙。刺成蓮花葉，彷彿香風吹。香風吹入夢，夢到蓮花池。繡痕細難識，但覺生蛾眉。靜玩坐逾久，忽忽心自疑。似曾親見佛，不知身是誰。綾額尚餘尺，皚皚冰雪姿。淡濡碧玉毫，邀郎爲題詩。郎書擬右軍，妾心亦委婉。鍼鋒與筆意，曲折隨郎轉。繡罷持似君，秀色堪舒卷。顧我每微笑，妾顔先自靦。落地爲女子，可憐側室難。陡然一回想，心事慘不歡。雖復蒙君憐，鮫綃恒不乾。大婦貴家女，妾身臧獲看。上堂伺音聲，下堂候顔色。含羞入空房，惻惻潛相憶。雖然潛相憶，無用長太息。誠得君子懽，不怨長離隔。大婦奄逝世，一家身獨當。漂蕩若浮萍，隨君流四方。南都復北都，終歲長道旁。黄金散欲盡，不思歸故鄉。壯志在四海，妾心暗悲傷。君怯不勝衣，年來益憔悴。十日九卧病，奄奄滯旅次。妾首如飛蓬，并日忘食事。上無姑嫜親，下無得力婢。旋出又旋入，常恐呼不至。憂勞填胸臆，刺刺肝腸碎。歲月漸消耗，妾身亦不支。帶圍日趨緩，空復存腰肢。事君垂十載，不一生男兒。羞佩宜男草，悵然心中悲。君嘗兩畜婢，中道旋棄之。妾身非不容，君自輕别離。暮春三月盡，束裝謀南歸。買舟僅如葉，帷幕不得施。長夜泊豐草，巨蚊攢冰肌。生小長閨閣，辛苦實難爲。入秋弛行李，僦人樓上居。小姑家海濱，聞之亦來依。雖非久居計，氣息聊得舒。良人忽生心，娶婦支門閭。隨珠飾翠幃，黄金飾綺疏。紅羅複斗帳，寶馬七香車。今日媒妁來，東鄰有美姝。明日媒妁來，西家有西施。妾身匪木石，焉得不孤悽？對鏡影如削，安敢生言辭？禮數任頡頏，難比先孃時。新人入門來，灼灼豔威儀。一九頗不足，二八頗有餘。女伴覷鸞幃，嘖嘖相嗟咨。君心愛幸絶，迥與舊人殊。非必顔色殊，新舊自相渝。新人哭亦妍，舊人笑不如。孤房過慰藉，眄睞聊斯須。情知心不存，詞説空爾爲。新昏浹旬日，忽作南都遊。俗語莫空房，挽衣不能留。新人暫歸寧，登車去由由。妾身姊爲母，同君亦登舟。耳綰雙明月，墮髻垂金塗。飄颻蕩湘裙，色如安石榴。輕盈作纖步，翩若雲端游。鄰女相擁簇，朱顔自生羞。十年方得歸，一喜還一愁。顧君色悽慘，何用心忉忉。莫非眷新昏，懷此離索憂。千唤不一答，默默自低頭。舟行到長水，妾自還家裏。親戚往邀君，君固不肯起。詰朝云解維，舟中須盤桓。勿用再往返，各使中心安。恐君塗上寒，幅巾裁合歡。恐君塗上飢，烘栗盈朱盤。木落霜露急，勿使衣裳單。千語囑奚兒，勸君幸加餐。平明奚兒至，顔色驟驚顫。向前往叩問，淚流先被面。郎君乞致辭，此生勿相見。十年恩愛深，謝卿重依戀。奈卿久專妒，會見中情變。不如痛割絶，免使腸輪轉。妾身得聞之，狂頓摧心肝。天乎我何辜，天乎真無端。雖在夢魂中，不料遭弃捐。恨無晨風翼，迅駛追君船。淚珠千萬斛，那得飛君前。牽衣一慟哭，身死妾亦甘。縱然被驅遣，曷不先一言。一去永決絶，何處鳴煩冤。自從入君門，歷今垂十年。雖彼雞與犬，亦當念周旋。如何鐵石人，一絶弗復憐。椎胸胸血嘔，委身赴清水。骨肉痛如割，黽勉相救止。姊恩父母深，我生不如死。尚冀南都還，重來過吾里。性行吾熟知，兹望殆已矣。昔年别兩妾，我淚揮不止。誰料行及身，苦境苦如此。嗚呼倉浪天，兹恨何日已。新人入我門，繡帷長日垂。依稀覩容貌，猶未通言詞。臨行詳睇視，恰在登車時。詎知生死隔，揮淚一致辭。念與小姑别，淚落如連珠。妾初進門來，小姑九歲餘。探懷索果餌，髪亂呼我梳。今來已成婦，骨肉情依依。

長别不一語，腸斷當何如？我有兩丫鬟，事我五六年。大者髮覆額，小者亦比肩。晨興聽呼唤，夜深候我眠。而今永隔别，涕泗紛潺湲。平時解思我，料爾當亦然。掩淚入房來，牕前見鍼帖。殘絲與剩綫，寸寸皆儂血。向日入君目，從今長斷絶。委婉隨郎心，郎心太曲折。忽見大士像，不覺淚滂沱。稽首乞慈悲，妾身竟如何。今生無罪過，宿生愆怨多。安得轉君心，春風被女蘿。君心終不回，不如赴長河。稽首乞慈悲，再拜涕漣洏。不望重聚首，但願相見時。雨落不上天，一見知何期。婦人失夫心，百念無可爲。但願新人歡，爲君生男兒。更念孱弱身，疾苦不相離。舊人識君性，新人安得知。十年守窮賤，心事多苦悲。願君振高翮，及時凌風飛。妾身長已矣，相見知何期。一字一嗚咽，行道皆酸悽。

朱近修云：源出《孔雀東南飛》，作而不盡規橅，字句才氣無前。

擬古三首

游思隨飄風，遠歷杜陵道。道旁合歡花，悉成斷腸草。紅顔不堪駐，妾愁君亦老。爲樂逮良辰，歸來何不早。人生數離别，百年非壽考。擾忙風塵中，榮名詎爲寶。

所思不可見，彈古相思曲。曲中竟何言，理短情自促。野卉非不香，采之徒躑躅。今日白頭吟，昨日黄金屋。誰爲不死人，懷此終日憂。來日當大難，今日且行游。行游須及時，古語恒知兹。口爾身不然，留爲他人嗤。今古更相笑，游者無還期。

和陶六首

偶步短檐下，淡雲如遠山。變幻斯須間，玩之欲忘言。柳青菊花黄，樂飢以長年。優游苟能爾，奚用百世傳。

志士有奇懷，何爲翳我情。吾身如聚沫，所寶非榮名。但問寓世間，何以了一生。秋風隕枯葉，慄慄心自驚。時哉不我待，淹留欲何成。

夕陽在高柳，黄葉依風飛。我心匪傷秋，不覺心獨悲。慷慨向前行，動念多所依。長道眇無畛，究竟將安歸。中夜發長嘯，一嘯百念衰。但得此中樂，百年願無違。

鄰家有新竹，日夕百鳥喧。更有古梅花，植我西北偏。啓牕與相向，幽幽同空山。朝看樵豎來，暮看樵豎還。似得古人趣，有意未敢言。

忽忽有所思，乃在天一隅。豈敢憚修阻，去去登前塗。驟裏猶不疾，揮鞭冀長驅。向謂萬里長，萬里更有餘。一朝悟馳逐，轉盼歸其居。

問余何所好，所好在六經。不作亦不述，好古未有成。笑彼百家言，戛戛何紛更。屏去勿復覽，閉門書《黄庭》。滴露小牕前，好鳥向我鳴。此際意無限，默默緘我情。

讀史三首

魯仲連

鄙夫寧一身，身外匪所計。有如魏帝秦，何與魯連事。先生獨倜儻，慷慨決大義。白日走秦兵，誠哉天下士。

荆軻

蕭蕭易水波，日晏客未至。十三死灰兒，勉強共大計。坐中擊筑人，何不充秦使。田光死也餞，於期死也贄。空死一無酬，烈士喪英氣。願逐酒人游，哭盡不平事。

諸葛亮

受託誠不易，知人良獨難。南陽比子房，誰爲鄭與韓。將相兼簿書，心中多苦酸。十出九空歸，一身亦凋殘。爲君歌《梁父》，中夜發長歎。

九日同嚴知章澹如兄弟遊茶磨山

我來松陵尋好友，到門恰值九月九。主人大笑攜上船，船頭載花腹載酒。舟子勸上姑蘇臺，衆客首肯我獨否。青山宜作生面觀，耳目熟爛妍亦醜。但問誰家富修竹，我船便纜堤上柳。布帆直指吳山陲，起覽奇蹟竟何有。洞庭縹緲波雲沉，彷彿頑沙卧千畝。細雨斜侵濕布袍，放船倒出蓮花漊。上方樹杪插浮圖，石湖湖光照戶牖。隔林前度茶磨山，共約聽歌到申酉。驟觀山石勢頗仄，愁無平壤安杯瓿。斯須簫管咽流雲，畫船別駐清溪口。蘆花楓葉舞涼風，豈必美人垂素手。同來伴侶大叫絶，私喜茲櫂良不苟。寒蒲縛蟹一十輩，烏巾注酒七八斗。酒酣不厭觴令酷，衆人或辭我輒受。推牕更問曀與晴，皎月若出當坐守。

茅簷雜詩

只在塵寰内，居然徑獨迂。此君疏類我，石丈老於儒。候雨迎鳩婦，栽花薙鼠姑。客來深自慰，知有濁醪無。

王屋九首

屋字孝峙，初名畹，字蘭九，嘉善人。有《學可齋詩箋》。

魏禹平云：山人詩蒼茫磊落，不作喁喁細響。

《詩話》：孝峙以詩受知魏忠節，因與忠節一門群從和酬。詩類劉改之，詞學辛幼安。嘗過同里曹學士齋，學士曰：「先生尚能著屐遠步邪？」應曰：「有太史公，不可無牛馬走。」鄉里傳爲新語。

秋風辭

秋風秋風，汝何殺我芙蓉，摧我梧桐。梧桐折兮芙蓉死，鳳鳥安棲兮𪇊鶘安宫。𪇊鶘逝兮文章隱，鳳鳥不至兮吾道窮。夫誰使我至此極，孰非爾朝夕之秋風。

子夜歌三首

千金買良玉，百金求良工。爲儂作雙環，相連無始終。

妾身妾自惜，君心君自知。莫將日後情，不如初見時。家有千黄金，不如得郎心。家有千倉穀，不如抱郎宿。

陌上桑

可憐陌上桑，朝看沃若暮萎黄。餵蠶不了餵牛羊。

春日過閶溪贈别許清機

我適後君來，君復先我去。人生如飄蓬，能得幾回聚。君今别我歸何處，直到錢塘江口住。江水江雲日日流，相思時倚江頭樹。

辛酉端陽日

午節今朝是，開尊召酒徒。趁晴删艾葉，冒雨翦菖蒲。重碧杯中滿，輕黄額上塗。醉憐雙鬢短，還插健人符。

送黄海歸新安

清秋客子歎歸歟，載酒題詩一送渠。細雨亂山遮汝去，淒風落葉對誰居。江村處處休黄犢，野店家家賣白魚。見説雅懷多不減，每逢佳勝輒停車。

題黄大癡横幅山水

絶壁長松倒影低，寺門殘日響回溪。老身意想如曾到，八月虞山拂水西。

陸寶十五首

寶字敬身，鄞縣人。官内閣中書。有《霜鏡集》。

曹能始云：中翰詩逍遥容與，蟬蛻塵埃之外。

王伯穀云：敬身詩篇麗逸，讀之惟恐其盡。

屠田叔云：敬身古詩敦厚，得江、謝門風；近體深沉，具高、岑家法。

《詩話》：敬身近體好用語助辭，不無狃於公安、景陵之習。然其才氣奔逸，勝葛震甫、陳仲醇且十倍，近李處士杲堂。輯甬上耆舊詩凡四百三十人，三千餘首，自詡搜隱獲奇。而敬身曾與余太常君房、屠儀部緯真、楊處士伯翼識面卜鄰者，乃獨遺之，何與？

五雜組

五雜俎，綺千箱。往復來，輦金忙。不得已，獻大璫。

怨歌行

天胡以不五風十雨，而旱潦螟賊，歲靡有寧。人胡以不披襟吐哺，而爪牙毒螫，立意相傾。世胡以不解繩錯象，而戈矛荆棘，日尋戰爭。怨歌行，此怨何時平！

相公來

相公來，合軍驚，千夫執殳，除道郊迎。相公下車命長揖，口雖不言心内泣。伍符尺籍新有名，鶴入雞群從自及。昔時上直何壯哉，呵聲百口迅如雷。行者止立坐者起，沙堤如拭大車來。一朝禍至棲叢棘，不賜屬鏤猶主德。皁帽騎驢出國門，東海東頭聊假息。秋高汛撤問歸船，手挈行囊只半肩。富貴如雲真大夢，胡椒鍾乳在誰邊。

春雨

吾廬不厭晴，吾田不厭雨。禾焦恒苦飢，屋漏卒難補。人心安有極，天意竟誰主？敢以一人私，而忘四郊苦。雨亦恤民間，涔涔注環堵。待旦問田家，立苗青可數。歡然荷鍤歸，兩稅登天府。

大水

瀕湖盈百堵，積潦失寧居。舟反高于屋，人誰免作魚？撈萍迷曲巷，望柳認前除。正及西成日，憂深藿食餘。

光宗皇帝挽歌二首

辨色初勤政，龍樓御蹕臨。禹謨咨益稷，殷祚促丁壬。禁雪沾衣白，宮池染淚深。他年青史上，從諫識天心。

喪車蘭殿出，隧道柏城通。七月期方至，元年曆未終。仙遊無棄屣，臣節有號弓。嗣聖鴻猷在，河山豈盡空。

周斗文自易水歸縱談燕太子及荆高遺事慨然賦此

每讀燕丹傳，長悲易水遥。聽君談往事，風起復蕭蕭。

庚午元日

官廚柏酒泛紅霞，烽戍初停聚飲譁。遥祝萬年天子壽，小臣九十日看花。

行嘉善道中夜宿朱涇

春潮覆草半江青，長水分塗客未經。少理蠶絲多織布，百家烟火傍朱涇。

齋居二首

層層樓榭枕松關，每到花時獨不閒。酒榼茶鐺人去後，牕前一幅米家山。

浴蘭初罷振纖袿，竹枕桃笙手自攜。避熱不教人點燭，滿樓凉月照登梯。

送人之秦川

水鳥低飛狎榜歌，木蘭雙槳送淩波。浣紗人在中流見，錯認前山作苧蘿。

湖上

承恩坊裏緑楊烟，翠幄朱樓大道邊。誰似儂家湖口住，當門人上木蘭船。

廣陵懷古

茱萸灣接古邗溝，白塔河分上下流。疏鑿當時有深意，徒勞關吏日持籌。

趙宧光 一首

宧光字凡夫，吳人。有《寒山雜著》。

《詩話》：凡夫以篆書名，略用草書體書之，號曰草篆。紺園琳觀，精舍名園，咸乞其書題扁。所撰《說文長箋》，一時紙貴。然自解人觀之，未有不齒冷也。古之小學書數方名，字或不正，童子皆知之。自周、秦及漢，無不識字之學生。其後大小二篆生，八分三真六草諸體雜出，古法未盡亡者，賴有許叔重《説文》一編，自一至亥，本之《倉頡》。迨譜以四聲，《説文》亡矣。顧野王《玉篇》，其文多於叔重，孫強又增益之，迨題以大廣益，而《玉篇》亦亡矣。蓋書之最古者莫如篆，學野王雜以隸書，已失其舊。李陽冰刊定《説文》，頗出私意，詆訶許氏，學者已恨之。凡夫草篆，其又何所本乎？世人一遵晦菴朱子之説，以灑掃應對進退爲小學，書數方名槩置不講，無怪乎小學放絶，篆法日微，可歎也已。凡夫饒於財，卜築城西寒山之麓，淘洗泥沙，俾山骨畢露，高下泉流。凡游於吴者靡不造廬談讌，廣爲樂方，特於韻語遜其鄉里。

登華山

鳥道縈紆上，深林幾折盤。支公此銷夏，五月晚猶寒。

朱鷺 四首

鷺初名家棟，字白民，吴人。有《青浮子髯籟》。

《詩話》：白民負奇，嘗獨游黄山，遠尋嵩華，所至畫竹以自給。家居撰建文書法，擬思進呈，請復革除紀年，不果。崇禎初，騎驢入都，上所作《甘露頌》，又不果。歸，結茅於郡西華山蓮子峰下，躬親井臼，不願見貴人。年八十餘乃卒。是時隱居者，王在公芥菴、趙宧光凡夫，時稱吳下三高。而敦古節者，白民爲最。文文肅特志其墓。

自君之出矣

自君之出矣，春去勞我思。春去明年來，君來定幾時。

二龍見 感東宮議立未定。

一龍蒼一龍黄，黄者不可以爲蒼，蒼者不可以爲黄。

過曹氏園值玉蘭盛開

花光何璀璨，八牕摇一色。春風過酒人，忻與花相直。

謁采石磯李白祠沽酒不得

先生邀月飲江邊，此月年來夜夜懸。我念先生對今月，恨無一斗醉祠前。

徐弘澤一首

弘澤字潤卿，號春門，嘉興處士。有《竹浪齋集》。

李君實云：隱君詩喜白香山、陸放翁，流利清越，不爲鈎棘索隱。

陳仲醇云：隱君詩清真流便，雅類元、白。

題畫贈李尚寶

風卷長蘆晚，雲開積水明。沙邊雙白鳥，逐我釣船行。

周應儀五首

應儀字元度，吴江人。光禄寺署丞。有《南北游草》。

《詩話》：元度絶句小詩，極其纏緜温麗。

爛溪二首

明月溪邊路，秋風溪上船。船頭何所有，滿把水中蓮。
我家爛溪邊，出門即溪水。秋來溪水深，處處菱歌起。

夏日

風荻蕭蕭日欲斜，水村無處不荷花。遥看白鷺忽飛去，占斷柳陰一片沙。

夏季風雨大作

急雨斜風百尺樓，樓頭殘暑一時收。而今炎景成蕭瑟，零落荷花十里秋。

聞歌

桃花扇底落紛紛，宛轉清歌一曲聞。醉殺文園渴司馬，酒壚斜盼卓文君。

張大復 一首

大復字元長，吳人。有《梅花草堂集》。

少年行

連錢細馬繡纏鬉，翻鐙欹鞍踏曉風。鞭指綠楊深樹裏，誰家小袖杏衫紅。

王履和 一首

履和字仲美，邢臺人。

驄馬行 紀乙丑林侍御事。

貂璫行，驄馬鳴。緹綺至，驄馬避。驄馬欲鳴聲不長，君不見，昨日新殺屯田郎。

祝守範三首

守範字吏生，海寧人。有《非非集》《戔戔草》《枕中》《柎缶》《堊室》《停雲》諸稿。

雨中過郭四葑畦别墅和王二仲臯韻

隙地新栽竹，清陰覆短牆。探幽停客舫，引興雜飛觴。暮雨沾花徑，春流到草堂。物情渾可適，機事久相忘。

哭姑徐孺人訃自蜀中

萬里勞行役，經年苦未安。風塵多躑躅，蘭蕙忽凋殘。旅櫬荆門遠，歸魂蜀道難。空餘游子淚，泣涕滿江干。

急雨

野曠雲垂黑，山高雨驟昏。鳥飛不過樹，人急欲投村。暑氣清疏簟，凉飈度晚軒。客心愁襬襶，賴此滌塵煩。

馮嘉言 一首

嘉言字國華，慈谿人。天啓初諸生。有《十菊山人詩集》。

月夜舟行

薄暝南川路，相攜上釣舟。江風鳴遠樹，野水映危樓。濁酒高歌處，征帆古渡頭。月明動幽興，擬作五湖游。

顧猷 三首

猷字若昔，嘉興人。有《桃花里集》。

出塞

漢將當年此望鄉，高臺雲物自茫茫。羌笳漫引孤城月，金柝旋催子夜霜。木落五原秋色淨，草枯千磧暮烟黄。材官朔漠聞廉李，烽火年來總不防。

秋夜泊謝村

水上人家半掩門，寒鴉棲盡欲黄昏。孤舟夜泊依紅樹，記得唐人詠謝村。

西湖夜别葉環中

水落西陵日已斜，濃烟疏柳半藏鴉。相逢莫謾輕相别，燈火湖頭是酒家。

張志遠三首

志遠字叔明，嘉興人。有《竹嶼吟稿》。

《詩話》：叔明隱於市廛，詩爲李九疑太僕所賞。句如「沙崩樵徑斷，水闊野橋危」，「香吹新竹粉，翠惜小荷錢」，太僕稱其清淳穩順，不誣也。

擬古

七雄事紛爭，嬴秦獨虎視。阿房亘長衢，轉眼成荒壘。從横一何深，翻爲逐鹿始。豈若魯仲連，千古名不死。偉哉達士心，榮華安足齒。

集慶寺作

參差紅樹倚晴空，榔栗行吟度晚風。忽憶翠華臨幸處，滿山黄葉寺門東。

泛月

烟雨微茫水國秋，暮霞飛盡月當樓。誰家短笛續長笛，吹墮微霜上客舟。

殷仲春二首

仲春字方叔，秀水人。有《棲老堂集》。

《詩話》：方叔躬耕永樂南村，陳仲醇贈詩：「却羨白頭殷處士，鵓鴣聲裏獨耕田。」是也家居社南，諸弟分處郭西之竹橋。方叔葭牆茅屋，不蔽風雪，慕王績爲人，亦自號「東皋子」。以醫爲業，得錢，得入市買斷爛書讀之。念浮屠道士之撰述，皆編入藏。乃盡收醫書著錄，號爲「醫藏」，岐黄家以爲總龜焉。方叔以天啓辛酉卒，仲醇志其墓。

湖上岡

桑柘隱斜日，獨登湖上岡。誰人攜小櫂，載酒出菰蔣。

仲夏同仲醇子逸伯承秋潭汎舟城西

兩槳夷猶風幔低，湖流清淺荻蘆齊。相將迎入烟波去，晚泊竹橋西更西。

陳元素 一首

元素字古白，長洲學生。

贈錦衣衛經歷白超宗

參軍也得謁金門，莫憾官卑獄吏尊。彭澤先生新令尹，參軍以彭澤令調。香山居士老聞孫。衣歸質庫仍留客，印閣閒牀且校文。冷署久淹殊不惡，請看三載著書存。

黄光昇一首

光昇字羲輪，吳江人。國子監生。有《破甕集》。

懷許受先

玄符緑字細能分，家學須知有《説文》。此去橋門摹十鼓，籀書難讀益思君。

陸嘉穎二首

嘉穎字子垂，蘇州嘉定人。天啓中官主簿。有《硯隱集》。

望君山

木葉下蕭蕭，山容更寂寥。浮天江縣小，隔樹海門遥。帝子何由降，騷人不可招。無心貪利涉，來往信漁樵。

如皋道中

滿目桑麻雨露稠，白花籬落遶清流。家家魚羅村村酒，絶勝淮南十一州。

吴道 一首

道字實儒，吴江人。有《山響齋詩草》。

一室

海内誠多故，先生一室寬。敢期花爛熳，粗喜竹平安。曝背晨曦煖，推牕夜月寒。遠游無勝具，四壁有烟巒。

周楨一首

楨字伯知，吴江人。有《不夜齋詩稿》。

《詩話》：伯知性最緩，嘗與其弟同舟宿，有偷兒抉牕入，竊其篋。伯知審視不語。比其弟覺，訶之。偷兒踉蹌出。伯知徐曰：「吾欲靜觀其如何脱身，奈何使彼狼狽而返？」鄉人傳以爲笑。其詩流便而乏警策，由其嬾於推敲也。

寄季華弟讀書石湖草堂

青山遥入夢，詩寄别愁生。雨過添秋色，雲開驗晚晴。藤花鋪地滿，澗水入池平。轉憶湖邊好，中宵月倍明。

陳衎四首

衎字磐生，閩縣人。有《大江集》。

《詩話》：磐生與徐興公同入曹能始閬風樓詩社，而賦才儒鈍，光燄鬱而不舒。其自序比於春草蔓生、秋蟲孤響，良亦自得之言。

善才岫夜坐

江烟吐寒燄，倒映星河明。潮回石勢險，孤岫西南傾。扶筇倚危坐，仰攀崖樹横。夜色一何曠，波濤良未平。奈何羈塵鞅，促促浮此生。吾愛鄭子真，谷口田可耕。

送潘子木

送客上高樓，樓高望客舟。但見帆檣立，不見客回頭。始知登遠道，兩情難自保。

聽泉閣早起

山曉天氣肅，衆星望已空。殘雨戀宿雲，猶在寒巖東。物象紛勞役，明晦互有窮。瑽琤石上泉，日夜流無終。

十不願辭

不願化天上月，那得盈盈長不缺。一不願化天上星，白日一照不分明。二不願化土中石，受人踐踏無人惜。三不願化水中灘，十步上來九步難。四不願化牕前鏡，十日不磨光不瑩。五不願化沉水香，煎熬燒灼心摧傷。六不願化郎馬鞭，下馬將他壁後懸。七不願化白紈扇，顛倒要他遮郎面。八不願化錦鴛鴦，未必雌雄守得長。九不願化楊柳花，隨風飄蕩落誰家。十

吴爲霖 一首

爲霖字景傅，無錫人。有《白賁集》。

《詩話》：景傅詩如集場墟市骨董，斑駮陸離，即而視之，一錢不值。

客自澄江歸有贈

浮遠堂前路，微風穩放舟。江昏茶磨雨，烟暝弩臺秋。入饌花雞脆，開封綠蟻浮。西塘十八里，來往候潮頭。

《詩話》：浮遠堂在君山，宋紹興中建，淳熙間李鶴田珏爲江陰司法，題柱聯云：「此水自當兵十萬，昔人曾有客三千。」羅春伯點題名云：「淳熙丁未九月既望，同侯叔平等九人登君山。夕陽在波，帆影散亂。平淮千里，去雁無極。蒼然暮色自遠而至。須臾月出東山之上，江水湛然，風露清美，不知在人間世也。」

吴一元一首

一元字堯開，宣城諸生。

冬望

野爨孤烟起，灘舟一水膠。深林餘敗葉，高樹見危巢。地僻無行騎，家貧驗素交。年年玄草在，誰解子雲嘲。

戈金湯一首

金湯字帶如，平湖人。用泰子。

郊游

雨過青山碧四圍，春風輕颺百花飛。極知良會非容易，馬上何妨酩酊歸。

麻三雍 一首

三雍字仲雍，宣城諸生。

自平陽還襄陵道中聞蛙作

三月三日試春衣，千山萬山花亂飛。行人何處覓相識，啼鳥有時催早歸。日漸銜山鞭影急，烟初迷樹水光微。草深陣陣喧蛙鼓，鵝鴨軍聲似也非。

張丑 一首

丑字青父，長洲人。

《詩話》：青父精於鑒古，所撰《清河書畫舫真蹟日錄》，時人比之黄伯思、周公瑾，詩草無傳，亦有節度。

墨皇齋即事

用拙經營少，居閒興趣長。閲書宗海岳，展畫得瀟湘。玩世歌漁父，陶情付索郎。向平昏嫁畢，白首杖桃榔。

陳士鵠 一首

士鵠字季方，秀水人。有《鍛齋集》。

秋光好

何處秋光好，秋光在狹斜。碧添螺上黛，黄入鬢邊花。蓄意纏頭錦，輕寒繫臂紗。江州何必怨，任爾聽琵琶。

王彦泓 十八首

彦泓字次回，金壇人。華亭儒學訓導。有《疑雨集》。

《詩話》：風懷之作，段柯古《紅樓集》不可得見矣，存者玉溪生最擅場，韓冬郎次之。由其緘情不露，用事豔逸，造語新柔，令讀之者喚奈何，所以擅絶也。後之爲豔體者，言之惟恐不盡，詩焉得工？故必琴瑟鐘鼓之樂少，而寤寐反側之情多，然後可以追韓軼李。金沙王次回結撰，深得唐人遺意，起句如：「雨下春泥月下霜，幾年辛苦是蕭郎」，「一層芳樹一層樓，只隔歡娱不隔愁」，「月到西南倍可憐，照人雙笑影娟娟」。中聯如「燒燈院落更衣影，聽曲簾櫳點屐聲」，「當初語笑渾閒事，向後思量盡可憐」，「畫舫簾衣凭雪藕，玉箏絃索見春葱」，「明明可愛人如月，漠漠難尋路隔烟」，「臨水偶來同倚檻，隔花何路可登樓」，「封來淚點紅猶濕，翦後香絲緑未齊」，「繡佛像前同下拜，泥金經尾獨僉名」，「含毫愛學簪花格，展畫慚看出浴圖」，「花下小樓堆燭淚，柳邊低舫載茶烟」，「翻成繡譜傳人畫，會得琴心允客挑」，「窗下有時思夢笑，燈前長不卸頭眠」。結句如「水國不生紅豆子，贈君何物助相思」，「殘陽欲度梅梢盡，纔向紅窗拂鏡奩」，「蠟照漸微香灺冷，珮聲纔達畫堂東」，「闌干一曲無多地，才著思量便渺然」，「仙家合住烟霞外，金屋藏渠也不堪」，「今日席間誰認得，舊時家令沈休文」，「分明蠟燭身相似，纔上歡筵淚已零」，「一生長羨金泥蝶，顫向釵邊與鏡邊」，皆饒風韻，誦之感心娉目，回腸蕩氣。

寄懷弢仲秣陵并促歸騎

春光漂蕩別離天，心似游絲百尺牽。見說人歸歸雁後，那堪淚落落花前。南都翠黛宜爲史，北里紅箋定幾篇。爭似碧牕銀燭夜，月痕依約話纏緜。

寄懷端已白門

客懷難耐日初長，馬影斜陽踏幾坊。花下玉杯嘗苦筍，燈前銀葉試甜香。皆南朝風物。愁來但禱清溪廟，醉後無忘紫佩囊。爲覓繡鞵金縷樣，倒提纖手學南唐。

逋客叔菊筵

幾拍吳歈日漸曛，後堂香發卷簾聞。登牆雪貌東家子，映燭明姿左阿君。花氣與人渾不辨，竹聲如肉驟難分。分明玉樹尊前坐，知是何人夢裏雲。

無聊

把書移枕近牀稜，歎息觀濤病未能。怯暑心情猶喘月，背時風調獨懷冰。無勞天女持花散，有媿高人選藥稱。肯過小樓言笑否，不嫌同上第三層。用陶弘景事。

城樓暝望

魚鱗波面夕陽微，旋見遊船續續歸。酒後笙歌催急拍，城根燈火喚開扉。孤楊傍水疑人立，病葉零風似蝶飛。明旦出游晴得否，月輪添暈幾重圍。

無題三首

花繞回廊曲繞梁，暗中偏認杜蘭香。登樓未定銀翹顫，避燭難禁鳳屧狂。怕見月痕催月姊，恰宜秋色對秋孃。持裙半刻留仙住，纔隔紅簾便渺茫。

夜飲朝歌晝未眠，輕狂全是倚孃憐。妮他細語挑鍼綫，替我悲愁肆管絃。夜月不移歡枕畔，借用不夜珠事。春山長坐酒壚前。何當荑玉親磨墨，立到琉璃硯匣邊。

怯上蘭舟細步來，笑看波影按金釵。陳王著眼先羅韈，温尉關心到錦鞵。把酒熨衣容旋學，摘花烹茗任頻差。船孃爲近窗紗泊，免踏前門月露街。

有贈

秋風長簟恨三年，續命曾聞喚小憐。已向綠珠稱弟子，儻容張碩伴神仙。筵前笑顧櫻桃擲，燭下偷分茉莉穿。端似悼亡唐後主，見伊枝葉又情牽。

代所思別後 阿姚。

相逢羞澀怕猜嫌，別去那知悵恨添。獨對鏡奩空怏怏，乍拈鍼翦復懨懨。夢魂弱絮從風亂，心緒繁花被雨霑。悔不暫留歡且住，未妨長隔一重簾。

續遊

嚴城間阻夢魂通，小市門東更向東。翦燭寄聲書草草，背燈彈淚去悤悤。花繁竹暗應迷路，蝶趁鶯梢有便風。梅蕊膽缾看漸減，每朝分插到釵叢。

賦得別夢依依到謝家

名花偏作隔牆枝，愛影憐聲入手遲。門第敢言非道藴，才情端喜是芳姿。桃邊未許裙題字，子敬事。柳下曾將帶乞詩。今日眼波微動處，半通商略半矜持。

左卿阿鎖

玉淨花明秀出群，左家重見舊時芬。因披樂府吟嬌女，便上藩車訪阿君。見《陳遵傳》。素豔乍看疑是月，清歡何暇想爲雲。那禁手炷熏籠罷，笑遣蕭郎覆畫裙。

追和唐女冠魚玄機十二韻

閨門文采羨玄眈，更有青溪妹第三。生小不闚青瑣闥，家常希換白單衫。釵梁風定蟲猶顫，裙衩花深蝶競銜。雅謔引經推鄭婢，狂詩送抱想吳男。紅兒詩裏歡兼恨，素女圖前笑帶慚。想見隔屏聲矻矻，似聞昵枕訴諵諵。加餐意託琉璃匕，寄札愁憑瑇瑁篸。古詩「何計通音信，蓮花玳瑁篸。」豈有鵲頭能助憶，願爲雞舌與君含。遙猜蹤影心先妒，未接言辭性已諳。體自生香防姊覺，眉能爲語任郎參，髮光可鑑千盤滑，脣味如飴一嚙甘。記得那時偷近處，唾絨紅點碧牕南。

寒詞 三首

從來國色玉光寒，晝視常疑月下看。况復此宵兼雪月，白衣裳凭赤闌干。

夜迢迢更路迢迢，澹月飄燈自過橋。想得阿嬌燃燭待，也應初换第三條。

牕樓映日滿樓明，雪豔初臨曉鏡清。良久自看還獨笑，不防身畔立卿卿。

過婦家有感

歸寧去日淚痕濃，鎖却妝樓第二重。空剩一行遺墨在，丙寅十月十三封。

王清臣 一首

清臣，潁州人。

王貽上云：天啓初，潁川張遠度買田潁南，地多桃花林。一日攜榼獨游，見耕而歌者，聽之，所歌皆杜詩也。遂呼與語。自言王姓，清臣名。舊有田，畏徭役，盡委諸族，爲人傭耕。遠度過其廬，見舊曆紙背以煤書所作詩，其一篇云云。

述懷

人生如泛梗，飄飄殊無根。飲啄得幾許，營營晨與昏。對此春日好，荷鉏出南原。近觀草色敷，靜聽鳥語繁。有身貴適意，窮達安足論。

明詩綜卷六十八

小長蘆　朱彝尊　録
休陽　吴元鉉　緝評

張采 一首

采字受先，太倉州人。崇禎戊辰進士。除臨川知縣，升補禮部主事。

《静志居詩話》：婁東二張狎主復社盟書，吉士身後詔求遺書。通邑大都，家守其學。儀部名雖少遜，然里門作志，留都議禮，考文徵獻，比於吉士功多。

九日同子常東郊即事

郊行尋野勝，秋遠菊花天。溝曲初移逕，溪深好放船。冷楓當岸落，高柳隔籬穿。試共登樓望，寒城起暮烟。

周鑣 一首

鑣字仲馭，金壇人。崇禎戊辰進士。授南京戸部主事，轉禮部郎中，削籍。尋起禮部員外郎，爲阮大鋮所殺。有《十四哀詩》。

《詩話》：仲馭以鈎黨受禍，與雷僉事縯祚同繫請室。於時御史王懩阿阮大鋮意，上疏請斬二人。既而懩吉服承旨入獄。縯祚謂仲馭曰：「王懩能斷我首邪？」答曰：「不斷我首，吉服何爲？」乃各作家書訖，又互書「先帝遺臣」四字於腹，遂雉經死。僉事遺命家人勿葬，仿伍子胥抉目遺意，置棺雨花臺。未浹月，而留都不守矣。方大鋮得志，思盡殺東林復社諸人，及僧大悲獄起，與張御史孫振謀倡十八羅漢、五十三參、七十二菩薩之目，希阱諸異己者，因馬輔士英不欲而止。士英有詩云：「蘇蕙才名千古絶，陽臺歌舞世無多。若使當年不相妒，也應快殺竇連波。」蓋以蕙擬劉副相宗周，而以陽臺喻大鋮也。

孝子魏君學洢

有鳥栖中林，夜半巢忽覆。兩羽既傾折，遺雛寧復轂。嗟哉魏公子，痛父無能救。乞食向長安，知交孰肯覯。投書數千言，聽之耳如褎。世路已如斯，呼天但搔首。扶櫬江南歸，墓旁日相守。父存不敢先，父沒不敢後。含涕入下泉，一死良無疚。

呂大器 三首

大器字先自，遂寧人。崇禎戊辰進士。除行人，歷兵部左侍郎。甲申以吏部左侍郎回里，有集。《詩話》：呂公驅馳南北，盡瘁行間。五言如「野寺依巖立，官衙傍水開」，「孤燈寒殿壁，落月映山城」，「土瘠蟬吟屋，林疏月上扉」，「野狐銜馬立，山鬼伺人驕」，「精衛悲銜土，鵂鶹啼滿山」，「雲烟春尚在，烽火晝相連」，「淚盡銅駝棘，歌殘玉樹花」，「豈無丹闕戀，終抱白雲思」，忠孝之誠，溢於言表。

閒居

好山當面出，旭日敞幽軒。煨芋聊充飯，烹泉不問源。譚玄藏史李，學稼小人樊。數得林間趣，花開鳥亦言。

晚次江門

世事何年定，江皋且振衣。樹紅橙子熟，濤白鯉魚肥。獨鳥銜烟去，殘霞壓岸飛。村醪無處得，空對月光輝。

落索河有感

百折波濤險，一泓山澗清。天高雲黯淡，巖老石崢嶸。古洞都成穴，諸峰盡築城。版圖猶蜀界，風土半秦聲。杜宇啼方歇，銅駝歎未傾。旌幢連赤縣，烽火到神京。嫠婦徒存恤，群臣孰請纓。傷予才略淺，深媿李西平。

姚思孝 一首

思孝字永言，江都人。崇禎戊辰進士。改庶吉士，授戶科給事中。歷兵工二科，謫江西布政司照磨。稍遷南國子助教，升南太僕寺丞。轉光禄少卿，再轉大理少卿。

康山

康山一簣草萋萋，無復豪華似滸西。猶有揚州舊時月，翠禽飛上玉梅啼。

葛徵奇 三首

徵奇字無奇，海寧人。崇禎戊辰進士。除中書舍人，選授湖廣道御史。升太僕寺卿，轉光禄卿。有《蕪園集》。

《詩話》：光禄樂志林園，又得閨人唱和，格雖未高，亦自超超拔俗。

晚眺隅園

三月十日雨，薄霧花濛濛。小大澗壑鳴，百道源相通。潭魚躍新水，園竹抽春叢。禽鳥忽變聲，迺知天氣融。登高一以眺，澄覽衆慮空。玄理群所貴，耳目悦且充。於焉坐垂釣，自擬滄浪翁。

武林留别吴梅里

昨喜逢初地，蘭釭夜雨紅。故人相爾汝，今日又西東。楓落前山樹，蘋開别墅風。小牕凉月静，客夢與誰同。

題畫芙蓉

秋來烟水多，蘆葦渺難即。愛此江上花，日坐雙鸂鶒。

冒起宗 一首

起宗字宗起，如皋人。崇禎戊辰進士。除行人，升南京吏部主事。歷郎中，出爲山東按察僉事，遷湖廣布政參議。

同年朱泰符過訪衡陽余已遄發襄州矣吾兩人同一不偶乎

秋老蒸江獨雁飛，相思命駕重依依。久拚歲月頭俱白，堪笑風塵事益非。地主忽從交臂失，天涯安得并舟歸。兼聞親舊多顛頷，悵望鄉關淚幾揮。

葉重華 一首

重華字德玄，崑山人。崇禎戊辰進士。除工部主事，尋改禮部歷員外郎中，出爲浙江布政司參議。轉河南按察副使，遷山東廣東參政。

從軍行

吳鈎雪色滿天山，血戰黄沙萬里還。但願畫圖麟閣上，不須生入玉門關。

吳載鰲 一首

載鰲字大車，晉江籍宜黄人。崇禎戊辰進士。除澄海知縣。謫浙江按察司照磨，升金華推官，入爲户部主事。歷員外郎中，轉廣東按察副使，改授翰林院侍講。

姜給諫以五羊石見貽賦謝

文饒平泉莊，有石自言好。何如初平羊，眠雲嚙瑤草。

李奇玉三首

奇玉字元美，嘉善人。天啓壬戌會試中式，崇禎戊辰進士。選武學教授，遷國子博士。歷南京工部主事，改兵部員外，由郎中出知寧國府。有《雪園遺草》。

潭柘寺讀書

讀書潭柘巔，身在白雲裏。開軒豁遠眸，風瀑洗心耳。古木挂青蛇，云是二龍子。下方鐘磬餘，僧寮各棲止。山童剔殘燈，掃葉烹泉水。闃然群籟寂，明月射牕几。

過京口

蕭條書劍下關河，芳草萋萋客裏過。原上鶯花三月暮，天涯愁病一身多。海門帆影移青嶂，山寺鐘聲到綠蘿。入望自知鄉國近，那堪斜日聽漁歌。

山居

方花礎潤氣氤氳，靜對薰爐柏子焚。夜半雨聲新水漲，枕邊流出一溪雲。

顔俊彦 一首

俊彦字開美，桐鄉人。崇禎戊辰進士。授廣州推官，被劾，再補松江推官。有《□□集》。

村居雜興

病卧經旬滿面埃，梅花落盡杏花開。畫梁無數空巢在，社雨蕭蕭燕不來。

龔士驤 一首

士驤字季良，義烏人。崇禎戊辰進士。溧水知縣。

惜取

惜取檐前葉，休教落地輕。夜牕留聽雨，葉葉是秋聲。

萬壽祺二首

壽祺字年少，徐州人。崇禎庚午舉人。有《隰西草堂集》。

《詩話》：年少多才多藝，詩亦清逸，無努目掀髯之狀。

憶錢大

忽憶南徐道，春風樓上年。晚鶯移浦樹，苦菜秀沙田。驛路歸人少，蛟門落照懸。如何問津者，五載滯江船。

入沛宫

泗亭春盡樹婆娑，漢帝宸游不再過。魂魄有時還至沛，樓臺落日半臨河。風吹大澤龍蛇近，天入平沙雁鶩多。我亦遠隨黄綺去，東山重唱采芝歌。

魏沖三首

冲字道用，嘗熟人。崇禎庚午舉人。有《小碎集》。

采蓮曲

北渚采菱歸，前溪采蓮去。無端墮玉釵，記在回舟處。

元日

年年悲作客，今日賦閒居。春草生新夢，山花滿舊廬。畏人書謝病，示儉食從蔬。問字吾何有，無勞長者車。

春晚

梅葉初齊梅子匀，新榆稗柳暗通津。春深莫惜餘花盡，却喜黄鸝不露身。

陸坦二首

坦字履長，蘇州嘉定人。崇禎庚午舉人。銓授南豐知縣，不赴，隱居鄧尉山。有《庚除詩稿》。

和姚修民簡寄

世逐浮雲換，身同落葉輕。難忘百年恨，誰殉一朝名。去國懷公子，憂時過賈生。江皐無限淚，日暮不勝情。

春夜雪

春雨聲聲入夢闌，暗牕風動曉燈殘。濕雲壓竹鳥驚墮，起看空階一片寒。

徐柏齡三首

柏齡字節之，嘉興人。崇禎庚午舉人。署永嘉儒學教諭。

《詩話》：孝廉湖海播遷，詩不猶人，自出杼軸。

春日

風聲起松末，窈若萬壑深。誰謂市井喧，遂無天地心。可惜夭桃花，不言萎空林。明年縱復開，顏色不如今。

壽寧逢艾千子

白日黯無色，城門掩半開。故人何地別，間道此時來。鄉夢遠難寄，官程近莫催。江關庾開府，詞賦不勝哀。

江心寺文信國祠

孤嶼浮江面，寒潮撼石根。遥遥箕尾外，何處可招魂。

張溥一首

溥字天如，太倉州人。崇禎辛未進士。改庶吉士。有《七錄齋集》。

陳臥子云：天如忠愛，誦《孟門行》可見一斑。卒後而動聖主之思，有以也。

《詩話》：天如狎主復社，以附東林，聲應氣求，龍集鳳會，一言以爲月旦，四海重其人倫。書晷刻而百函，賓晝日以三接。由是青衿胄子，白蠟明經。登李元禮之門，不啻虬戶；爲柳伯騫所識，勝於笥金。列郡人文，一時風尚，口談朝事，案置《漢書》。頭包露額之巾，足著踏跟之履，和歌下里，擁鼻東川。俄而哲人其萎，踐康成之妖夢。天子有詔，求司馬之遺書，黨論日興，清流釀禍。周之夔彈之於始，阮大鋮厄之於終，而邦國因之殄瘁矣。

孟門行

雙絲繫玉環，宛轉生光澤。本以結同心，何知反弃擲。君家美酒琥珀光，紅顔少年坐滿堂，酒酣意氣不可當。君家玉堂盛孟門，孟門深谷無朝昏。中有美人嘯且歌，仁義結客客自多，相與醉君金叵羅。黄雀銜環報舊主，畏君彈射遠飛去，夜深孤棲城北樹。

李舒章云：得崔顥之神。

吴太冲一首

太冲字默寘，錢塘人。崇禎辛未進士。改庶吉士，授簡討。升南京國子司業，轉右中允。有《息心窩詩集》。

陸冰修云：　先生林下之詩勝於舘閣。

朱美之攜酒過

綠陰叢裏放玫瑰，石几相延坐碧苔。百里雙缾春酒釅，一年幾个故人來。廚丁細切溪頭筍，稺子貪爭屋角梅。信道朱游能折鹿，譚經且喜得相陪。

姜埰八首

埰字如農，萊陽人。崇禎辛未進士。除密雲知縣，改儀真。入爲禮部主事，選授禮科給事中。以言事廷杖，削籍戍宣城。有《敬亭集》。

黄九烟云：　先生詩發乎性情，本乎忠孝，名實交孚，纏緜盡致。

錢幼光云：先生詩大抵取法於柴桑浣花，其志同，其調不覺其同也。

《詩話》：廷杖與東西廠錦衣衛鎮撫司獄用刑之酷，前代未有。自王振亂政，鞭撻朝士大臣，有枷項者。迨成化中，汪直用事，廷杖臺省臣王濬、李俊等五十六人。正德間，以諫南巡，杖舒芬、黄鞏等百三十人，死者十一人。嘉靖初，以爭大禮哭左順門，杖豐熙等百三十四人，死者十七人。此其最甚者矣。萬曆六年，論首輔張居正奪情，杖趙用賢、沈思孝、鄒元標等五人。後定陵頗厭建言，諸臣疏多留中，廷杖寢不用。至天啓四年，太監王體乾奉勑大審，復開其端，重笞戚臣李承恩，以悦魏忠賢。於是主事萬燝、御史吴裕中，相繼斃杖下。而許顯純、田爾畊輩煩刑以逞，備極慘毒。楊左諸君子之禍，有不忍言者矣。思陵即阼，雪消見晛，用獄稍平。不意嘉魚熊公暨萊陽姜公論列柄臣，時日輻輳。逆鱗既觸，天怒莫回。拷掠之慘，洵九死而一生者。蓋至柄臣自裁，而兩公之荷戈終未見釋。姜公臨沒，語其子安節、實節曰：「敬亭，吾戍所也。戍者，吾君所命。吾未聞後命而君亡，吾猶罪人也。死必埋吾戍所。」乃葬宣城。公晚歲始爲詩，風格一本杜陵。其自序云：「託哀鳴於異鳥，感音節於候蟲。」可謂善於喻物者也。

秋懷

仰視雲中雁，飛鳴何翩翩。朔風自北來，玉塞起塵烟。昔聞漢武帝，防秋守九邊。拓疆猶未已，奄忽下重泉。哀哉重泉下，玄狐陟其巔。大江萬里長，下有蛟龍淵。回頭夜怒號，聲怪震百川。我欲往從之，褰衣不得前。願言長相憶，中心淚漣漣。

和陶輓歌辭哭左侍郎仲及

大風自北來，寒木正蕭蕭。多少舊墳墓，不知在何郊。獨君三尺土，高山共嶕嶢。我來拜君墓，手折白楊條。所取非楊條，答贈在今朝。君死則已矣，我生可奈何。我豈貪生流，母老強還家。既爲君作傳，又爲君輓歌。生則託金蘭，死當告山阿。

發使東歸

城南薄田十八塍，高者桑柘低稌秔。白日黄狐牆頭立。既不殺之當與揖。

曾青藜云：奡兀。

簡余寒鐵

自我不見余秀才，夏云徂矣秋風來。我今一到秀才宅，堂前堂後生蒿萊。丈夫骯髒只如此，誓欲破家去鄉里。今日路旁一匹夫，當時萬言干天子。低頭俛眉心不辭，養雞牧豕身應爾。君今讀書停雲舘，仰天狂歌何衎衎。有時野老扶杖過，烹葵摘果酒先煗。白公隄上波欲没，期君同看溪雲滿。

赴戍宣州衛

垂死承恩譴，天威咫尺間。荷戈荒徼去，收骨瘴江還。衮職猶思補，龍髯竟絶攀。橋陵千滴淚，獨在敬亭山。

鑾江雜詠

老去人猶在，春來客未旋。側身天地外，卜宅水雲邊。月照歸栖鳥，江喧出口船。苦遭生意短，白髮不相憐。

九日登越州稷山和弟垓

萬木凋霜嶺，千巖帶水村。雲屯山郭靜，潮過海門昏。皁帽風堪落，黄花酒正温。愁聞江徼外，鳴鏑滿中原。

送林衡者還嘉善

相知不在久，岐路莫頻驚。客舍由拳地，鄉心夾漈城。霜前孤雁白，雨後一湖明。爲報余生札，平安問舊京。

周燦 三首

燦字光甫，吴江人。崇禎辛未進士。和宣化、會稽二縣。選授浙江道御史。有《澤畔吟》。

陳皇士云：侍御詩彬彬有序，大雅之音。

丹青引贈顧子

山莫畫泰山松，松樹已受秦皇封。水莫畫黄河潦，河流已非夏后道。但作清溪竹樹灣，添我垂釣於其間。吁嗟乎，男兒少壯隨朝彦，豈料中年桑海變。枉想丹青麟閣中，他人爲我開生面。顧生顧生爾莫嗔，傳神似爾畫逼真，如何貌此尋常人。

韓蘄王碑

西湖湖曲騎驢翁，中興十將稱最雄。道逢姦相但長揖，斯人豈比張魏公。鄂王英武庶其匹，時危協力扶王室。龍王廟前金鼓震，遺恨書生黨兀术。公之骨，埋荒墳。公之烈，存碑文。華堂鐵券雖已失，千載猶傳趙雄筆。

徐電發云：辭不多而激昂流轉，「斯人豈比張魏公」一語，足慰蘄王於泉下。

鄰翁邀食五月桃戲作

桃實纍纍也足豪，主人笑釘玉盤高。仙家一熟三千歲，五月先嘗遜我曹。

許豸　一首

豸字玉斧，候官人。崇禎辛未進士。除戶部主事，歷員外郎。出爲浙江按察僉事，以參議提督學政。有《春及堂詩》。

建州逢陳德輝

已分別離久，何期此地同。西城山路近，南浦野橋通。信宿情何極，他鄉歲欲終。維舟無限意，相對有飛鴻。

送友之瓊州

匹馬珠厓路，須防瘴嶺雲。蠻童青箬笠，黎女緑蕉裙。潮有東西候，時占朔望分。臨岐還把臂，不敢說離群。

春日送客

春光初荏苒，客路惜分攜。露濕鶯花重，風吹燕麥齊。孤燈茅店裏，殘月柳橋西。别思千峰外，猨聲不住啼。

黄坤五云：玉斧五律，聲調委婉，趣味澄幽，誦之如流水，平橋佳趣自在。

張鳳翥 一首

鳳翥字儀明，一字威赤，宿松人。崇禎辛未進士。除嘉興知縣，補仁壽。升刑部主事，歷湖廣按察副使。

《詩話》：張公牽絲作宰，以慈得民。晚節禦侮危疆，吮血裹瘡，接戰而死，忠勇不可及也。詩又安雅，絶無叫囂之氣。

武陵道中

孤城臨古渡，斜日一舟横。北渚離人目，西風遠客程。藤疏知樹冷，櫂響信江平。不用分漁火，前洲月已生。

于潁 一首

潁字長公，金壇人。崇禎辛未進士。除工部主事，歷員外郎，出知西安府，削籍。尋復工部郎中，知順德、紹興二府，升浙江按察副使，分巡寧紹道。

新歲次茂貽韻

不覺流光度，霜華入鬢邊。難忘惟舊雨，相對又新年。學佛寧遺世，爲農敢問天。椒花一相勸，身世各悽然。

管正傳 一首

正傳字元心，長洲人。崇禎辛未進士。除永新知縣，調贛縣。有《積書巖詩草》。《詩話》：元心詩思入微，原本《易林》《太玄》，當其意匠經營，幾欲效修羅，遁跡藕絲中。然猶取材於古，故方之徐元歎、張草臣諸子，較勝一籌。

西泠橋

斷嶺寒烟落晚鴉，閒聽漁鼓傍橋撾。誰知湖上彎彎月，又照錢塘蘇小家。

薛寀 一首

寀字諧孟，武進人。崇禎辛未進士。選武學教授，升國子助教。轉南刑部主事，歷郎中，出知開封府。晚爲僧，號米堆和尚。

金陵

野曠風鳶捷，江空石燕輕。年年春草緑，不忍上臺城。

成仲龍 一首

仲龍字爲霖，長垣人。崇禎辛未進士。除夏邑知縣，調永城。選授兵科給事中，出爲浙江按察僉事。轉參議，遷陝西參政歷布政使。有《東壁樓集》。

除日立春

除日今朝是，蹉跎又一年。歲從燈下改，春訝曆頭先。柏酒愁無分，柴門靜可憐。半生成底事，兩鬢已皤然。

劉應迪一首

應迪字簡在，金谿人。崇禎辛未進士。閬中知縣。

曉起

曉色漸熹微，柝聲聽漸稀。月潛銷客袂，燈已失林扉。竹外風翻冷，花間露欲晞。巢烏棲未穩，先上女牆飛。

王玗二首

玗字王屋，蘭陽人。崇禎辛未進士。滋陽知縣。有《王王屋集》。

《詩話》：王屋嗜奇鞭驅險句，觀其《起釁宗藩自理》一疏，辭艱晦而不舒，在納言難以封進，乃以未將金幣自尤尤人，得毋過與！

謫歸曉經中山

長安日以遠，古道風淒淒。草濕蛩聲緩，林深鵲起低。殘兵親廢壘，孤客度危蹊。去國莫悲戀，一枝不借栖。

病卧聞砧

白露蒹葭老，西風梨棗肥。可憐人病卧，翻羡鳥高飛。藥竈縈秋草，藜牀帶落暉。那堪砧杵急，盡力擣寒衣。

張明弼 一首

明弼字公亮，金壇人。崇禎癸酉舉人。揭陽知縣。有《螢芝集》。

俞右吉云：公亮經生，垂白始領賢書。遇一人知己，津津不置。

金陵送胡常之歸九華

目極秋江隱碧山，九峰想像有無間。孤舟此去同鳧雁，知宿蒹葭第幾灣。

陳宗之十一首

宗之字玉立，長洲人。崇禎癸酉舉人。

《詩話》：啓、禎間，景陵流派盛行於吳中，雖有林若撫力持唐調，然而捷敏未免率易。玉立矜鍊，獨操正始之音，八門七堰六十坊可以獨步。

擬陶二首

藹藹堂前木，時至忽成林。首夏方澄和，凱風散幽襟。我愛白日静，觸物每微唫。息影盤石邊，時鳥懷好音。鼠壤有餘蔬，東醪聊自斟。雖無高世軌，撫已安夙心。先師有遺言，謀道匪自今。已矣何所羡，林栖豈在深。

人生無定轍，榮辱隨所遭。豈無賢達心，屈跡沉蓬蒿。老萊安葭牆，仲由甘緼袍。較量軌迹間，與世竟孰高。不恥一身乏，所傷生民勞。風塵暗畿甸，溝水事桔槔。清夜起長歎，念之首重搔。安得田子春，節義稱士豪。雅志雖未申，良足媿滔滔。

世化

往聞漫翁言，日月化豺虎。斯語恐未然，含疑不輕吐。及乎遭世喪，所遇駴聽覩。中原延寇氛，蕩析無寧宇。菰蘆一方地，荒疫亦愁苦。天高吏肆酷，法密民罹罟。人鬼須臾間，牽率歸黄土。安得山阿栖，飲泉采芳杜。緬懷盛年時，邈若羲皇古。

漢道

漢道昔云季，四海沸群雄。賢士失綱維，奔竄投西東。管寧栖遼海，田疇隱無終。鄭玄與王粲，各自獲所從。如何盛明世，栖栖泥淖中。雨雪積荒塗，渚田路不通。寧無北門歎，要自秉固窮。疾耕寡樂郊，仕宦乏奇功。乾坤雖浩廣，無隙置薄躬。愴惻衡門下，憂來泝悲風。

悔

磽田不可耕，濁水不可釣。常思汗漫游，高卧青山嶠。此意更莫酬，蹉跎失年少。讀書近浮名，趨俗失要妙。幽幽寒溪側，寂寂孤燈照。故牀擁敝裘，密雪陷爐銚。兒飢每索錢，愁來獨悲嘯。

登翁漢津冰臺

朝卧采山堂，暮登漁山閣。漁采俱在山，始信湖中樂。閣盡有高臺，岧嶢出寥廓。茫茫笠澤帆，隱隱浮屠崿。峰秀無匿覽，波光恣開拓。始冬似佳秋，風日猶晶灼。古樹儼當階，黄葉深未落。葛翁不可招，丹竈安所託。空餘泛宅游，未踐褰裳諾。宿契必有期，無怨猿與鶴。

游金菴

放櫂非有期，泛觀湖中山。偶然入幽境，遂叩高峰關。老衲出肅客，蒼髯映丹顔。同坐絶壁下，始知身世閒。飯我青精香，供我緑菊斑。葤山蔕已没，金菴徑可攀。歸塗歷清溪，荒寂幾灣環。萬堆黄葉中，清磐激潺湲。月出每孤往，又逐漁舟還。

病橘

病橘含辛實，淒然墮曉風。本無雕飾分，敢恨託根窮。斷續陰依井，低昂鳥啄蟲。可憐冰雪後，剩有一枝紅。

周青士云：　蒼老工緻。

感時

花石綱看艮岳移，麝香裙冷護宫衣。紅燈小隊湖游夜，知否襄陽六載圍。

寄衣曲

前庭踏鞠後庭歌，主將功高意氣多。不信沙場征戰苦，年年擣練寄金河。

秋山即事

宋朝自召种明逸，漢室何知鄭子真。今日徵君何草草，馬蹄手板拜紅塵。

李天植 五首

天植字因仲，平湖人。崇禎癸酉舉人。晚更名確，字潛夫，隱居龍湫山。有《蜃園》《山游》諸集。

陸次友云：　因仲高蹈，詩多激逸，合乎清江碧嶂之音。

詠史

秦皇制六合，焚書築長城。萬古以爲罪，孰爲原其情。典籍付煨燼，大《易》道獨行。豈識理數原，尚留天地精。紫塞亘萬里，外内界則明。春秋重此義，玆尚存典刑。後世經術儒，勦説日以横。胡然南面尊，不恥城下盟。祖龍而有知，其氣殊未平。

雪夜泊舟滸墅

朔雪沉宵柝，江關卧未安。牕虚得疏響，舟重壓新寒。梅落倡樓笛，蘆垂釣子灘。鄰航催曉發，得共月華看。

游青蓮寺

香刹從來古，春風客到稀。溪光平入座，竹色冷侵衣。地僻鳥無語，林深花自飛。相過逢勝侶，并坐話清機。

獻生賦謝鄰叟

瓜蔬吾所愛，分惠媿芳鄰。不忍私佳種，還期及令辰。青囊珍重意，白髮老成人。生計憐余薄，時來話苦辛。

山中訪宋爾垣

風吹帆影過西城，一片浮雲嶺上晴。滿地落紅都不掃，萬松臺畔讀書聲。

謝遴二首

遴字彙先，宜興人。崇禎癸酉舉人。有《是亦樓存稿》。

《詩話》：考廉晦迹衡門，種菜一畦，不入城府。陳檢討其年《寄懷》詩云：「半畝牛宮繞菜田，鉏畦汲水獨悠然。芒鞵一輛千金直，不踏城中二十年。」其詩頗效林逋、魏野。

銅官山書齋

坐卧深林裏，牕開别一天。山腰埋宿雨，石面瀉流泉。路盡雲猶觸，村分樹尚連。烟霞吾所戀，只此可忘年。

河間道中

猶復驅車去，行蹤何處留。閭閻移馬廄，市井割鴻溝。草濕王孫淚，塵淹季子裘。那堪鬼車鳥，風雨夜啾啾。

陶汝鼐四首

汝鼐字仲調，一字燮友，長沙人。崇禎癸酉舉人。有《榮木堂集》。

《詩話》：先生壯歲好游，自吴入越，與先人訂僑札之分。嘗留檇李度歲，晚際仳離。出監軍事，捍禦鄉邦，著力曁章、堵兩公盡瘁略同。讀《哀湖南賦》，悽戾過於蘭成。詩雖未脱景陵之派，然覺爽氣殊倫。

京山道中探觀音巖尋磴掬水歷巖上下古木峭壁高瀑競響舊有李本寧先生園今廢愾然有作

層巖近大道，其麓如深村。僧包立樹下，過橋知寺門。庭前雙老榦，一爲娑羅根。虚閣覆巖壁，滿屋蛟螭痕。飛流響石罅，奮躍探其源。涓涓出瀵尾，色白河崑崙。掬飲泉上下，微覺分清温。巖阿受夕陽，偶坐如朝暾。戀賞勿忍去，出溪松路昏。惜哉平泉後，亦不理兹園。

金正希招集練江醉宿清淨寺

冬霜萬壑陰，江永日將夕。畫舫泛容與，川暝光愈白。急風吹燭花，谷響合歌拍。小榼僧廚來，蔬筍界方格。語笑酒易傾，如以桐叩石。柱史如枯禪，城市無一宅。酒深思啜茗，同作虎溪客。貝葉啓禪書，梅花落瑤席。坐久聞妙香，一榻隨所擇。睡鄉鐘鼓鳴，林鳥翻旅翮。吾亦步下山，佛燈猶照壁。

嚴州道中

曲江流不盡，寒氣凜初嚴。野泊紛漁艇，遥帆類酒帘。枯河冬雨活，濕壁凍雲黏。不分多歸思，蕭蕭與夢添。

哭亡弟鼒幼調

孝友人皆見，居家母最憐。不留娛白髮，非意及黄泉。鳩杖難消噎，驪珠易返淵。老兄千斛淚，不敢墮親前。

陸清源 一首

清源字嗣白，平湖人。崇禎甲戌進士。除增城知縣，擢雲南道御史，巡按福建。後爲馬士英部將趙體元所殺。

答黄石齋先生

問俗停車到海湄，羽書詎敢計安危。孤城吹笛思當日，中夜聞雞豈異時。北望烽烟勞夢遠，東瞻林壑出山遲。蒼生極目堪流涕，何日綸巾一視師。

傅巖 二首

巖字野倩，義烏人。崇禎甲戌進士。除歙縣知縣，擢江西道御史。有《花巢詩稿》。

庚辰元旦

曉起看雙鬢，居然比昨非。趨朝人語早，掩幔客來稀。酌酒分居後，傳柑秩尚微。遥思故鄉會，是日定春衣。

姑蘇早發

吳閶西去片帆輕，野樹微茫水國平。一夜櫓聲摇月影，不知枕上過菰城。

文德翼 一首

德翼字用昭，德化人。崇禎甲戌進士。除嘉興府推官，擢吏部主事。有《燈巖詩集》。

池口阻風

伸腳篷牕西日移，打頭蘆渚北風吹。沿城路僻多蚊蚋，到夏江深少蛤蜊。山色杳冥歸謝朓，笛聲惆悵憶桓伊。頹年自笑滄洲客，破浪那能萬里期。

吴本泰二十一首

本泰字美子，一字藥師。仁和人。崇禎甲戌進士。除行人，選授吏部主事。改南京禮部，歷郎中。有《海粟堂集》《秋舫箋》《北游》《西征》《東瞻》《南還》《嶽游》諸草。

周青士云：吏部五古出入選唐，竹枝宛轉，猶存老鐵遺響。

《詩話》：吏部當正聲微茫之日，獨操大雅之音，而揚扢《風》《雅》者或不及焉，益信曲高者和彌寡也。

帝京篇崇禎元年作。

夢想黄金臺，來歌白石粲。明明聖人出，旭日天方旦。廣殿飭梓材，神霄聳輪奂。薇垣格澤消，芝蓋卿雲縵。三吳罷機杼，九廟秉珪瓚。下國頌時雍，至尊理宵旰。宵旰懷殷憂，邊籌寢弛翫。軍需飛檄催，水衡仰屋歎。大姦已距脫，群疑未冰泮。漸鴻雖可儀，羔羊不聞讚。名盛實則衰，事倍功乃半。因之勑幾康，匪伊游泮奐。君既勤晝接，臣當思日贊。朝中去朋黨，政府參謀斷。綱必挈其綱，繩先理其亂。求治毋太速，防微勿滋蔓。所期日月光，幽遐理必貫。

朱近修云：通篇沉著不浮。

靜海道中大風

海人行海國，謂應狎波濤。波濤渀不見，曠野天風號。寒日澹無光，動地卷白茅。疑有鐵騎驅，豗突鳴弓刀。離群慘孤雁，失木傷哀猱。巾車紛欲裂，簸蕩如輕舠。四射中肌膚，一寒欺復陶。豈關造物意，人事或偶遭。方鶩萬里鞅，寧憚險與勞。

任丘張氏園藍田先生授經處

不識魚君陂，幸識魚君令。城隅敞臺榭，水木相翳映。謂予此棲遲，差可閒眺聽。是時秋氣深，白露漸蘭徑。瘦石裹苔斑，寒花棲蜨暝。女牆邏柝喧，梵閣宵鐘應。慮澹群物輕，時危百憂并。皎皎明月枝，驚烏棲不定。茗牕靜披覽，冥緬獨無竟。昔賢曾授經，履屐痕猶賸。

臨淮道中雪

昨日春氣暄，僕夫俱喘汗。今晨北風厲，雪花卷行幔。天時自回薄，人意驚錯換。況乃事徂征，惻惻羈魂斷。長淮望不極，鍾離道方半。踉蹌赴郵程，渺瀰惑阡畔。暝鴉寒不呼，翻飛忽零亂。車上冰滿髭，車下泥沒骭。紅燭映深簾，寧知旅人歎。

陋巷井

改邑不改井，泠泠無古今。原泉何方來，或是泰山岑。仰之既彌高，俯之亦彌深。屢空其庶而，澹然助齋心。仲尼飯疏飲，應與共酌斟。禹稷憂飢溺，易地同所任。至味無異旨，樂哉此中尋。

秋雨歎

晨雞喔喔天未明，潰垣忽作崩雷聲。裳衣顛倒書帙亂，蒼茫四顧心獨驚。陰厓潭水深千尺，飢蛟掉尾盤渦黑。我欲拔劍往斬之，出戶踟躕三歎息。

賦得草徑入荒園

匝地蘼蕪綠，戎戎接短垣。路迂隨鹿引，村靜覺禽喧。泫露沾芒屩，頹陽卧瓦罇。園丁渾解事，野蔌具盤餐。

秋住湖口

雨夜官城暗，霜期候雁呼。瘦筇黄葉寺，高枕白雲湖。歲月傷羈客，烟波狎釣徒。醉吟楓落句，秋思滿東吴。

冬日村居

短景催年盡，荒齋擁膝安。甘蕉經雨敗，叢菊抱霜乾。閉户腰肢健，干人齒頰難。得閑能幾日，杯勺此盤桓。

候舟

浦口千檣集，占風信宿遲。長雲鴻没影，古壘樹無枝。人語殊方雜，客心孤月知。湯湯濁河水，利涉問舟師。

阿城逢秋

野棗青未熟，渚蓮紅欲銷。涼風髫鵲頂，新水長魚苗。江上客星小，亂餘兵氣驕。秋來無别夢，長畔鹿門樵。

由歙邑入海陽

淺瀨無舟渡，回溪有路通。獨行過市上，元只在山中。薺麥搖晴緑，林蕉逗晚紅。清鐘隔巖寺，留憩聽松風。

庚申中秋

叢桂生陰雨氣凉，少焉月出四山蒼。于飛鵲繞樹三匝，所謂人居水一方。素蕅紅菱秋饌美，畫船烏榜怨歌長。徘徊顧兔傷流景，爭乞雲英玉杵霜。

任城將南還半舫先生餉酒走筆言謝

李白樓前黄葉洲，欲發不發仍淹留。青氊近對許主簿，白衣恰送王江州。五侯掉頭那肯顧，一杯入手百不憂。讀公新詩飲公酒，醉眠松石風颼颼。

寒食感事

南朔城荒春到稀，西山雪盡尚沾衣。别來桃李三年夢，老去兵戈萬事非。行脚出家猶有累，低眉獻賦不如歸。試看緜上神林近，野爨無烟空淚揮。

西湖竹枝詞五首

西湖湖水碧琉璃，西湖楊柳緑茸絲。愛殺桃花紅片片，却似西施好面皮。

繆天自云：此用唐人《回波樂》辭，不爲粗也。

與郎暗約段橋西，早起妝樓欲下梯。宿雨半收晴不穩，惱人最是鵓鳩啼。

薺麥青青三月三，看看草色暗湖南。忙催姊妹燒香去，戴勝來時又養蠶。

放生池岸柳叢叢，香閣鈴旛四面風。輕薄少年乘醉過，手提射鴨竹枝弓。

踏青湖上嬾歸家，更愛山行輦路賒。妾上笨車郎跨蹇，西溪十八里梅花。

春曉

南來消息斷歸鴻，江國迷春曉夢中。斜帶參星杏花白，依稀牆半宋家東。

凌世韶 一首

世韶字官球，歙人。崇禎甲戌進士。除寧化知縣。謫江西按察司簡較，改興化府經歷。升處州一作嚴州。府推官，入爲戶部主事。有《汭沙草》。

陳皇士云：汭沙廉吏，晚棄家隱黄山，詩有清韻。

惠州西湖

湖面寒光一鏡平，露荷烟草入秋清。白鷗浴罷各飛去，遥見潮痕郭外生。

周之璵四首

之璵字玉凫，長洲人。崇禎甲戌進士。除刑部主事，歷禮部員外郎。

讀史感懷

石羊埋棘漆燈冥，一作熒。短犢横牽上廢亭。金盌更從何處覓，春深杜宇哭冬青。

《詩話》：玉凫《讀史感懷》六十首，援右驗今，不失《國風》《小雅》之旨。

漢皇恭儉百無營，衡石投籤久勵精。端爲黼扆求治速，翻教安石誤蒼生。

寶帶横鞓建碧油，居然鞦鞅閣東牛。未聞奏捷傳淝水，又見稱兵犯石頭。

參軍空自賦蕪城，一歲人間草一青。隴首寒雲常漠漠，風蒲依舊滿臨平。

劉侗二首

侗字同人，麻城人。崇禎甲戌進士。除吴縣知縣，未任卒。

曹溶躬云：同人以文體矜奇，爲學使置下等。憤懣入太學，連舉鄉會試。留都亭日，與于司直共輯《帝京景物略》，文筆詭異，蓋亦服習竟陵流派者。

賽社詞

春社典春衣，秋社餍粱肉。婦子且莫嘻，塲熟廪不熟。遼陽方告警，農助官家穀。遼租十增三，官租三增六。里胥登門催，斛半量一斛。益以雀鼠耗，完數恒不足。賽社報年豐，社神聽我祝。但願邊患平，強於倉儲蓄。神保太息言，遼平爾何福。粻隨遼餉加，不隨遼餉復。播州幾月兵，至今農噉粥。

久遊復至鄂得家信將別黄宗之

出門未暑秋仍滯，十度曾登送別舟。久客畏聞家有信，逢人俱道邑無收。衣粻不恥因良友，僮僕多言怨漫遊。夜夜酒同鄉夢醒，舍邊雞與渚邊鷗。

陳組綬 一首

組綬字伯玉，武進人。崇禎甲戌進士。除兵部主事。有《伊庵稿》。

舟泊清河有攜絃索過飲者

客思紛河北，商絃復漢南。星光零夕霧，村柝靜虚潭。去國黄花九，逢人白社三。曾爲記歌者，不醉亦何堪。

朱芾煌 五首

芾煌字玉瑠，無爲州人。崇禎甲戌進士。除餘姚知縣，調樂安，入爲户部主事。謫補順天儒學教授，稍遷國子監博士。升車駕主事，歷武選郎中。有《文嘻堂詩集》。

宋牧仲云：武選樂府學長吉，間出文昌、玉溪間。古詩近體出入三唐，要多自得能不牽於習尚。

尤展成云：武選詩思深而志遠。

徐電發云：武選紀事之作和而不流，哀而不激，七絶尤稱擅場。

獨步文德橋

畫樓高閣不同登，雀舫鵝笙亦自憎。每日杖藜橋上立，青青雨過看鍾陵。

北行江上阻風

荻港黄雲壓水流，風翻白浪打船頭。長年莫道秋江冷，楊柳堤南是酒樓。

示從行汪伶

歌行作使得何戡，尚與殷勤佐酒酣。我有傷心千種恨，鷓鴣切莫唱江南。

與客飲感舊

檀板牙牌事事新，小車花下自相親。勸君莫惜花前醉，舊醉花前今幾人。

雜吟

賽社人稀古廟東，午烟晴裊酒旗風。游人不盡春游興，醉帽欹斜落日中。

王潢 一首

潢字元倬，上元人。崇禎丙子舉人。有《南陔集》。

黄九烟云：元倬詩沉雄渾鬱，頓挫瀏離，大都發源於《騷》《雅》，徵材於漢魏，歸根於杜陵。

薛諧孟云：元倬忠孝之性溢於毫楮，纏緜悽惻而未已。

顧寧人云：先生詩深以婉，和而摯，不失三百篇温柔敦厚之旨。

方爾止云：元倬格律森嚴，用意深至，雖憤時嫉俗，而渾然不覺。

宿松風閣分韻得吟字

靄靄歲云暮，風雨恒見侵。小齋憩山閣，蕭颯吹寒霖。澗壑亂餘響，鐘鼓沈清音。蒼虯卧蜿蜒，拏攫力不任。羽鶬亦以歇，剪燭聞鳴琴。嘿坐得冥會，擁褐成孤吟。須臾微霰集，晨起雪在林。樵徑斷人語，四野號飢禽。皎皎二三子，貞白同松心。炎暉諒可竢，見晛消重陰。

萬泰四首

泰字覆安，鄞縣人。崇禎丙子舉人。有《寒松齋稿》。

《詩話》：孝廉鈎黨顧廚，士林圭臬。兵後以經史分授諸子，各名一家。其最著者，斯大充宗、斯同季野也。詩多清商變徵之音，《羊城》《旅懷》等作，見者十手傳鈔。其云：「廣柳車中容季布，湘江澤畔問巫陽」，舟經彭澤，竟客死舟中，識者以爲讖云。

客中初度

朝來虎阜攬春暉，矯首林泉興不違。故國青山殊自好，王孫芳草幾時歸，遙將兒女庭前淚。灑入江湖客子衣，舉目傷心歌舞地，多情楊柳故依依。

釣臺有感謝皋羽遺事

當年君哭文丞相，今日吾來當哭誰。暮雨寒潮楓落後，朔風極浦雁飛時。兵戈未得書生力，草澤偏懷故主思。如意一聲天地裂，淚痕千載濕江蘺。

留別董西來

客塗相見即相親，總是淒凉夢裏人。且喜何郎能似舅，不妨綺季未稱臣。睢陽城上三生淚，無定河邊後死身。惆悵天涯分手處，秋高一雁落江津。

冬夜獨坐作

有客挑燈夜賦詩，魂銷雨雪歲寒時。黔婁私謚稱康子，文舉人推是大兒。落日江邊勾踐國，春風湖上岳王祠。尚然老健堪容與，耐取青松百尺枝。

張昉二首

昉字于東，一字匏客，商丘人。崇禎丙子舉人。有《匏客遺詩》。

《詩話》：匏客多憂生之嗟，其詩原出老杜。

晚行

客路寒山暮，居人各掩門。荒城餘古驛，落日滿前村。世亂家難料，身微命敢論。烽煙回首處，原野已黄昏。

武陵原

遠害當年早，深山共卜居。家耕無賦地，人讀未焚書。父老衣冠古，兒孫禮法疏。咸陽三月火，不到野田廬。

徐之瑞七首

之瑞字蘭生，臨安人。崇禎丙子舉人。有《橫秋堂稿》。

《詩話》：孝廉熟精《文選》，五言古致紛敷，近體效韓冬郎，極其綺靡。

行路難

太行北上雪刺天，黄河西渡冰塞川。狗屠擊筑各已老，咸陽逐客還游燕。烏丸夜破龍盧戍，越鳥朝棲日南樹。長槍大槊取通侯，安用蓬門事章句。

雞鳴嶺

披榛陟山椒，躑攉馬盤桓。歷險未云疲，逶迤入雲端。仰探巖谷偪，俯視井邑殘。千峰列遠戍，兩崖壯重關。垂蘿蔓幽壑，怪松支危垣。灌木鬱蕭槮，哀風嘯叢萑。乘墉或失恃，務德誠所難。蟋蟀在牀下，我生詎遑安。勞勞多苦辛，惻惻起悲歎。

五十初度戲作一萬八千日歌

翔烏夾日東方起，蟪蛄大笑蜉蝣死。聽我萬八千日歌，請從握算軒轅始。我生不逢唐與虞，我死不返鴻濛初。以尻爲輪神爲馬，手抉灝氣還虛無。虎頭燕頷玉關路，墮地儒冠脱相誤。將軍海外御樓船，坐看蚩尤蔽妖霧。漩題兩角開明堂，左日右月魁中央。豐霳屏翳伏不動，弧矢一星猶射狼。布衣憔悴夷門客，瞋目操椎大梁陌。少年躍馬氣凌雲，怒血衝冠髮先白。南修蛇，北封狐。魂乎歸來不可處，上乘白蜺游天都。洞房繚繞明華燭，珠綴文軒網交綠。娭光緜眇睇層波，半醉雙鬟抱絲竹。北斗挹漿醥且清，玉妃起舞吹鸞笙。百壺一榼焉足算，小臣再拜觴千齡。天門朝開詄蕩蕩，劍佩雞鳴劇相向。已看恨骨委蓬蒿，安用黄金鑄形像。二十四氣黄鐘吹，三萬六千璇璣推。元化回環貫金石，丹宫玉齒生寒灰。平生豪健屠龍手，蹭蹬麒麟落牛後。夢中滄海幾回更，勸爾長星一杯酒。

春游詞 四首

西山松柏翠成林，十里横塘水路深。鸂鶒鴛鴦莫相妒，荷花香處結同心。

檀槽低攏小鸞青，金雁斜飛玉手輕。弟子三吳零落盡，橋頭弦索最知名。

山頭擊鼓賽金錢，檣上飛烏散舞筵。長記迎神送神處，石湖沙觜泊郎船。

龍膏千炬繞芝楹，銀鑰初收玉漏傾。夜冷不禁羅袖薄，雙鬟炙火更吹笙。

巢鳴盛 一首

鳴盛字端明，嘉興人。崇禎丙子舉人。有《永思草堂集》。

《詩話》：孝廉肥遯深林，絶迹城市。時群盜四起，鏐鐵銀鏤之器無得留者。於是遶屋種匏，小大凡十餘種，長如鶴頸，纖若蜂腰，杯杓之外，室中所需器皿莫非匏者。遠邇爭傚之，檇李匏樽不踁而走海内。孝廉作長歌咏焉。兹録五言一律，剖心刮垢，蓋自喻也。

題匏杯

回也資瓢飲，悠然見古風。剖心香自發，刮垢力須攻。不識金銀氣，何知陶冶工。尼丘蔬水意，樂亦在其中。

劉永錫二首

永錫字欽爾，魏縣人。崇禎丙子舉人。選長洲儒學教諭，署崇明縣事，庭無留獄。有《洹水遺詩》。

《詩話》：洹水至性之士，兵後隱居相城，有大吏强之仕，袒裼疾視曰：「我中原男子，年二十渡漳河，登大伾，躍馬鳴鞘，兩河豪傑誰不知我，奈何欲見辱邪？」取壁上所挂劍欲自剄。門下士抱持之，得解。既而女妻相繼餓死，子爲盜所傷，亦死。久之，洹水没。其弟子徐晟、陳三島等經紀其喪，葬之虎丘山塘。

揚子刺船歌

白日墮兮野茫茫，家千里兮來遠方，壯士何時兮歸故鄉。

鼓枻歌

遡彼中流兮采其荇矣，思君與父兮有懷靡竟矣。身爲餓夫兮天所命矣，中心殷殷兮涕斯迸矣。

明詩綜卷六十九上

小長蘆　朱彝尊　録
宛陵　程元愈　緝評

孫嘉績 一首

嘉績字碩膚，餘姚人，大學士如游孫。崇禎丁丑進士。除南京工部主事，改北兵部。歷職方郎，遷江西按察僉事。

聞笛

一林寒碧露華浮，吹笛誰家客倚樓。翦翦西風吹不斷，夜闌翻入小涼州。

堵胤錫一首

胤錫字牧游，無錫人。崇禎丁丑進士。南京户部主事，遷知長沙府。

癸署秋懷

雨牕無事草侵除，清晝簾垂步較疏。千里凉生今夜月，四更夢得故人書。踏歌自詫狂非昔，丸藥何曾病減初。旅況入秋真坎懔，放衙愁聽鼓潭如。

章曠一首

曠字于野，松江華亭人。崇禎丙子鄉試第一，丁丑進士。除沔陽知州。

宿白龍寺

肅肅秋林紺殿一作大寺。荒，祇餘一衲獨焚香。向人慘澹言兵事，不是傳聞古戰場。

倪長玗 一首

長玗字伯屏，平湖人。崇禎丁丑進士。除蘇州府推官，歷兵部主事。

秋日過張子讀易居喜遇顧徐二子

一櫂迎秋傍晚凉，疏牕燈火舊書堂。窮愁久識張平子，著述重逢顧野王。江上蒹葭方浥露，洲前鴻雁正經霜。南洲孺子聞名久，知有鴻文石室藏。

余颺 一首

颺字賡之，莆田人。崇禎丁丑進士。知宣城、寶應、上虞三縣，歷吏部主事。

嶺上題壁

南眺鄉關事事非，一隅又說受重圍。孤蹤豈似衡陽雁，無奈峰頭暫北飛。

謝泰宗 一首

泰宗字時望，定海人。崇禎丁丑進士。南安推官。有《天愚山人詩集》。

訪友

西子湖頭二月槎，到來剥啄日將斜。主人原是孤山鶴，長定花時不在家。

曾異撰 三首

異撰字弗人，候官人。崇禎己卯舉人。有《紡授堂集》。

《靜志居詩話》：弗人異才，詩太近詭。

江北道中

客路殊南北，蕭條景物新。夕陽人馬影，高岸犢車塵。土屋蘆編戶，炊烟糞作薪。當壚村店女，破笑却如嗔。

徑菴

天下何時定，吾生忍苟安。乾坤難閉戶，出處礙纓冠。穀賤農偏餓，機張女倍寒。追呼官縱急，猶勝寇摧殘。

雨經富陽

小縣飛樓俯驛亭，竹間樹杪恣揚舲。溪山病亦開篷看，風雨眠猶翦燭聽。永夜潮來江上白，浮嵐晝入井西青。石尤前路無妨阻，好住嚴灘問客星。

馬嘉禎 一首

嘉禎字允和，平湖人，崇禎己卯舉人。

訪隱者

樵子相逢不問名，指予山上白雲生。此中新結茅菴在，清磬一聲山鳥鳴。

管正儀 一首

正儀字元翼，長洲人。崇禎己卯舉人。有《宿雪齋小隱集》。

古先生墓

古之忘名人，第號古先生。先生在當時，矯矯非世情。託身山水間，永與烟霧并。采薇非徇義，挂瓢非避榮。緬懷武夷山，九曲開澄泓。先生葬此地，井穴通泉英。至今墓前土，產芝恒九莖。覽古誦遺詩，其言明且清。

汪渢 一首

渢字魏美，杭州人。崇禎己卯舉人。

《詩話》：孝廉高蹤苦節，人所難堪。予嘗訪之大佛寺僧寮，竹榻蘆簾，不蔽風雪。坐間欲留予啜杯茗，則瓦墟宿火已銷，一笑而別。後數年，偕魏處士允枏過予山樓書塾，時已初冬，共宿樓上，所攜布被尚未裝緜也。間亦作詩，多不存稿，僅録一絶句。竊謂《明史》局爲逸民立傳，豈可失此君。

遺詩

冰泮水還澄，雲開月方潔。一旦破樊籠，逍遥從此别。

沈宸荃 一首

宸荃字友蓀，慈谿人。崇禎庚辰進士。除行人，擢山西道御史。有《彤菴遺詩》。

謁梅子真祠

粵昔南昌尉，志存匡社稷。上書糾時宰，孰云非臣職。漢綱已弛綱，顛木難再植。明哲早見幾，冥鴻避矰弋。隱跡吳市門，學道此山側。豈同養生家，修鍊資服食。旁有濯纓池，丹井字并勒。昔人驂鸞去，無從辨虚實。藥苗長幾何，求之或可得。酌酒坐高岑，浩歌瀉胸臆。

吳晉錫一首

晉錫字兹受，吳江人。崇禎庚辰進士。除永州推官。

采蓮曲

打槳向西洲，回船入南浦。共憐蓮葉香，誰識蓮心苦。

方以智二十首

以智字密之，桐城人。崇禎庚辰進士。授翰林檢討。晚爲僧，名弘智，字無可，别號藥地和尚。有《浮山全集》。

《詩話》：先生紛綸五經，融會百氏，插三萬軸於架上，羅四七宿於胸中。早推許、郭之人倫，晚結宗、雷之淨社。樂府古詩磊落嶔嵜，五律亦無浮響，卓然名家。

監軍苦并序

賊今年盤踞於皖，凡兩月。獨史監軍提兵不滿千人，與之抵敵。身衷戎服，不避風雨。自軍士與小民聞之，無不願爲之死，故能以步兵近千抗數萬衝突之騎焉。然其如衆寡步騎之勢，何哉？

賊在皖中六十日，監軍日日提兵出。可憐提兵不滿千，死守死戰驅向前。軍中壯士皆感泣，重圍出入斬首級。大兵且至賊且歸，監軍未嘗除鐵衣。鐵衣中夜當風雨，旁人誰念監軍苦。苦哉行，歌一聲，赤心在，白日明。予之金印十萬兵，君王何愁賊不平。

估客苦

昔言估客樂，今言估客苦。昨夜泊舟楓林下，左右舳艫盡商賈。見彼哽咽當風餐，爲言作客江湖難。江湖近年多盜賊，布衣夜脱安可得。徵賤鬻貴雖不貧，風波萬里真苦辛。更逢當關多暴吏，欲浚錙銖加重罪。可憐矄黑不開關，苦人巨浪危磯間。恨不載金長安買都尉，等閒見汝一官何足貴。

哀哉行

奔城南，走城北，礮聲轟轟天地黑。女牆擐甲皆中官，司馬上城上不得。亂傳敵樓鐵騎從至尊，宫人夜出華林園。須臾中官大開東直門，賊營四帀如雲屯。比時張牙禁出入，蓬首陋巷陰風泣。居民畏死爭焚香，父老衣衫暗沾濕。吁嗟乎，先皇帝，烈丈夫，萬歲山前從者無，神靈九廟長悲呼。却憶去年雷震奉先破，寢室寶座赤蠓飛三日。享廟衛士夜驚鬼，黑牛十丈端門出。九卿大老無愁容，金紫得意長安中。談兵獻策者仇寇，只引舊例相朦朧。日夕甘泉烽火至，沙河土關紛賊騎。猶然閣試新門生，品第人情出名次。傷心此輩送國家，師生衣盍求清華。一旦薰蕕盡膏火，崑岡玉石誰爭差。可憐忼慨忠義士，前後只合横尸死。已焉哉，哀勿哀，仰天氣絶魂歸來。小臣拜禄十七石，卻生此日當其災。

企喻歌辭

出門無兄弟，結伴枉自多。一著鐵裲襠，淚下將如何。

折楊柳歌

男兒辭父母，涕泣對妻子。女兒辭父母，涕泣心中喜。

西平樂

往來輕薄子，與我相知新。贈我青銅鏡，欲得鏡中人。

古詩三首

嶺外稀繁霜，草木不黄落。窮巷生陰風，客心乃蕭索。斗杓指實沉，勾陳半隱爚。蟋蟀滿牀下，篝燈夜矆矆。此地羅浮山，古人嘗采藥。何不披短衣，入山飽藜藿。曉從外來者，皆言道路惡。我欲依神仙，神仙不可託。

東北覆陰雲，其下吾故都。中路一奔走，恨隔天一隅。虹蜺下平地，曠野秋荒蕪。翼日大風雨，慎勿臨長塗。人傳使者來，旌旗蔽通衢。嗟我遠游子，不敢同馳驅。道左發長歎，歎者一何愚。海渚無橋梁，日暮波浩浩。車馬不能通，遠望惄如擣。浮雲日以變，我親日以老。萬里飛烟塵，天末傷草草。夢見故鄉客，言歸苦不早。舊宅屬他人，斗大梧桐槁。親戚有書來，書中何所道。上言鄰里殊，下言故人少。

和陶飲酒

子安問黃鵠，萬里將安飛。八極紛茫茫，中路能無悲。三萍飄大海，風波還相依。安得如潮頭，朝夕自言歸。一經離亂中，盛年忽已衰。有心不敢椎，有口當依違。

德政殿召對紀事

賊勢既猖獗，藩鎮爲急策。軍容可撤回，直指亦何益。三關皆要道，急選勁旅扼。山東河北士，義俠多腕搤。豪傑一網收，彼自能控格。不則爲賊招，腹心翻阻隔。若爲措餉憂，何難一籌畫。募屯計并行，危地可安宅。臣言無忌諱，謀國宜采獲。

從治父道中還家

作客寒冬冬至節，日夕北風何凛冽。同雲布地卷茆村，悲號中夜苦桑折。五更風止天未明，半空淅瀝雨作雪。長塗一望高下平，雞鳴門外無車轍。披裘騎馬行雪中，以手執鞭冷如鐵。男兒他鄉自苦辛，安居那得成豪傑。荒田不種少人烟，野河冰合橋梁絶。馳驅百里始還家，入門夜暗燈將滅。道路風塵阻且長，相逢氣結不能説。親戚家人皆笑余，年年歲歲長離别。

釣臺作

釣臺何嶙峋，當時必有百尺釣竿千丈綸，乃可垂釣桐江濱。祠堂草木歲時新，子孫上食皆不貧。先生無行事，先生不著書，但能不肯爲人臣。今人不能棄富貴，乃以藏拙譏古人。我亦停舟暫釣桐江水，桐江千年少泥滓。嗟乎！不得故人爲天子，一棺之土聊葬此。

狂歌

出門祇攜一卷書，豈可五侯七貴同馳驅。作詩不入時人眼，且與燕市丁東按檀板。三斗酒後燈放花，渾脱舞作漁陽撾。滿堂烈烈崩，風沙忽然住。得一句，手揮四座騎馬去。

牛角飲

一牛角，兩牛角，滿斟四五壺，雙手向前握。苗兒各唱四聲歌，笑我江南不能學。

看月

一片鍾山月，那從嶺外看。昔嘗臨北闕，今獨照南冠。萬里天難問，三更影易寒。夢中兒女路，莫憶舊長安。

聞雁

衡陽無雁到，今過嶺南飛。世亂成行少，家亡寄信稀。鷓鴣聲共苦，鸚鵡語全非。鄉國爲關塞，明春帶我歸。

逍遥洞 在武岡之洞口。

天地一時小，惟餘谷口寬。名山藏日月，野老剩衣冠。石向何人語，春知此歲寒。幾家烟火在，題作鹿門看。

下客

人不識時務，進退良可惜。纔出魏其門，謀爲武安客。

聽蘆笙作

誰伴愁人坐月明，苗中兒女舞蘆笙。自言頗似江南曲，不是秋笳出塞聲。

金堡三首

堡字衛公，一字道隱，仁和人。崇禎庚辰進士。除臨清知州。晚爲僧，名今釋，字澹歸，居韶州丹霞山，卒于平湖。有《偏行堂集》。

聞高齋還公安

别離不覺易，過後悔常遲。此老已歸去，何時重見之。嶺雲緘舊草，江月憶新詩。零落尋山寺，虚齋只夢思。

戠菴

落葉平坡外，騎牛古寺還。一回風雨過，幾幅米家山。

光孝寺鐵塔

我見南漢碑，輒憶雲門老。有寺闃無人，庭前一丈草。

梁以樟 一首

以樟字公狄，錦衣衛人。崇禎庚辰進士。除太康知縣，調商丘。有《邛否集》。

白田雜詩

吳歈楚舞雜羌歌，翠靨紅顔架槖駝。一曲琵琶萬行淚，朔風吹夢度交河。

姜垓五首

垓字如須，萊陽人。崇禎庚辰進士。除行人。有《篔簹集》。《詩話》：如須官行人，見廨舍碑有阮大鋮姓名，特疏請碎之，重書勒石。思陵允之，乃削去大鋮名。徐昭法詩所云「擊姦穹碑碎」是也。甲申後，避地吴門。卒，葬西山之竺塢。詩篇温潤而恂栗，葉處士襄序之。

寄吴學士二首

飄飄楊白花，溶溶大江水。天衢既阻修，良人隔萬里。妾身如飛蓬，貞潔聊自矢。朝立青雲端，暮倚朱樓裏。四顧多傍徨，塵沙蔽野起。梧桐摧爲薪，蘭蕙化爲枳。中夜坐長歎，皓首思君子。

楚山有良璞，昆池有奇琛。投之非其主，誰能明我心。掩袖向前浦，驅車出丹岑。延頸蓬島上，白日忽以沉。北首瞻行旅，邊雨正浸淫。念我平生交，淚下沾衣襟。

送楊明遠渡江

書記從征日，軍咨入幕年。六朝京口樹，萬里海門船。裘馬誰爲主，才名自可憐。西風征雁急，遲爾菊花前。

送馮太僕暫還滁陽奉新命即赴南通政

草木春江遠，絲綸魏闕通。憂時頻望北，封事苦留中。逆耳何辭罪，批鱗敢論功。太平持奏體，敢入建章宫。

法螺菴秋居同徐枋作

寂寞重陽後，秋林晚更花。月高沙宿雁，風勁樹翻鴉。卷幔丹梯遠，懸燈竹院斜。定知愁病日，坐穩勝還家。

朱朝瑛五首

朝瑛字美之，海寧人。崇禎庚辰進士。除旌德知縣。有《正誼堂詩集》。

過沈聞大葭莊

伊人何在，在蘆之漪。有堂有亭，有林有池。一爲丘不高，爲壑不深。其室則邇，而有遐心。二策杖以游，遵彼一曲。釣綸可垂，巾酒可漉。三與子分手，於今六年。百爾所思，不如晤言。四

感懷

小鳥巢萑蒲，依然得其所。育子恩且勤，相與哺用餔。一朝秋氣深，蕭索河之滸。巢破子亦危，飛鳴訴孤苦。因之感勢交，炎炎何足數。

管寧

幼安亦賢者，無乃太矯飾。牽牛蹊我田，而自與之食。吁嗟有深意，衆人固不識。干戈日相尋，聞此

庶少息。

同姚有僕何羲兆孟長民游栖真洞

白日燃犀火，青泥滴乳泉。暗須幾兩屐，寒想五銖縣。仙鼠翩翩掠，瓜牛曲曲旋。不知危石底，忽露一條天。

題畫

釣竿三尺寄浮查，漂泊萍蹤一水涯。日暮可憐紅蓼岸，秋聲一夜繞漁家。

湯來賀 一首

來賀字佐平，南豐人。崇禎庚辰進士。除揚州推官，擢刑科給事中，改禮部主事，仕至廣東布政使。

過舊寺次拙菴韻

將霽辨群峰，微雲在孤嶺。蘭若隱其間，潭泉心共冷。衆卉含新色，頹垣延古影。靈域世情稀，懷抱春日永。清澗濯吾足，崇岡振吾領。迢遞見匡廬，憩寂觀幽境。我心多憧憧，兹焉安可静。

來集之 一首

集之字元成，蕭山人。崇禎庚辰進士。除安慶推官，擢兵部主事。

贈吴半壁

養鶴栽松共幾年，故人茅屋萬峰前。只應谷口移雲住，滿洞桃花隔釣船。

徐芳 二首

芳字仲光，南城人。崇禎庚辰進士。除澤州知州。有《松明閣詩選》。

喜渡河洛再過伊闕

次第鄉城減，龍門入望真。游絲天際路，歇馬渡頭人。繡佛雙崖古，流花一洞新。頗矜伊洛道，從此稍知津。

渡孟津

征車不可歇，夷險且相任。天意限南北，人行自古今。躍魚雖有力，飲馬豈無心。惆悵刳舟者，功高禍亦深。

高承埏十六首

承埏字寓公，一字澤外，嘉興人。屯田郎道素子。崇禎庚辰進士。知遷安、寶坻、涇三縣，遷虞衡主事。有《稽古堂集》。

《詩話》：先生表忠裏孝，以父死不辜，伏闕訟冤，絲綸奪者，載錫三宰雷封，各著循績而危邦墨守，尤文吏所難能。惜乎功多不賞，至今寶坻父老有遺憾焉。家藏書八十櫝，與項氏萬卷樓爭富，雖干戈俶擾，不輟吟哦。其《病中述志》云：「惟將前進士，慘澹表孤墳。」讀者比之澤畔行吟，西臺慟哭。

崇禎庚辰上巳偕同年諸子修禊海淀

羲馭無停輪，逝波焉可駐。言尋佳節屆，轉惜芳春暮。緬昔蘭渚游，少長樂咸聚。蕭散依林泉，慷慨託毫素。諸君跌宕士，希風結遐慕。濯流仍清漪，搴芳復高步。觴來俯纖鱗，曲終倚嘉樹。閒情釋近鞅，睇目眷霞寓。倏短匪殊塗，所貴適真趣。各勉山水期，於焉謝勞騖。

蘆臺聖毋廟神絃曲

我擊鼓兮潭如，神之來兮七十二。沽我牲牢兮既薦，神之去兮九十九。瀫煮水兮海壖，紛萬黿兮青烟。魚龍安宅兮風霧毋作，詔我民兮報祀有恪。

十八里橋

野外官橋斷，溪邊緑樹層。人家多酒市，風俗但魚罾。問渡爭編竹，聽歌雜采菱。晚來飛雨過，半濕夜船燈。

石佛寺逢寒食

逝矣芳春節，淒其細雨天。祇寒羈旅食，不禁夕烽烟。地煖衣初試，山深燭未傳。佳期渾寂寞，端坐憶流年。

同錢而介尋東峰亭遺址

精舍憶東峰，曾栽夾道松。到門停吠蛤，洗盋隱乖龍。露滑前山屐，風傳隔嶺鐘。淳于遺世士，送客想高蹤。

湘江漫興

南浦多芳草，萋萋亂客愁。虛傳帝子瑟，不見鄂君舟。白鳥迷沙市，青楓對驛樓。登臨無限意，烟水共悠悠。

辛巳人日還安署中懷諸從弟

人日人無賴，春風春可憐。登高成故事，寄遠有新篇。柳色開晴陌，梅花媚遠天。故園兄弟在，相憶草堂邊。

宿薊州塔下寺

樹色漁陽少，僧廊塔下開。爐中分佛火，檻外即香臺。露草吟蟲苦，風鈴怖鴿來。雞蘇問遺呰，覽古思徘徊。

卧疾遣懷兼答親知見存

往事憑詩史，新愁負酒徒。故人音信斷，何處覓柴胡。

送王瑜仲還維揚

一曲旗亭酒未消，離情已逐廣陵潮。君歸定倚吹簫侶，明月相思第幾橋。

鴛鴦湖

兩湖秋水抱城斜，縹緲樓臺帶落霞。日暮鴛鴦看不見，數聲風笛起蘆花。

中秋詞

芙蓉墜露玉階凉，小院銀屏秋夜長。一曲清歌人不見，水晶簾外月如霜。

過江州

江州風物自妍華，過客停舟只暗嗟。秋暮離腸元易斷，不關紅袖泣琵琶。

溪上偶見

畫船風動茜裙低，兩兩紅妝照緑溪。驚起鴛鴦不成夢，一雙飛過藕花西。

望盤山作

中盤雲氣下盤生，紫蓋峰高晚獨晴。安得時平解塵組，白松樹底飯黄精。

春日聞杜鵑

三月花前叫落暉，四更柳外點征衣。行人一任催歸去，只莫天津橋上飛。

單恂 十首

恂字質生，松江華亭人。崇禎庚辰進士。麻城知縣。有《白燕菴詩集》。

《詩話》：質生力掃陳言，濃而不膩。

涿鹿覽古

樓桑村路燒痕連，督亢陂頭散暝烟。征鐸帶寒春堠曲，市帘垂樹暮橋邊。樂君冢廢山狐竄，酇尉亭空野蔓牽。猶望太行三月雪，故園紅雨正漫天。

金陵紀事

苑城春閉緑楊絲，江介軍書醉不知。清曉内璫催尚藥，官蝦蟇進小黄旗。

桃花引

白鳥灘頭格格飛，罾船咿軋鱖魚肥。劉郎愛向桃花老，不遇神仙也不歸。

春雨二首

杏花紅雪覆東牆，玉版初肥若下香。陡憶斷橋清夜燭，瀟瀟暮雨唱吳孃。

紅發棠梨花滿枝，小樓寒食雨絲絲。白頭更度傷心節，細簡冬郎蜀紙詩。

鄧尉觀梅

擬尋茅屋占山椒，亂後生涯谷口樵。慚媿梅花憐客去，衝寒飛度虎山橋。

鄰叟貽芍藥一本

一叢婪尾映牕紗，誰寫徐家沒骨花。好共當階傾鑿落，離人多少尚天涯。

有贈

花底相逢記隔春，西牕剪燭夢還真。鵞黄柳色鵞黄酒，莫負池塘月待人。

對雨念小園花事

記得停歌醉似泥，木蘭擎月小廊西。玉人泥要新詞唱，蜀紙燈前減字題。

有憶

絳河斜落草蟲鳴，簾卷芙蓉夜色清。憶醉銀船涼月底，白家菱角坐吹笙。

沈中柱一首

中柱字石臣，平湖人。崇禎庚辰進士。除吉水知縣。晚爲僧，名行燃，號無淨，往來靈隱、金粟間。有《懷木庵詩草》。

重九

川靜晴郊迥，山明宿霧收。空庭來返照，惆悵一登樓。

張利民 一首

利民字能因，候官人。崇禎庚辰進士。除桐城知縣，擢戶科給事中。晚披緇入山，自稱田中和尚。有《野衲詩略》。

《詩話》：先生牽絲之日，值張獻忠來攻，危同纍卵。而以忠義激勸將士，執所佩刀殺白雞，以血灑地曰：「諸公有二心者，彼視。」又折矢誓曰：「利民今日藉諸公力堅守，有功不以上聞者，有如此矢。」將士咸感泣。獻忠百計攻之不克，賴黃得功援師至，城以獲全。宰邑三年，治行推天下第一。當其墨守，無暇作詩，詩多行遯後作，情辭悽戾，惜其未醇。

過竹崎

憶昔讀書處，溪山半已非。飄零村店酒，寂寞草橋扉。世變人愁老，江寒鳥倦飛。乘舟風頗惡，歎息寸心違。

李公柱一首

公柱初名松晚，更今名，字子喬，嘉善人。崇禎庚辰進士。知歙縣事，罷歸，遂不復仕。有《澹齋草》。

《詩話》：子喬既遂初衣，其詩澹蕩足釋煩憂，假令吳清翁見之，定當贈羅一縑，餉墨五笏。

春日

柴桑歸去興如何，老我谿山活計多。白酒春寒逢社醉，青蓑雨過答漁歌。儘容茅屋招新燕，更鑿荷池浴乳鵝。閒裏韶華元自好，願將餘歲伴煙蘿。

祁熊佳一首

熊佳字文載，紹興山陰人。崇禎庚辰進士。南平知縣。

寓山秋夜

群動暝已息，山牕夜逾響。將毋楓折膠，或恐虎磨癢。徐聞落葉翻，既下思復上。氣盡信所之，物各反其黨。秋蟀吟再三，流螢時一晃。申旦耿不寐，樂游念疇曩。嗟我懷沙人，汨徂竟安往。

沈光裕 一首

光裕字仲連，大興人。崇禎庚辰進士。贛州推官，遷戶部主事。

古意

家臨玉河水，玉河朝暮流。商人能盪槳，盪妾到瓜洲。

田有年 一首

有年字孫若，宿松人。崇禎庚辰進士。除兵部主事，歷官浙江按察副使驛傳道，乞終養歸。

淮浦

極浦連天邈，横隄引練長。雨新魚吸浪，風過鳥銜香。地入三洲闊，人同六郡良。榜歌隨所適，到處有漁榔。

明詩綜卷六十九下

小長蘆　朱彝尊　録
鉅鹿　胡　范　輯評

徐孚遠五首

孚遠字闇公，松江華亭人。崇禎壬午舉人。

《靜志居詩話》：先生達齋侍郎之裔，太師文貞公族孫。與卧子、彝仲、勒卣輩六人倡幾社於雲間，切劘今古，文詞傾動海内。既而乘桴遠引，騎鶴重歸。矢詩不多，類有身世之感。

擬李陵録别詩二首

微雲何澹澹，星漢燦以明。攜手步廣除，淚下如散霙。征馬臨岐路，徒御多抗旌。方當萬里别，能不敍平生。與子同一體，盤石紉芳蘅。芳蘅自有時，盤石徒縱横。一朝兩決絶，何能復合并。願託子懷袖，因風馳我情。

皎皎藍田玉，鏤作玦與環。攬環與子佩，取玦結以鞶。子環信縝栗，我玦鮮垢瘢。誰知一物微，決絶義自天。歸雲入勾注，密雪淹陰山。握手臨路岐，涕泗共汍瀾。鴥彼南翥鳥，奮飛何由還。

曉入京口

獵獵風稍勁，驚流伏枕聞。晨鐘下巖際，戍鼓列江濆。已辨南城樹，新添北府軍。亂離知未定，淹泊對孤雲。

尋顧野王讀書臺

入門禾黍動秋風，廢院難支碧蘚中。不及平原兄弟宅，尚餘粟主寄花宫。

簡朱子若甥

烏衣門巷舊勾留，不過東齋兩度秋。準擬天星湖水發，藉架橋下穩停舟。

陳恂三首

恂字子木，本姓曹，海鹽人。崇禎壬午舉人。

麟溪沈氏九松歌

我聞杜陵野老浣花溪上之草堂，堂前四松初移三尺強。當時作歌紀其事，千載想見柯葉之青蒼。麟溪沈氏之松勝錦里，相傳南渡攜家植於此。九株夭矯羅北山，北山堂枕麟谿水。麟谿子姓十九傳，約略與松五百年。偃如車蓋散若薺，捎雲拂月參高天。我登北山山色好，山中爽氣開晴昊。偶逢蔣詡開三徑，却似香山揖五老。主人愛客兼愛奇，拂拭几席羅圍碁。圖書金石出箱笥，梅花衲畫老鐵詩。諸公此地經過數，坐石臨流翠成幄。月波之酒清若空，户户齊傾斛犀角。酒酣最愛謖謖風，古人知與今人同。我將别去轉惆悵，夢裏無忘十八公。

秦始皇祠二首

玉座荒遺廟，金輿遠翠微。神仙無處所，海水自群飛。巫子朝馳道，鮫人暮卷衣。寂寥風雨夜，應悔易儲非。巫子在海口，海上有秦皇馳道。轍跡空山裏，登臨隘九州。椎方驚博浪，氣已盡沙丘。帝醉膺鶉首，祠荒對蜃樓。長懸滄海日，不見翠華留。

陳瑚 二首

瑚字言夏，常熟人。崇禎壬午舉人。有《確庵集》。

无悶謡

我有敝廬，不蔽風雨。容膝易安，寧懷故宇。我有破衲，納絮其中。紉緘補綴，可以禦冬。我有小瓢，空空自守。可以酌水，可以飲酒。我有短牀，足不能直。雞鳴而起，嚮晦而息。何乾何坤，何旦何暮。何醉何醒，何寐何寤。吾目其矇，吾耳其聾。生乎吾始，死乎吾終。

訪江子

家住蓮花淺水灣，隨風偶爾到人間。輕舟載得故人酒，趁此月明蓮夜還。

姚宗典一首

宗典字文初，長洲人。崇禎壬午舉人。

同朱十汎舟鏡湖過祁六紫芝書屋留飲賦此

鏡水八百里，輕舟信所之。回塘柳姑廟，獨樹項王祠。白露采菱角，烏篷維柳枝。相過紫芝屋，爛醉亦無辭。

朱一是十首

一是字近修，海寧人。崇禎壬午舉人。有《爲可堂集》。

陸冰修云：近修文名早擅，逮避地江東，屈志百里，尤以才略見長。歸欲披緇以老，而從游弟子力強之説經，因主文社。太丘之交道日，廣州來之，縞紵彌多。古今詩不事矜鍊而詞采斐然。五言如「十暑杜陵葛，一寒范叔袍」，「秋懸游子夢，日落異鄉山」，「野火燒山近，寒星照水明」，「山容初過雨，水氣忽生秋」，「淚以傷時盡，愁須醉日多」，「僧厨三度臘，客夢一歸鄉」，

「翦竹開深徑，因溪架小橋」，「青山寒照日，黄葉晚從風」，「遠水通溝瀆，濃陰接樹平」，「妻子他鄉淚，文章浩劫灰」。七言如「牧馬官同張萬歲，進賢賞并鄂千秋」，「關河秋色三千里，風雨冬青十二陵」，「代北重關飛白雁，京西古鎮出黄花」，「笛裏羌歌憐折柳，馬頭關樹但生榆」，「長江險失韓擒虎，智井春埋張麗華」，「三楚烽塵新幕府，六朝烟雨舊樓臺」，「瀑布秋風摇練影，石梁新雨糝藤花」，皆音響清鏘，猶是歷下四溟敵手。

張白方云：近修東南俊，及詩派亦足領袖後來，若《過淮陰釣臺作》云「功成百戰歸真主，計失三齊乞假王」，擲地有聲，不作懦響。

桃葉歌

桃葉含桃花，花落子稠疊。子熟生桃蟲，蟲還食桃葉。

雨淋鈴

靈武中興日，華清寂寞時。上皇新度曲，唯有舊臣知。

結交行貽胡四鶴高

生年不滿百，戚戚憂終日。謀事常苦疏，結交常苦密。交密夫如何，如以膠投漆。不能復相離，況乃三歲隔。故人江之南，一水渺何極。近日鯉魚風，吹浪過江北。我獲雙鯉魚，提刀剖魚急。腹中無素書，擲魚長歎息。

郊飲

萬里兵猶動，三年客竟歸。偶尋芳草路，因見落花飛。野燕隨風側，溪魚得雨肥。悠然堪獨醉，惜與壯心違。

京口遇兵

江水茫茫殺氣并，淒淒畫角戍樓聲。舳艫夜月中流斷，羽幟秋風隔岸明。大將營開揚子渡，健兒馬出潤州城。關門老客頻相戒，湖海于今罷遠行。

同友人再游虞山

輕舟十里泛平沙，雲外虞山一半遮。堤勢遠回言偃墓，草痕青入仲雍家。野泥初坼未開笋，溪雨欲流將盡花。乘興不辭今日醉，此身誰記在天涯。

濇溪

濇溪雖蕭條，景物故鄉美。春日對春山，秋風蕩秋水。

望泰山

泰山突兀與雲連，山下兒童學控弦。七十二泉何處瀉，可憐不灌兗州田。

經過有感

金粉瓊膏化作灰，美人池館半青苔。只今寂寞斜陽裏，多少東風燕子來。

秦溪

秦溪斜日射秋蘋，幾箇閒鷗自作鄰。沙斷柳深漁路狹，野橋西去竟無人。

包捷四首

捷字騖幾，吴江人。崇禎壬午舉人。有《西山集》。

《詩話》：先輩避地穹窿，灌園自給，而交誼真摯。哭孫孝廉兆奎于内橋，收吴進士易體于湖上。讀其韻語，淋漓慨慷，唾壺之口幾缺。

藏軍洞

誰識藏軍洞，連山伯氣平。深宫方閉戰，敵國利行成。劍術諸離死，兵容婦女更。勾吴空舊壘，不盡怒濤聲。

吳佩遠徐昭發晚過

野岸黄泥路，繁花二月天。有來客不速，休使榻常懸。秉燭愁仙鼠，披衣拜杜鵑。人生寧再少，莫負酒如泉。

弔方正學先生祠

正學祠荒野草榮，門前惟見大江横。革除青史人長在，飛渡金川路未明。自有麻衣慚叔父，難將草詔重先生。從今家事誰堪說，更爲文皇痛北平。

過通濟門

金城介馬棄東遊，軹道亭連故國秋。不見小兒能破賊，漫言太尉獨登舟。管絃聲咽開元曲，楊柳烟餘結綺樓。到此傷心休再問，昔年天子本無愁。

林尊賓 一首

尊賓字燕公，莆田人。崇禎壬午舉人。

將歸莆陽留别吴江諸子

贈别臨岐折柳枝，越山上瀨片帆遲。荔支亭下清秋月，還憶吴江楓落時。

張琿 一首

琿字韞仲，寶應人。崇禎壬午舉人。有《木侍樓詩集》。

秋晨

新凉容易到幽棲，晨起輕衫小院西。蟋蟀草根吟未歇，牽牛竹尾一莖低。

陸彪 二首

彪字文虎，鄞縣人。崇禎壬午舉人。

雪消汎舟泊八測

春草吳江碧，扁舟興忽乘。長橋斜雁度，古塔凍雲凝。放溜愁傾甕，欹帆罷枕肱。怪來村鼓靜，小市已收燈。

閔湘陵自山陰寄蕙蘭賦謝

寄我青青蕙，攜持喜欲狂。葉垂江露重，花發剡溪香。沅芷神交遠，猗蘭古調揚。無言一莖草，金石永難忘。

徐枋七首

枋字昭法，吴縣人。崇禎壬午舉人。有《俟齋集》。

《詩話》：孝廉高蹈者，吴越居多。始終裹足不入城府者，吾郡李灊夫巢端明及吴中徐昭法，此外不槩見。昭法没最晚，故名尤重江左。得其詩畫，不啻珊瑚鈎也。

送遠詩四首

采采蕙蘭花，皎皎冰雪姿。含英當空谷，正值秋風時。秋風率以厲，百草奄披離。子獨執高節，凌風颺芳菲。鶗鴂先時鳴，蘭蕙爲不芳。世路悲嶮巇，讒言何高張。骨肉既徂謝，豺虎蹲我旁。微命值多難，坎懔多憂傷。願言撫疇昔，幽思結中腸。

良時旣不再，日月忽已淪。杳杳竟長夜，悠悠失路人。臨風發三歎，志意悲未伸。人生能幾何，百歲如飈塵。修名恐不立，躑躅長悲呻。避世同所願，結髮栖何津。邂逅寸心違，泣涕沾衣巾。

幽愁八載餘，歡言浹旬月。長歌飲美酒，忽復傷離别。中腸惋以摧，臨觴氣哽咽。愁多不成寐，參辰自横列。徙倚當空庭，悲風起天末。

别詩

上山采薇蕨，日暮不盈把。苦饑良足悲，將遺同心者。良友遠别離，踟蹰送于野。我有盈觴酒，黄流傾玉斝。申以遠游曲，中懷期共寫。清商一何悲，四坐和者寡。恐傷游子心，攬涕不敢下。景光已西馳，日月不我假。

食園茄

園蔬生自好，微物入盤餐。錦里芋相似，青門瓜共繁。甞新霑夏實，垂露摘秋原。遥憶霜風裏，根株何處存。

懷友

細雨寒江路，疏燈獨夜舟。故山今寂寞，爲訪玉峰秋。

譚貞良 三首

貞良字元孩，嘉興人。崇禎癸未，以五經中進士。有《狷石居遺稿》。《詩話》：先生書破萬卷，以五經成進士。重繭山海，正命不渝，大節皎然一世。余之姑作配先生，猶憶弱齡就塾先生之堂，先生與姑視予猶子，嘗謬題以國士。乃今瓠落無容，不副先生之品。目録先生遺詩，不禁清淚闌干也。

樓桑先主廟

系出中山近，名從小沛聞。卜鄰占李定，望氣得周群。象叶黄龍瑞，符仍赤帝文。全家頻脱險，一旅忽能軍。名士收諸葛，英雄獨使君。志寧摧百戰，力已限三分。淚盡髀生肉，魂歸棧入雲。枯桑遺廟折，野火斷碑焚。繫馬臨風至，題詩塞日曛。枌榆存舊社，絃管尚紛紛。

高寓公云：使事精當切實。

題河梁泣别圖

都尉臺前起朔風，節旄空盡路西東。不知别淚誰先落，同在河梁夕照中。

題圯橋授履圖

千金散盡已無餘，圯上蕭條授履初。法吏空煩偶語律，不知黄石解傳書。

余增遠 一首

增遠字爾德，一字謙貞，會稽人。崇禎癸未進士。除寶應知縣。

《詩話》：明府遯世躬耕，故人有官監司者，屏車從訪之。與室人避入帷帳中。故人留白金投贈，明府麾之門外，終不得見。庶幾合乎鑿坏踰垣之風焉。

杜子將歸楚賦送

春風春水太無情，有客無家問去程。黄鵠磯頭斜照下，斷腸玉笛武昌城。

周齊曾一首

齊曾字唯一，鄞縣人。崇禎癸未進士。除廣州順德知縣。有《囊雲詩草》。《詩話》：唯一挂冠歸里，耕巖飲谷，入山惟恐不深。其爲詩恥雷同，故言不必中倫，慮恒以硬語盤空，幾於幽獨君語。人雖大怪之，不顧也。

贈呂叟

自得中林趣，蕭然水石間。過橋重聽瀑，入寺乃尋山。雖與群動接，不殊獨坐閒。年來勤穡事，晴雨頗相關。

彭長宜四首

長宜字申伯，一字德符，海鹽人。崇禎癸未進士。除上海知縣，有《瞿瞿齋詩稿》。

過下壩換小舟

屢逐尖頭艇，還盤上水堤。斷烟歸遠嶼，新漲涌前溪。田陌晴飛雀，村莊午聽雞。回塘何宛轉，又過小橋西。

旅夜

茅店寒威冽，愁因不寐添。排風牕隙猛，落月屋梁纖。柝響遥從魯，《左氏傳》：魯擊柝聞于邾。驢鳴笑似黔。披衣喚僮僕，猶戀睡鄉甜。

天啓宫詞

宫娥扈蹕集靈臺，粉黛三千上直回。見說昭陽换歌舞，大璫昨進美人來。

泊沈家門山

嶼門深峭海波平，戍檻頻傳夜柝聲。欲訴離愁眠未穩，起看殘月趁潮生。

鈕應斗二首

應斗字宿夫，秀水籍吳江人。崇禎癸未進士。

鄭耘谷備兵岢嵐寄之

分手玉河日，微風皁角橋。南歸鄉夢近，北望驛書遙。露冕知臨晉，懸旌想度遼。榆關秋色好，落日馬蕭蕭。

平波臺

積水明於鏡，中流峙此臺。雲從湖岸落，浪湧寺門回。柳外千帆去，沙邊一鳥來。昔年題詠處，古壁滿莓苔。

陸鋡二首

鋡字容可，一字武銘，秀水人。崇禎癸未進士。

越行雜詠二首

蕭山一帶接江潮，迤邐湘湖雉堞遥。恰似西泠烟樹裏，好安十二繞堤橋。

嵐光冉冉樹亭亭，盡日漁人汎緑汀。八月山陰山下路，稻花香軟舞晴蜓。

魏學濂二首

學濂字子一，嘉善人。崇禎癸未進士。改庶吉士。有《後藏密齋詩稿》。

王孝峙遷居

小屋容君住，遷期日日賒。對門横一水，出汲有千家。曲徑通橋便，低簷避樹斜。著書儻有暇，移種故園花。

讀韓琮商山店詩戲擬其體得樓下曉泊

一夜東風趁客舟，篆烟飄處暫淹留。帳鈎觸柱人初起，奩粉吹香撲未收。開箔先攏金約臂，插花仍露玉搔頭。誰能化作長干水，日繞妝臺四面流。

呂潛四首

潛字孔昭，遂寧人，大器子。崇禎癸未進士。有《懷歸草堂》《守閒堂》《課耕樓》三集。

大水渡泗州

浩浩春濤闊，孤城一葉浮。烟城淮水暮，風雨泗陵秋。戍壘存官渡，蘆花伴客舟。年年涉江渚，愁絶此中流。

上元日懷兩弟

已斷江南夢，荒園勝事增。遠灘春社鼓，寒月草堂燈。濁酒因鄰得，嘉蔬近圃登。佳時兄弟隔，愁思獨難勝。

成都雜感二首

陸海塵飛井絡昏，錦城茅屋類江村。摩挲但有支機石，尚共銅駝卧草根。

繁華闤闠重詩書，賦就朋箋錦不如。萬里橋頭凝望眼，枇杷花下更誰居。前朝婦女皆有詩社。

宫偉鏐二首

偉鏐字紫玄，泰州籍静海人。崇禎癸未進士。有《采山外紀》《入燕集》。

湯君謨見示蕭尺木所畫春江送客圖

小艇知何適，將無蹈海行。草橋新月上，山店曉燈明。悵望同舟色，踟蹰執手情。片帆春水足，詩思落江城。

燕地雜感

天雄直北古澶州，千里浮雲入望愁。一自寇萊公去後，暮雲風葉響梧楸。

張若羲 一首

若羲字昊東，松江華亭人。崇禎癸未進士。

《詩話》：昊東爲余中表兄，甲申以後，潛身家巷，躬自灌園。余嘗訪之郊西，適荷鉏帶笠，相揖於紫瓜白莧之間。破屋數椽，下一榻，以留吳處士騏暇相酬和。詩思清厲，有亮節而無懦響。

擬太白登謝脁北樓

孤城一眺望，平楚正萋萋。春穀流泉暗，陵陽落日低。寒雲隨宿雁，暮靄失前溪。坐嘯懷人遠，狂歌度水西。

趙庚 二首

庚字大庚，吴江人。崇禎癸未進士。有《雅南堂詩稿》。

襍詠

西山石磊磊，叢草奮階除。中有耕雲叟，力芟尚有餘。幽蘭發素莖，其芳襲人裾。秋風忽摇落，緑葉日以疏。移根贈遠人，榮華俟來且。

野眺

野眺西山水畔行，五湖波浪静無聲。短垣故逗仙人杏，啼罷鵁鶄山雨晴。

徐遠 一首

遠字屈甫，嘉善人。崇禎癸未進士。有《遥集篇》。

贈大輿上人

賈島人稱佛，湯休不類僧。一絃彈古月，五字琢寒冰。指石禪心定，看松歲臘增。鴛湖多長者，共許道人能。

汪挺 一首

挺字無上，更字爾陶，嘉興人。崇禎癸未進士。有《曾城遺稿》。

朱太守鶴洲草堂落成同諸公讌集

澗紆巖削徑初成，雅稱歸來物外情。近郭門無軍將打，過橋龕有佛燈明。雙栖煙島昂藏鶴，獨囀風林斷續鶯。敢謂幽蹤希二仲，深煩折簡費將迎。

顧朱 一首

朱字自公，崇德人。崇禎癸未進士。有《石磷主人詩草》。

月夜

三徑陶潛宅，重湖范蠡舟。一輪初滿夜，萬象已高秋。遠樹枝藏鵲，前溪水沒鷗。秦川貴公子，此夕强登樓。

吳夢白 一首

夢白字可黄，崇德人。崇禎癸未進士。吳縣知縣。

吳山懷古

丹梯百尺上層巒，滿目蒼涼不忍看。尚有雕牆餘舊内，何期降表出臨安。錦衣樹老千年失，白鷺潮生八月觀。多事屯田柳員外，荷花桂子釀兵端。

金廷韶 一首

廷韶字一如，紹興山陰人。崇禎癸未進士。有《恥廬剩草》。

上方菴

寒花三五樹，開落在中峰。不見招尋侶，深林出午鐘。鳥隨雲到谷，泉注盋藏龍。今日春游始，禪關得所從。